U0856652

魅丽文化
心晴坊
女性新阅读

阅读越美丽

开卷好心情

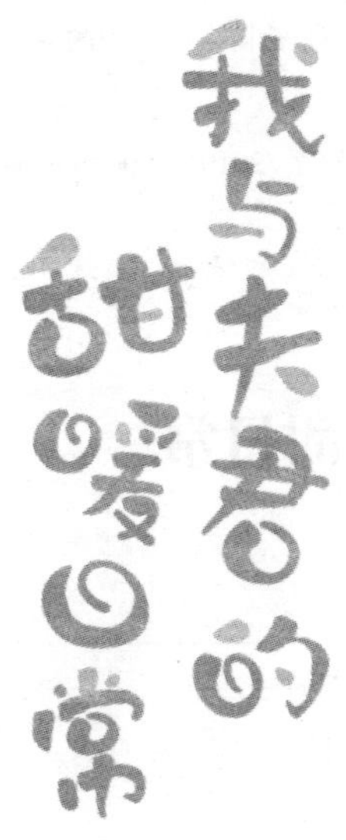

草灯大人 著

江苏凤凰文艺出版社
JIANGSU PHOENIX LITERATURE AND ART PUBLISHING, LTD

图书在版编目（CIP）数据

我与夫君的暖甜日常 / 草灯大人著 . — 南京 : 江苏凤凰文艺出版社 , 2019.5
ISBN 978-7-5594-3536-1

Ⅰ . ①我… Ⅱ . ①草… Ⅲ . ①长篇小说 – 中国 – 当代
Ⅳ . ① I247.5

中国版本图书馆 CIP 数据核字 (2019) 第 062589 号

我与夫君的暖甜日常

草灯大人 著

责任编辑	张 倩 王 青
特约编辑	石 颖 李璐君
装帧设计	小茜设计
出版发行	江苏凤凰文艺出版社
	南京市中央路 165 号，邮编： 210009
网 址	http://www.jswenyi.con
印 刷	湖南凌宇纸品有限公司
开 本	880mm × 1230mm 1/32
印 张	9
字 数	240 千字
版 次	2019 年 5 月第 1 版，2019 年 5 月第 1 次印刷
书 号	ISBN 978-7-5594-3536-1
定 价	38.00 元

江苏凤凰文艺版图书凡印刷、装订错误可随时向承印厂调换

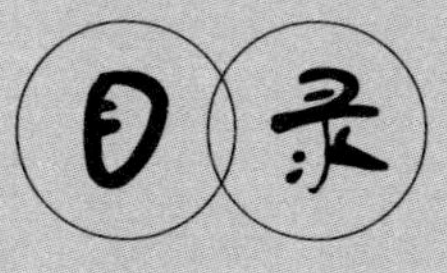

CONTENTS

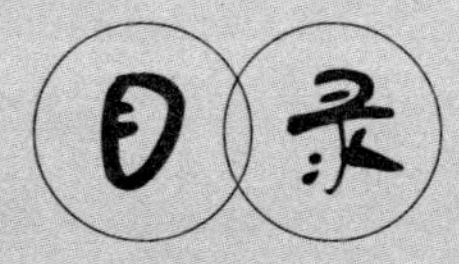

CONTENTS

第一章

我的可爱公主殿下

我是前朝公主，说前朝肯定是亡国了。

亡国的原因很简单。我父皇不学无术，逗猫养狗，终于让人不满，就这样被人造了反。

他手段也蛮高明的，知道扑到我母后怀里，拉下我母后来垫背，整出个妖姬祸国殃民的“盛况”。

所以，亡国的时候。他只被捅了十几刀，而我母后却被凌迟处死。

我母妃在我出生时因难产死了，我非我现在的母后亲生的，否则我会再补父皇几刀，这种负心汉的爹不要也罢。

总而言之，我现在的状况很凄惨。

今朝圣上要抓我祭旗，但是没找到我，于是有官员寻了个宫女代替我，一场大火将“我”烧成了灰，时局终于稳定了。

此刻，我坐在房门前一边喝酒，一边感慨。一杯敬往事，一杯敬将来。

你要问我现在的状况如何了？我死倒没死，也没讨到什么好处，因为我被我的死对头抓住了。

说是死对头，其实我也根本不认识他，但是我落得现在的境地，肯定跟他脱不了干系。要不是他巧言令色，将我父皇哄成这样，教唆他玩物丧志，这国也不会这么快就亡了。

这厮也是厉害，哪朝天子哪朝臣。改朝换代了，别人都在观望要不要为天子殉葬的时候，他已经上赶着讨好新帝了。

这人如此识相，不加官进爵恐怕说不过去。于是他调任吏部尚书、衔协办大学士，由他管理户部，可谓青云直上。

我又喝了一杯小酒，心头烧得慌。正打算小寐，还没来得及上榻就被人逮住了："公主殿下是要就寝了吗？"

我抬抬眼皮，敷衍地应了一声："好巧，这不是大人吗？怎么没人通报一声？被大人看到我这番样子，实在不雅。"

我哈哈两声笑，想缓解尴尬。毕竟伸手不打笑脸人，他应该不会现在就杀我吧？

"哦？殿下也知自己这姿态不雅？很有自知之明，臣很欣慰。"他站在帘外，闻声不见人。我粗略瞥一眼，只见他那袖口镶绣着金丝流云纹的滚边，底色玄黑，低调清雅。

我被他的话噎住了，实在没话说。就这样，两厢沉寂许久。

稍后，他开口，嗓音清润如珠落玉盘："明人不说暗话，臣此番过来，是有事相商。"

好家伙，终于来了。

我叹了一口气，有学识的人就是不一样，说要杀我，也风轻云淡地有商有量。

"行，我知道了。"我知道他所说之事，但并不代表我答应他。

"臣想，求娶殿下。"

"啊？"

这也太劲爆了！我把你当死对头，你居然想娶我？

"殿下意下如何？"

"那个……"我舔舔下唇，"我意下不如何。"

"……"终于轮到他语塞了。

聪慧过人的我认真思考了一下，终于发现了这人的目的。

原来他不杀我是有原因的：这厮迷恋上我倾国倾城的美貌，企图一亲芳泽，所以亡国后他抓住我，还帮我找了个“替罪羊”把当今圣上给糊弄过去，之后便将我囚禁于府中。我若是从了他，他日膝下儿女双全，就此能享尚书夫人的福。我若不从他，那么……算了，不敢想。堂堂公主沦落到别人逼的地步，造孽哦！

“哈哈哈，我亦是很仰慕尚书大人，只是……”

“哦？只是什么？”他后退一步，气定神闲地坐下。

我扼腕叹息，作遗憾状：“婚姻大事，常有父母之命，媒妁之言，我做不了主啊。”

“昨夜，臣寻了德高望重的道藏大师询问与殿下的姻缘。大师道，先帝托梦给他，对殿下的婚事甚是欢喜，赞臣是殿下百年一遇的良人，请殿下别错过了。”

放屁！瞎说！

显然，我不能激怒他，只能委婉地道：“父皇生前说想亲眼看我出嫁，如今这样，怕是不太合适。我不能完成父皇遗愿，此生愿削发入佛门，不谈人间事。”

他意味不明地笑了一声，呢喃自语：“先帝想要亲眼见殿下出嫁，是吗？”

我突然感到恶寒侵体，这厮不会是想挖坟偷尸吧？造孽哟！

我还没来得及阻拦，他突然拂袖而去，留下一句话：“臣既要娶公主，势必不容易。既然是公主所愿，臣就算是死也要办到。”

我险些要给他跪下，一下子冲下榻，从帘子后面冲出来，揪住他的袖子：“大人，不可不可。你的心意，我都明白了。”

他半天不出声，我也很绝望。偷偷抬头看他一眼，这不看不知道，一看吓一跳。

尚书大人江寻真是俊美无俦，气宇轩昂。不过初次见面，我就将他的袍子扯下一半，露出他若隐若现的香肩，这实在不妥。

他没听我解释，看我一眼，了然道："想来，公主也是心悦臣的。"随后，江寻心满意足地走了。

你跟我求婚，我把你衣服给弄破了。娘的，真是丢天下之大脸。

于是，我又坐在房门前喝酒，咕咚咕咚，恶性循环。

没有江寻来寻我的时候，我小日子过得也挺爽。

我这儿的院子叫淑华苑，有自己的小厨房，吃穿用度虽说比不上宫里，但也不差，随我折腾。

过了几日，江寻派人过来送了我个粗使丫鬟，名叫白柯。白柯长得不算好看，就是特别。穿一袭深色劲装，一身健肌子，凹得臀是臀，腿是腿，星眉凤眸，帅气得很。

我当即一拍大腿，连说了三个"好"，把人留下了。

说实话，江寻这种偏阴柔的翩翩佳公子不是我的菜，白柯这样英姿飒爽才是我理想型。

虽说白柯是女的，不过这也很好，亲近亲近，饱饱眼福，还不算占便宜。

我捧着脸，看白柯："白柯，你觉得我怎样，好看吗？"

白柯饮茶，慢悠悠看我。片刻，喷出茶："主上，好看。"

她唯一的缺点，就是反应慢。

我羞怯地问："那你喜欢我吗？"

"太……娘。"

"……"我很受伤。

"您和大人一样，不阳刚。"

江寻："……"

"那你喜欢啥样的？"

白柯皱眉，想了一会儿："王大那样的。"

我想了很久，终于想起了王大是谁。就是那个一劈柴就出汗，体味大到你根本不敢靠近他的小厮。

算了，白柯的心上人，我不当也罢。

等到午后，我嫌天冷，突发奇想想煮个火锅吃。

火锅是我的原创美食，就是把一口 锅放在灶上烧，里头滚着热汤，时不时丢点肉片、蔬菜进去滚，烫熟就能吃。好处就是，吃食不会凉，还能图个新鲜。

等我煨汤的时候，江寻也来了。他的开场白一如既往的无聊，无非是"公主吃什么？""公主做什么？""公主想臣没有？"

呵呵，我并没有想他。

经过几天相处，我发现他人不坏，唯一的缺点就是太痴迷我的美貌。当然，我也能理解他，毕竟这世上像我这般貌美的女人，寥寥无几。

他看着我的火锅，感慨一句："真怀念。"

我挑眉，怀念？火锅可是我的原创作品，他说怀念是几个意思，想说自己此前做过这道美食吗？

"难不成，大人想抄袭我，说自己才是火锅的原创者？"

江寻静默很久，憋出一句："臣只是怀念幼时亲手烧灶的年月。

臣幼时家境贫寒，一直是独自起灶，煨点番薯，随意果腹。遇上年月不好，可能没吃食，一家老小在家挨饿。”

“噢，大人以前很穷。”

“倒不是想说这个。”

“那是？”

“也罢。”

“哦。”可能这就是尊卑规则建立起的代沟吧。

“臣当年很可怜，家穷，还有地痞流氓上门讨钱。”

我有点心疼，原来江寻还有这么悲催的过往。

“等臣高中后，就把这些人找出来，送进狱内，几日后，无一生还。”

“……”我将自己仅剩的那点同情心又憋回去了。

“当然，臣并不是那等心狠手辣之人。臣只是任性，最厌烦和臣唱反调之人。譬如公主这样，臣得不到，别人也休想得到。”

我抬头，望向江寻。他依旧风轻云淡地啜饮热茶，狐狸毛白裘将他精干的身形掩盖得极好，颇有些风雅之气。只是我知道，在他那不着痕迹的浅笑之下，隐藏着一颗比豺狼虎豹还狠戾的心，区区前朝公主并不是他的对手。他敬重我，才唤一句“公主”，否则以我如今的身份，一旦被当朝圣上逮住，充军妓也未尝不可。

我的后背汗湿，尴尬一笑：“没想到大人对我是一片真心啊。”

“原先臣以真心待公主，公主可是拒臣于千里之外。如今才知臣心意，是不是太晚了？有些人，得失去后才知道珍惜，公主觉得是不是这个理？”

我一时语塞，他是不是因为我故意端着，觉得是在玩弄他的感情，现在恼羞成怒不要我了，打算杀人灭口？

这可万万使不得，强烈的求生欲让我瞬间清醒过来。我认真道：“实际上我对大人亦……”为了表达我的诚意，我还特意对他行了礼。

“强扭的瓜不甜，何必呢？”他叹气，作伤情状。

“这是瓜熟落地，自愿的，没人扭，没人扭。”

“哦？臣活了二十多载，倒是第一次听瓜撒谎。”

“……”

“也罢，臣还有事，下次再寻公主谈心。”他没听我解释，拂袖而去。

此刻的我，傻了吧唧的，看起来就像是一个傻瓜。

我望着火锅，毫无进食之意。想了一会儿，问白柯：“你家大人有什么特殊嗜好？”

白柯抿唇，犹犹豫豫地答：“大人好色，喜女人投怀送抱。”

“噗——”我一口水喷出来。

所以，为了让江寻消气，保我项上人头，我还得对他投怀送抱？

这怎么……不可能？不就是投怀送抱吗，谁不会呀。

想当年，我皇姑母也是身经百战，那些过往也成为日后她的谈资。江寻不过是我的“一战”，我讨好他一下又何妨？

要讨好江寻并不是一件易事，需要谋略与勇气，还有那么一点点秘诀——怎样让他开心，他才会答应不杀我呢？这是问题的关键。让他开心了，这才算是讨好成功了，否则也是白搭。

实际上对于我们“公主”这一身份之人，贞洁并不是一个特别重要的玩意儿。我皇姑母曾私底下跟我说过惊世骇俗的话："世间男子都把女子当作物件，只有鱼水之欢让他们畅快。我们女子凭什么任其为所欲为？他们还想对我们动手动脚，想得倒美！"于是乎，她走上了另一个极端，开始寻遍天下风流之士，每日府中畅饮。

其实这种事，我也不懂。但是我突然想到了江寻所说的话。他从小缺爱，所以渴望女子的体温。意思就是他喜好颜色，我颜色好，所以他喜欢我。嗯，我能理解，能理解。

除此之外，我又想到了另外一个严峻的问题。相传，男女睡在同一张榻后，十有八九会有孕事，我是不是还得给自己准备一碗避子汤？我可没打算怀上江寻的孩子，这对于我日后逃跑不利。

我思考了两个时辰，终于制定了一个周密详尽的计划。我让白柯帮我寻了几个布制的娃娃，黄皮虎也行。我爱抱着这些入睡，想来江寻也是喜欢的。

这样一来，这一觉我定会让他睡得心满意足，宾至如归。

当然，我要买通他的心腹，才能顺利入寝房。于是，我给白柯炒了一盘花生米，陪她喝酒唠嗑了一晚上，她终于被我攻略了，给我画了个简易地图，并且让我发誓绝对不要告诉江寻，否则会给她招来杀身之祸。

我当然不会供出她，毕竟她是我的人。我是个爱护下属的主子，不但不迁怒部下，还会帮忙担罪，很有责任感。

今夜，月黑风高。我在府中迷了许久的路，这才摸到江寻的寝房。他睡觉好似没有锁门的习惯，我一推就进去了，简直不要太轻松。

我松了一口气，将怀中的娃娃都摆到他的榻前，绞着手指，不安地等他来睡。

不过一刻钟，江寻就回房了。

我很紧张，我睡觉喜欢乱动，万一他觉得影响他睡眠了，还是要杀我怎么办？我也不能一开口就说："我不会让你不舒服。"

这样不矜持，没有人会喜欢的。就好似你去店家买首饰，对方一开口就是我家簪子的用料、做工都比别人家要好，夫人你买了绝对不会后悔的。别人恐怕只会认为你太夸大其词，并不会被这套首饰吸引，除非首饰本身就很好看。说白了，还是外观的问题。

所以，我决定搔首弄姿，整一个很撩人的姿态，勾引江寻。

世风日下，堂堂前朝公主，绞尽脑汁取悦一代大奸臣，就为了苟且偷生。

这厢我犹自叹气，那厢江寻已经宽衣解带，摸上床来。他就穿了一件中衣，看到我，愣了一会儿，低声问道："公主怎么来了？"

我脸上火辣辣的烧，总不能说，是我自己想和他一起睡觉吧？

我有些尴尬地说道："昨夜我夜观星象，罗盘显示，在此处小睡甚佳，可以令人延年益寿，青春永驻。咦，原来是江大人的寝房，甚巧甚巧，我不介意，不妨一起暖被窝啊，哈哈。"

我的笑声爽朗，企图化解我们之间的尴尬。可惜江寻并不领情，他把玩了半天榻前的黄皮虎，然后定睛看着我问："公主可知，同床共枕是夫妻间才做的事？"

"咦，还有这种说法吗？我还是第一次知道，哈哈哈。"糟糕，气氛越来越凝重了。

"哦，所以公主没有与臣结为连理的想法，却一意孤行来睡臣？"

“咦？”听这语气好像不太对劲，有这么严重吗？

“还是说，公主认为臣是随随便便的人，任凭阿猫阿狗都能来和臣同床共枕？”他自嘲一笑，侧头望向桌前烛火璀璨的那一面道，“原来，在公主心中，臣一文不值。眼皮底子浅，又记仇，现下还认为臣好色？啧，公主请回吧。”

我神情严肃，将手掌握成拳，抵在唇间。原来睡个觉而已，还有这么多弯弯道道，这可咋办？

他心底的伤痕越来越深，再这样下去，我必死无疑。

我想死吗？这是一个好问题。谁想死啊！

“咳，这真是一个意外，我并无看轻江大人的想法。”

“是吗？”他依旧冷笑，半张脸隐藏在黑密柔顺的长发间，辨别不清此刻的面部表情。

“江大人面如冠玉，美姿仪。我之所以对大人拒之千里之外，是因为我现下自身难保，不敢拖累大人。”

“哦？是吗？臣还当是自身貌丑，碍了公主的眼。”

我震惊：“怎么会？江大人好看，我甚是喜欢。”

“白柯才是公主的心上人之选，若不是她心有所属，公主是否会以身相许？”

“都是女子，哪来的相许不相许？”

“就算是男子，也没见公主对臣特别一些，还是美姿仪的女子吃香。”

嗯？这话听着略酸，难不成江寻在嫉妒白柯？天呐，就因为我移情别恋，他心生怨怼，所以要杀我吗？

使不得，使不得，我得稳住他。

这时，我又想到了皇姑母所说的话，她讲过："若是你想哄骗一名男子，不用做别的，只需吻他就行了。"

我深吸一口气，小心翼翼爬过去，在江寻的唇上亲了一口。

他怔忪片刻，纤长白皙的指尖触上薄唇，微抿，莫名笑了一声。

我不懂他这反应是什么意思，是讨厌吗？还是喜欢？

我刚打算逃跑，江寻突然凑过来，薄凉的鼻尖险些抵在我额上，他居高临下看我，低低地问："公主可知，这是什么意思？"

"这……"

"罢了，臣睡客房，不扰公主清梦。"

我不死心，咬牙，问他："你不和我一起睡，那杀我吗？"

"臣怎舍得？"

哎？这厢我投怀送抱，下了必死的决心。他竟然不理会我的不矜持，还承诺不杀我，我感激涕零，不禁感慨：女人真是容易被感动的生物。

这种情绪并没有持续多久，我很快就反应过来了：等等，我为什么得感激一个企图杀我的人？而且，谁知道这是不是他的阴谋，万一江寻有特殊嗜好，不喜欢英勇赴死之士，喜欢养一养，让猎物放松警惕，再"咔嚓"一刀宰掉怎么办？

幸亏我聪明，早就识破了他的阴谋。我长吁一口气，隐约间，总觉得是凭借自己的聪明才智又捡回了一条命。

我睡不着，翻身下榻，趿着一双芙蓉花面绣鞋，往屏风那处的木桌行去。

绕到屏风后面，入眼的是堆积如山的书，没有积灰，看页角的痕迹很旧，时常有翻动。

在寝房里还得看书吗？奸臣居然也学识渊博吗？这是我无法理解的事情，按照我的想法，奸臣就应该奢靡挥霍，天天酒池肉林。学习？学个屁！

我看了几页书，倦意来了，正打算上榻，却发现了其他东西。

我将那宝贝小心翼翼从书里抽出来，摆桌上一看，原来是一张画像。

这里油灯烧得不旺，我瞧不清楚画里的人，正打算搬灯来看，结果手一抖，烛油洒纸上。

好好的美人图没了脸，只剩下鬓边那一只豆大的珍珠发钗。

“……”我突然感觉项上人头又往后移了一点，摇摇欲坠。

这下惨了，江寻会不会一怒之下杀人灭口啊！

不过说句实话，这画上女子的眼光真不怎么样！这种发钗我在今年年前戴过一阵以后，嫌俗，马上就抛诸脑后了。

我小心翼翼地把画藏进袖子里，伪造出画像遗失的假象。因为做贼心虚，我也没敢在他榻上多睡，很快回了自己的房。

翌日，我刚醒，就听白柯和我八卦：“大人的远房表妹来府上做客了。”

“表妹？”第六感告诉我，称为表妹的女子都不是善茬儿。

“听说长得可好看了，属下还没去看。”

“带我去瞧瞧呗。”

瞧就瞧。白柯别的不行，但偷鸡摸狗的勾当很是熟悉，当下就搂着我的小蛮腰，一路飞檐走壁跑到客房听墙角。

这里的隔音效果蛮好，他们说了什么具体听不清楚。我扒着窗户偷看，只见到里头有个戴珍珠发钗的女子。

妥了，就是她！原来江寻迷恋自己表妹，拿我当替身！我想了无数的悲情桥段，打着小算盘，打算成全这对苦命鸳鸯。

晚上，我觍着脸找上江寻，撞了一下他手臂，道："别装了，我都懂的。"

江寻被我撞得一个踉跄，站稳了，拧了拧眉心问："公主这是闹哪出？"

我"嘿嘿"两声笑："江大人是不是有心上人？"

他意味深长地道："臣确实有心悦多年的女子。"

"我就知道，我都看见了！"

他嘴角噙笑，不知在打什么歪主意，重复了一句："公主都看见了？"

"原来大人喜欢……怎么从来不告诉我？"

"怕是臣自作多情，一厢情愿。"

"咦，怎么可能？昨夜就说了，大人芝兰玉树，美得不可方物，怎么会有人不喜欢？"

"按照公主的话说，那就是心悦臣？"

心悦？当然！怎么可能有人不喜欢权势滔天、家底殷实的江寻！就连我也险些心动了！

我安抚他道："自然心悦，只是大人还差些火候。如果我是那位姑娘，可能会更偏爱一些甜蜜的伎俩。这个我可以详细教大人，就在今晚！”我对他眨眨眼，约下时间。

“那臣……晚上再来寻你。”这话听着像情话，其实不然！里头可有大名堂！这象征了江寻认可我战友的身份，已经除去了尊称，也奠定了我们 纯洁的友谊基础，从此共患难共奋战，我也知道了他暂时不杀我的决定！

很好，首战成功。

等到深夜，江寻如约而至。他好像特别看重这次密谈，整个人换了一身装扮。如墨一般的长发上沾了香膏，远远就能闻见那淡雅的草木香。烛光下，黑发飘拂，丝滑柔顺。不仅如此，他还披了一袭青竹仙鹤纹长袍，配立领白狐皮裘，眉目疏朗清隽，鬓边齐整若刀裁，十分儒雅清贵。

所以说，人靠衣装，佛靠金装，古人诚不欺我。

江寻缓步行至我面前问：“臣这身装扮，公主可喜欢？”

我点点头：“好看！”

他抿唇，但笑不语。

可能是江寻给我的心理阴影太大，我一看他笑就发怵，于是赶紧切入正题：“之前和江大人谈的计策，可记得？”

他气定神闲地喝茶道：“公主说要教臣，不知是教些什么法子？”

我有点紧张，生怕说错什么会激怒他。毕竟我骗了他，其实我对如何追女人一窍不通。

我故弄玄虚，手指蘸茶，在桌上写下：逑。

我问他：“这是什么？”

江寻瞥了一眼，答：“‘逑’，怎么？”

“你再看。”

“嗯？”

“你认为它是‘逑’，实际上它不是。”

“那是什么？”

“这是茶水。”

“……”江寻语塞。

“江大人根本就不懂女子的心，所以讨好不了心上人。”我为我瞎掰的功力鼓掌。

“那按照公主所说，臣该如何做？”

“自然是多加观察，投其所好。这世上，没有人不喜欢吃喝玩乐！再不济，胭脂水粉也是可以俘获姑娘心的。而且江大人可以学戏本子里那样，直接上门送聘礼！没有女子不吃这一套的，谁不喜欢办事干净利落的男子？”

“公主也喜欢吗？”

为了增加我言论的可信度，我当即点点头：“我自然喜欢！”

“那么，臣可以和戏本子里的做法一样吗？”

哎，居然要拿我做示范吗？还真是谨慎！不过先送了我聘礼再将聘礼送表妹的话，会不会不太好？那么给我的聘礼我可以不还吗？

我摸了摸下巴，思考许久，说：“其实这种事，我也不是特别有经验，毕竟没经历过。不过，江大人执意如此的话，我也可以配合。”

“哦，那倒没什么，臣也是第一次。”

什么？我没听错吧，江寻居然是第一次！他这种位高权重会巴结的人，居然是第一次上门提亲？真的是……没想到啊。

虽然江寻是第一次，我也没有什么经验，但是我作为“老师”，也有义务教他这些礼节。我记得这些事以前我母后也给我讲过。我决定好好地给江寻讲一讲这些提亲的礼节，虽然我也是个半吊子。其实我最主要的顾虑是，如果我教给江寻的礼节不准确，让他到时候出了丑，之后他要将我杀人灭口怎么办？

思及至此，我明白了事情的严峻性，正色道：“其实这没什么大不了的，不就是提个亲的事。若是我是男人，我真正喜欢一个人，哪怕只是稍微有点喜欢，确定了自己的心思就会提亲的，当然了，对方也喜欢自己最好。就算对方现在不喜欢我，那么也是会日久生情的。而且，像江大人这样有姿色还有资产的男人，是个女人都会喜欢呀。”

江寻闻言，将手中的茶碗捏得咯吱咯吱响，淡淡地道：“哦？公主觉得我去别的女人家提亲无所谓，是吗？随随便便一个路人，只要有些姿色，只要家里有点资产，公主都觉得可以喜欢上，可以嫁过去的，对吗？”

咦，江寻好像有点不对劲，但是我没有在意，再接再厉道：“江大人要知道，有些邻近小国，若是女子喜欢一个人，便会在篝火旁载歌载舞，她们穿着暴露，金铃璎珞缠身。这还不够，她们还会主动求着嫁的。所以啊，什么男人主动或者女人主动都无所谓啦，人在世上，就要看得开。做人呐，最重要就是开心了。”

江寻手里的茶碗终于承受不住这强劲的力道，碎了。他松开手，风轻云淡地道：“臣竟是不知，公主竟是如此开放之人。是臣想岔了，还以为公主是比较遵守传统娶嫁之事。”

“哈哈哈。”我干笑，这话我接不了。我战战兢兢，恨不得将脸埋领子里。不得不说，男人心，海底针。看他样子，好像余怒未消。

江寻不肯说话，黑着脸。我小心翼翼地问："那江大人还要拿我示范提亲吗？"

他看看我，讥讽地一笑："不必了，找你提亲有什么用？臣看公主简直没有心肝，臣冒着株连九族的罪，在府中藏匿前朝遗孤，你当臣是为什么？臣千辛万苦寻人替死，消除圣上疑心，救你一命，你当臣是为什么？"

他突然说了这么沉重的话题，我都不知道该怎么接。索性道出心中疑惑："难道不是为了滥用私刑，杀了我？"

他笑了，连说三个"好"，冷声道："对，臣恨公主，巴不得将你千刀万剐。"

"……"看吧，我猜对了。这是非之地，看来是不能留了。

这一晚，我们相谈甚不欢。我也不知道是哪里出了问题，一下子点着了江寻。我只知道，自那回以后，他就没再找过我了，或许是前院有俏丽佳人表妹相伴，我一个前朝公主可有可无。

我算是完全被打入"冷宫"，偶尔也会想起江寻，怕他杀我，但大多时间心态都很好，很看得开。今朝有酒今朝醉，先喝了这一坛酒再说。

这样的日子中止于一个月黑风高的夜晚，我也不知道为何出大事的晚上都是月黑风高寂静时。一个自称是我父皇暗卫的男人找上我，他说想带我走，归隐山林也好，复兴前朝也好，皇族血脉要留下，不能被屠杀殆尽。

他说得有理，我虽不是很懂，却也打算跟他走。留在这里，江寻很可能会将我千刀万剐。

说起千刀万剐，我又想到了一件事。江寻知道我如何滚火锅，如果把我的肉剐薄一点，兴许还能烫个火锅吃。

想到这里，算了，还是逃吧。即使这个暗卫是坏人，总会给我留个全尸。

第二章

我的乖巧公主殿下

我是一个做事很小心谨慎的人，逃跑之前，我又问那个不知名的暗卫：“对了，反正就我们两个人也难敌千军万马，凭你的体格力气，也不怕寻不到饭吃，去乡下讨一房夫人，种田养家，岂不美哉？你又何苦来救我？”

他单膝跪地，想了很久都没抬起头。我看了一下他的长相，还算周正。一袭黑袍将健硕的肌肉线条衬得分外明显，宽肩窄背，十分威猛，是我的理想型。

良久，暗卫道：“属下陆蓁心悦公主，此生只想追随公主左右。”

“……”我魅力有这么大的吗？

也罢，毕竟我长得这么貌美。我非常希望多来几个觊觎我美貌的男人，这样在逃亡的路上也好保护我啊。所以这天晚上，我跟着陆蓁走了。

我被他抱着跃上屋顶的那一刻，我无比留恋地望了一眼江寻的寝房，想着如果他突然出现在我面前，挽留我怎么办？

唉……如果他答应不把我滚火锅，或许我会慎重考虑一下吧。毕竟被江寻囚禁这么久，我对他还是有点感情的。

我和陆蓁在屋檐上站了很久，他在等我，而我却不知道在等谁。

可能我生性感性，在一个地方待久了就不想逃离，实际上这样并不好，这是一种心理方面的疾病。就这么说吧，我被人绑架了，起初我怨恨害怕，后来对方没有杀我的意思，只是把我囚禁在温室里，限制我的自由。我却对他产生了好感，觉得这样的生活也不错。但是，谁会喜欢被养在一寸方圆里呢？

我想通了，然后双臂摇晃，弯曲膝盖，打算往下跳。

陆蓁干咳一声说：“属下逾矩了。”

他看我这样跳很吃力，健硕的臂膀正想搂我小蛮腰……不知怎么，我想到了江寻的脸，想到他气急攻心地朝我吼：“随随便便一个路人，只要有些姿色，只要家里有点资产，公主都觉得可以喜欢上，对吗？”

我是那种见色不要脸的人吗？怎么说也要上佳的姿色，我才能喜欢，才能同意亲近！思及此，我拒绝了陆蓁的搂腰请求说：“没错，非常逾矩！”

只要跳出去，就非尚书府内，我就自由了。我往一侧跨了一步，正想往下跳，突然看到那头回廊出现了江寻表妹。她穿着齐胸襦裙，酥胸露了一半，端着一碗汤急匆匆朝前跑去。我是一个喜好八卦的人，是以，我决定再观察一下这表妹要去哪里。

唉……肯定是去江寻那里吧？

即使江寻想杀我，我偶尔还会不走心地想想他。结果他呢？一没了我，马上钻入表妹的怀抱。

我这厢感慨，那厢表妹突然停了下来。她环顾四周，从怀里掏出一包奇怪的东西，往汤盅里倒。

这下有热闹看了！我心道不好，凭江寻来者不拒的性格，一定会喝下这碗美人送来的甜汤。

我现在该怎么办？救他一命吗？

嗯……我想了足足有一刻钟，侧头对陆蓁道：“我们过两天再走吧？你帮我把那女人手里的甜汤打翻了。不要问什么，我心里有数。”

陆蓁也将这一切看在眼里，他皱眉道：“公主为何要救他？”

我叹一口气："佛常说……"

"公主不信佛。"

"哦，哈哈，刚想起来。总而言之，他把我从宫里救出来，不管他现在杀不杀我，救命之恩总要还的。我是个很拎得清的人，你明白了吗？"

"懂了，公主仁义仁心，以治天下。"

他说得快，我没听懂多少，就听到一句什么"薏仁"，笑道："哈哈哈哈，薏仁这种东西，还是煮粥比较好喝。"

陆蓁没回答我，当下就走了，去围剿表妹，击落甜汤。

等陆蓁走后，我发现一个问题。我估算错误，没人搂我腰，我根本跳不下去。

我不知道这算不算是自作孽不可活，但是我承认，我有点想陆蓁了。

人在深夜总是格外脆弱，腿蹲麻了，我就有点委屈。抬头看着月亮，就想母后。我母后虽然不是我的亲生母亲，但是对我挺好的，她膝下无子，所以偏疼我一个女孩子。就因为不孕不育，坊间还有人传她是石女，注定生不了孩子，留不下皇嗣，得遭天谴。

起初我听到这个，很生气，想撕烂那些人的嘴，可母后告诉我，人心是管不住的，他们想说什么是他们的事情，我们气急败坏地跳脚，也只会如他们所愿，让他们看笑话。

我记得母后的目光温柔，她望着我，柔情似水地道："而且，谁说我膝下无子？"

等等，我突然想起了童年的一些往事。

我记得母后带我去偏殿，那里没人。殿内坐着一个少年，用布裹着发，束成小髻。他的年龄看起来比我大上许多，粗布做的衣衫，一双鞋磨得粗糙，险些露出脚趾。

这孩子一看就是平民家的孩子，只是他见我也不下跪，不卑不亢，与我母后平视。

我有点慌，躲我母后怀里去，把脸埋她衣服里。母后笑了笑，想伸手碰男童，被他避开了。

她道："你答应我，护她一世，保她荣华，可好？"

"草民无能，怕是不能如娘娘所愿。"他说话一板一眼，明明声线青涩，说出来的话却颇有气势。

"你怎会无能呢？阿寻五岁熟读经书，六岁能辨弦音，如此天资，浪费岂不可惜了？路我会帮你铺好，你只管走就好了，这是我欠你的。你怨我也好，恨我也罢。做大事者，不拘小节，你该懂我意思。你总不想一辈子寄人篱下，无出头之日吧？"

男童默不作声，他将双手攥得很紧，从喉咙深处挤出一句："草民谢娘娘恩典。"

"好孩子。"母后摸了摸我的头，不知是在说我，还是说他。

现在想来，突然明白了，这就是母后说的孩子，原来他是母后的孩子啊。

想起母后，我的眼泪扑簌簌往下掉。

"哭什么？"屋檐底下有人问我。

我低头一看，居然是江寻。

我不想和他提母后，闷声道："腿麻。"

“没出息。”他踩着花盆，朝我伸开双臂，“过来。”

“干什么？”

“公主不想下去？”

我现在一点反抗的能力都没有，搂着江寻的脖子，由他把我抱起来。江寻身上很暖，味道也好闻。我就这样任由他抱着我，一路朝前走，送我回房。

“公主是想逃跑吗？”他嘲讽地问。

我当然不能承认，轻声回答：“不是，我只是想看看月亮，想母后了。”

“那哭什么哭？”

“你想你娘，你不哭吗？”

他窒了一瞬，垂下眼睫：“我，从不想她。”

许是多日没有吃黄豆炖猪蹄的缘故，我的脚酸疼难耐，不消片刻，还抽起了脚筋。

我搂紧了江寻的脖子，很没骨气地连连喊疼。

“哪疼？”江寻在这种时候就格外温柔，完全就是翩翩公子的感觉，我终于知道表妹喜欢他的原因了。

“腿疼。”

“我看看。”

说完，他的手就想往我裙子底下撩去。我突然反应过来，女子是不能随随便便被人掀裙子的，他这是登徒子行为。

我紧张地问：“江大人，这不太好吧？”

“嗯？”江寻错愕。

“我不是那种随便的人。”

江寻仿佛听到了天大的笑话，似笑非笑地睥着我：“公主说这话，是不是太晚了？公主不是说过，只要稍有点姿色，就能让你喜欢上，还可以主动肢体接触的吗？那你看我姿色如何，够不够资本让你动手动脚？”

我震惊，一双眼睛瞪得圆润。

我知道江寻不是什么好人，但我没想到他能这么坏。也就是说，他想先对我动手动脚，再将我切成片涮火锅吃？怎么全天下的好事都让他占了？

“你非得对我进行肢体接触吗？”

江寻被我这话一噎，有些犹豫不决。但很快，他又道：“不然呢？箭在弦上不得不发，臣的手既然已经这样了，抽不抽出来都是登徒子，那还是当登徒子当到底吧。再说了，我的手只是在你的长裙下方，还没碰到你。”

我咬咬牙：“也行，不过我得以牙还牙！”

江寻还没碰到我裙子的手，此时缓缓收回来，他沉吟了一下，又问：“臣还想请教公主一个问题。”

“说。”

“只要稍稍有些姿色的人想碰公主，和公主有一定的肢体接触，公主就不反抗，还会对对方以牙还牙吗？你就这么随便吗？”

这是个好问题，我想了很久，也没个准确答案。

“算了。”江寻把我送到房门前，刚到达，白柯就急冲冲地出来迎接我了。

我真的很困扰，江寻怎么又生气了？

他拂袖欲离去，我急忙扯住他问："江大人，你又要去见你表妹吗？"

"见或不见，与公主何干？"他冷笑道。

"当然与我有关系，我不许你去见她！"万一他被毒死了怎么办？最好他们俩老死不相往来！

"哦？"江寻又莫名笑了一声，他弯腰，饶有兴致地看我问，"公主，是吃醋了吗？"

"那……那倒不是。"我结巴了一下。

"臣懂了。"

"懂什么了？"

"公主性子内敛，爱在心口难开。"

你放屁！

我本来想这么说，但从另外一个角度想，如果我承认自己吃醋，江寻会不会稍稍顾及我的面子，少接触表妹？

但我算是哪根葱，他会听我话吗？

我沉吟一会儿问："如果我让你别见表妹，你答应吗？"

"既然是公主想要的，臣自会满足。"

"那你不要见她了，可以和别的女子在一起，但是别和表妹，她不是什么好人，我不喜欢她。唔，这么说吧，我对于你和哪家姑娘在一起，倒不是很在意，只是这个表妹，我不太看得上眼。"我这么说，他应该能懂我的潜台词吧？

"臣倒不知，原来公主如此大度贤惠。"

“哈哈哈，江大人过奖。”

“我倒不是夸公主的意思……”

“那你是几个意思？”

江寻咬牙切齿：“公主的意思是，臣和别家女子在一起，你也不会在意，更不会伤心落泪吗？”

为别的女子伤心吗？看上江寻的姑娘是挺倒霉的。

“一点点吧。”我保守估计。

江寻眯起眼睛，突然捏住我的下颚，逼我抬头看他：“臣究竟是哪点不好，竟这般入不了公主的眼？”

他的鼻息萦绕在我左右，薄凉的唇险些触到我。

“江大人？”我被江寻的气势所震慑，浑身发颤。

“算了。”

他松开我，一句话不说。最终，拂袖而去。

近日，我总发现江寻爱说“算了”。然而他这个“算了”究竟有几个意思，我不是特别了解。

但是我想，肯定有什么了不得的内涵吧？毕竟江寻不是一个爱说废话的人。

我这厢正想着江寻，那厢陆蓁就回来了。好家伙，他还不如不回来！他衣服下摆几乎都是血，看着很吓人。

“属下无能，险些被江大人发现，腿间中了一箭。”

“你当时可使用轻功了？”

“是，江大人杀我之心强烈，百米开外也连发几箭。臣无处可避，被伤了小腿。”

我惊讶：“江大人竟然有百步穿杨的箭法？厉害厉害！”

陆蓁沉默一瞬。

“你的伤疼吗？打不打紧？我喊个大夫来！”

“不用，此地不宜久留，公主听属下一句劝，跟我走吧！”陆蓁的血源源不断淌出，浸透了衣服，下摆扫在地板上，让地板也染上了红色。

实际上，我也很怕。因为我摸不清江寻的套路，看他下手这般狠，怕是不会对我手下留情。

我刚想走，门就被一群人堵上了，为首的是江寻。

他一改平日谦逊温良的纯臣样貌，撩了撩白狐毛领，冷冷地道：“公主是要跟他走吗？不怕他害你吗？你是信我，还是信他？”

这是个好问题。我想当和事佬，哈哈两声笑：“都信都信，既然大家都来了我房里，那便是友，不妨一起喝个小酒啊！”

“属下有伤，不能饮酒。”

“哈哈哈，我给忘了，那江大人呢？”

江寻斜我一眼，嘲讽我道：“公主欲坐享齐人之福，臣可没那兴趣。”

我噎住：“也没想。”江寻这个人思想有问题，什么事情都能往情爱上扯。

江寻落座，掀开茶盖抚了抚茶面，气定神闲地道：“既然没想，那么你选我，还是他？”

这题实在太难了，我顿时不知如何作答。

有的时候，选择题并不是对错那么简单的一回事。我们还得了解出题老师的心理活动，选择对自己较为有力的答案，如此方能百战不殆。

我也不是个蠢货，我当然知道江寻出题是想我选他。但是，这题目背后大有门道，我们得细细掰开来看。

我选江寻真的好吗？如果他不杀我的话，府内锦衣玉食，应有尽有，的确很好。然而，还有两个隐患在：一是他可能杀我；二是他说喜欢我，我现在的身份，他最多也就给我个小妾的名分。妃不就是妾吗？顶多算贵妾。依我在宫里的所见所闻，一般做妾的女人，等年老色衰以后，都是哪凉快哪儿待着去，这样的生活实非我愿。

如果我选择陆蓁呢？那么，我和他逃出府中，可以过上闲云野鹤的逍遥生活，每天在山里集雪煎茶，好不自在。但是，别看我想的这两个答案堪称完美，里面也存在了出题老师特意设下的陷阱。

哈哈，想不到吧？这其中，也有两个隐患：一是江寻会放我们顺利出府吗？二是万一陆蓁想娶我，贫贱夫妻百事哀，凭我的姿色，万一被权贵人家看上，陆蓁双拳难敌四手，护得住我吗？

唉，不得不说，美貌是一种罪孽啊。

我轻敲桌面，犹豫不决。

江寻似是心底没底，开始给我下猛药："公主是在担心什么？臣的姿色，不比他好吗？"

他这句话讽刺意味十足，极力在说我是个颜控。

我叹了一口气说："江大人以为我真是这样的人？"

他一窒，缓了很久都没说话。我咬了咬下唇，凝视江寻。他今日束的发冠是羊脂玉的，从那黑密细长的发间插一根小簪，随意又清俊，搭配羽白长衫，颇为儒雅俊朗。江寻的脸也好看，丹凤眼上挑，剑眉横飞入鬓，轻扫眼风，就能抖出几分阴柔魅态，在这个以男人阴柔为美的时代，的确是倾国之姿。

我说不喜欢，也是假的。然而，陆蓁那种硬朗的长相，也是我心头好，实难取舍。

江寻调侃的语气弱了点，反问："哦？公主不是这样的人吗？"

"不愧是江大人，观察入微，竟把我心中所思猜透了！没错，我就是这样的人！"我决定兵行险招，贿赂贿赂出题考官，即使没钱，口头上的讨好也是要的。做人不能那么死板，质朴诚实能当饭吃吗？

"呵。"江寻已经懒得讥讽我了，颇有些看透俗世的意味。

他等了很久，也厌烦了，说："不选的话，臣就擅自做主，帮公主抉择。"

"且慢！"我想好了。

"哦？公主的决定是？"

我深情地看了陆蓁一样，转身负手而立，叹气道："没想到这么多年了，我还是没有骗过自己，我选择江大人。"好了，我坦白从宽，抗拒从严。实际上江大人才是我理想型，是我自欺欺人多年，想搞个特殊的个性。

"嗯？"江寻没听懂多少，但答案也有了。于是，他挥手说："那就把他拖下去杀了吧，记得在府外动手，免得脏了这清净地。"

"使不得！你若是想我待在你身边，你就别杀陆蓁！"我这话说得好，看起来是偏向江寻，实际上也袒护了陆蓁。

我偷瞄陆蓁一眼，他的确很感动。

“公主是为了护他，才委曲求全选择臣？啧，何必呢？”

我的想法这么快就被发现了吗？

“你若是真想救他，倒也不是不行。”

我豁出去了：“什么条件？”

“臣欲娶公主为妻，公主嫁还是不嫁？”

我呼吸顿住，这不是前几天的话题吗？敢情江寻还没放弃啊？

“若是成了夫妻，江大人还会杀我吗？”

江寻大概是没想到，我还心心念念着这件事。他想了很久，郑重其事地道：“若是成亲了，臣不会伤殿下分毫。”

那行吧，反正这日子也就瞎过吧。

我点了点头：“好，我愿嫁江大人。不过我没有做妾的喜好，只做正妻。要娶就八抬大轿，风风光光娶进府内。”

江寻饮了一口茶道：“这是自然，公主若是想，臣还能将先皇请来观礼。”

他前半句应该是真心话，后半句就是挖苦我了。

我摆手，拒绝：“咱们还是不扰父皇清幽了。”都埋了还挖出来，太惨了一些。

“来人，将这贼子赶出府外。”江寻不杀陆蓁了，只是将其赶走，此生不得入皇城。

屋内就剩下我和江寻两个人了，这样毫无目的性的单独的共处一室，我还有点小紧张。

不过知道不会死，我的心也就放下来了。想想也是，江寻这么大年纪了，喜欢表妹又不娶她，可能是有某些隐疾，譬如无法让表妹“开心”，这起子私密事是不能与外人道的。

我善解人意，都懂，都懂。

而我就是个可有可无的前朝公主，让我知道这个秘密也没什么。娶了我，不仅能时刻欣赏我的美色，还能隐藏他不能为人道的事实，可谓一箭双雕。

这样一想，我竟有些同情江寻了。

过了一会儿，我问他：“只是，我一前朝公主，如何做江大人的夫人？”

“哦，这件事，公主倒不用多担心。后宫的人等闲不见外臣，没人知道公主长相，即使见过，隔着重重帷幕，就那惊鸿一瞥，如何记得？前朝只留下公主一脉血，再无人记得前朝事了。何况，殿下既已为臣妻，谁敢肖想我夫人……”他摆摆手，做了个手起刀落的姿势，“那就休怪臣以公谋私，不饶人了。”

睚眦必报！奸臣本性啊。

我叹了一口气，如今算是知道权力有何好处了。这男人啊，都是大猪蹄子。

这两天，淑华苑的伙食又好了许多。许是因为我即将成为尚书夫人，等闲也不敢怠慢我。

而令我百思不得其解的事情，譬如江寻为何要娶我，就在这几天也有了完美解释。

这个八卦是白柯透露给我的，别看她长相偏男相，实际上在某些方面还是很女性化的，在打听八卦这方面是一把好手。

她告诉我，前两天晚上，江寻表妹深夜送汤时，不小心被房门绊倒，将汤洒自己头上。甜汤里加的并不是毒药，而是迷药。

当时表妹就忍不住了，和路过的小厮对上眼，天雷勾地火搞一块儿去。总而言之，家丑不可外扬，江寻修书一份寄回老家，悄无声息地办了这件事，让他俩谎称私奔离开尚书府了。

我“哦”了一声，这种事情，最受伤的一定是江寻，最心爱的表妹和别人在一起了，完全无视他的一番心意。所以江寻才移情疗伤，对我倾注爱意，执意要和我成亲。

也罢，反正我对江寻的脸还是满意的，在“颜控”这方面上，我和他也算是两情相悦。

过了几天，江寻说给我安排了一个新的身份。大抵是家境贫寒的农户之女，小时候和他爹娘有渊源，所以定了娃娃亲。而清廉刚正的江寻江大人并没有嫌贫爱富，等女娃及笄，到了适婚年龄，便要与之成亲了。

平民老百姓不明真相，对江寻还是蛮有好感的。其实是这厮公关手段厉害，很会包装自己，把自己经营成体贴老百姓的青天大老爷，是不可多得的好官。所以，即使改朝换代，新皇帝惜才，也没换下他。当然，也可能有另外一种考虑，那就是不敢把江寻换下来。江寻的声望很高，又受百姓们的喜欢，新帝怕把他换下来后引起局势的动荡。

这些朝廷的弯弯绕绕我理解不多，最多也就分析到这里了。

江寻亲自把我送到那农户家里，别看这院子简陋，里头别有洞天，不比府中差。

我腿酸，褪去绣鞋，缩到榻上。

江寻坐在我旁边，叮嘱道："日后，为避免怀疑，臣就不唤你为公主了。公主你的封号是朝阳，臣唤你一句阿朝可好？"

"好，我母后也是这般喊我的。"

江寻突然问我："那你可知，之后该唤我什么？"

这个我没想出来，询问："江大人？"

"太生疏。"

"江寻？"

"太客套。"

我不懂了，问："那该唤什么？"

"阿朝唤句夫君，我听听看。"他说这话的时候，声音很轻，等同于没说。

夫君？这个我喊不来，难度太大了。

江寻干咳一声，冷冷地道："阿朝是不是误会了什么？"

"嗯？"

"我让你唤夫君，倒不是自己想听，只是怕你太过生疏，日后露出马脚。虽说没人见过你的样貌，但有心人深入查访，也没准能翻出些猫腻来。到时候别说护你了，我都自身难保。你懂了吗？"

原来是这个道理！江寻不愧是干大事的人，深谋远虑，我还没考虑到的事情，他已经帮我想全了。

我很感动，在内心暗暗发誓，我一定做个贤内助，以报江大人不杀之恩。

他年近三十，膝下无子，那么我一定帮他多多纳妾，帮江家开枝散叶，争取让他一年抱俩，两年抱仨！

其实，“夫君”这种称呼，不管怎么说，还是让我很害羞的。

我忸怩很久，才小心翼翼唤了一句：“夫、夫君？”

江寻避开脸，我瞧不清他的表情。看他的这个举动，应该是不好意思吧？没想到，油嘴滑舌的江寻也会有这种时候。

关于婚后的生活，我没有经验。江寻好像对我要求颇高，生怕我丢尚书府的脸，打算一步步教我。

江寻思索了一会儿，与我道：“男女成亲以后，就要睡在同一张榻上，这个你总懂吧？”

我点点头：“这个我知道，就像是之前那样。”

“和之前也不一样，还得更亲密一些。”

“哎？”更亲密？那我就不太懂了。

“算了，日后再教你。”

他把婚后生活说得很神秘，让我这种好奇心不怎么强烈的人都有点心动了。所以，我开始借用一切资源调查婚后生活神秘的一面。

养鸡的王大娘说：“成亲啊，最重要的就是生娃。和俺家鸡一样，要接连不断下蛋才行。俺告诉你，隔壁家赵四娘咋发家的？就是不停地生，生了养不起就送人家家里帮忙做事，每个月收收孩子寄来的钱，小日子过得就极爽利了！”

杀猪的徐寡妇说：“成亲？这丈夫得好好找，身上没二两肉，瘦不拉几看起来就短命的别找。女人啊，不能就看脸，还是身体重要，有钱没命花也不成，你说是不？我说你们这些小姑娘就是太年轻，没点世面经验，那些小白脸说两句好听的你们就信了。”

我懂了，又得找能生的，还得找壮实的，还得找长命的，这才能确保自己婚后生活的美满。

我代入江寻的脸，想了想，他好像不能生，也不健壮，看着也不像是长命的，那我岂不是完了？

罢了罢了，我是第一次成亲，没什么经验，或许第二次就好了，这次权当吃个教训吧。我以拳击手，做了这个决定。

没过几天，就定了成亲的日子。时间有点赶，但该忙活的人是江寻，我依旧吃喝拉撒，享受最后一段单身的日子。

我身边也没什么朋友亲人，成亲的前一晚，江寻潜入我房内，塞我一本书。

他面红耳赤地道："这个你看看，以后用得着。"随即就转身准备离开。

我看着这素净的封面，将封面上的三个字大声地念出来："《避火图》"

江寻惊得一个踉跄，转身捂住我嘴，厉声道："这里头是机密，不可与外人道。"

我有点紧张，这么快就要暴露我其实文化程度不高的秘密了吗？

我咬着唇说："其实，我认识的字不太多。"

江寻干咳一声，说："里头没什么字，你看图就好。"

"我要是看不懂图，你教我吗？"

"这个不能教。"

"那我看这个干吗？"

江寻皱眉，纠结了很久，说："这是成亲的礼仪，待嫁女头一天就要看这个。你母后不在，只能我叮嘱你看。"

我紧张地问：“不看会有什么后果？”

“后果？”江寻愣了一瞬，“你等我想想。”

看来不看这本书的后果很严重，因为江寻想了足足有一个时辰，都还没想到怎么和我解释这本书的内容。

我扯过那本《避火图》，叹了一口气，打算翻阅：“要不这样吧，如果我有看不懂的地方，江大人教教我。”

“等等！”江寻的反应很大，他三两步冲上来，“啪嗒”一声将我的书合上。

我诧异，有些委屈，问他：“江大人是怕我看不懂，问题太多，惹得你心烦吗？”

他拧了拧眉心，颇为头疼。等了很久说：“我给你解释书中内容，不过你不能看，听就好了。”

“嗯。”也行吧。

江寻拿着那本《避火图》，靠在榻头。他一手撑在玉枕上，一手小心翼翼翻阅书籍，拈书页的幅度很小，不想让我窥到其中内容。

我坐在他对面，像是当年听母后讲睡前故事那样，双手捧脸，兴奋不已。

母后最宠爱我，也最喜欢和我讲故事。她说她在入宫之前，也有喜欢的人，当然不是我父皇，而是别的男人。她是被父皇抢过来的，入宫实非本愿。

当时，年纪轻轻的我就懂了“一入宫门深似海，从此郎君是路人”这句诗。这世上，有太多的身不由己，不是你想改变就能改变的。倒不如看开一点，既来之则安之，只要不死就行。

所以我对自己的现状还是挺满意的，江寻待我还不错，我也会以真心相待。有来有往，才是朋友之间的交际之道。

许是屋内烧着地龙，太热了，将江寻的脸烫上一层浅浅的粉色。他逆着光，脸侧仿佛镀上一层薄弱的金芒，犹如谪仙，随时会扬袖腾空飞升。

我有点沉迷男色，分神许久，才听到江寻在唤我："阿朝？"

他这般亲昵，我还有些不习惯。我摸摸鼻子，尴尬一笑："刚才没听到。"

"我开始讲了……"他沉吟一会儿，启唇，道，"为夫看了一下，这书不太合适你看，还是算了。"说罢，便把书合上了。

我大失所望："啊？怎么说不看就不看了？"

"小小年纪，不要问这么多为什么。"

"我不小了！而且我母后说过，不懂的就要问，不然会被油嘴滑舌的男子骗！"

他不耐烦："所以你母后死了。"

我一愣，万万没想到江寻会说出这种话。我微咬下唇，想出声反驳，又不敢跟他对着干，闷声道："我不喜欢别人讲我母后……"

"阿朝。"

我捂住耳朵，钻到被窝里，客套地说："明天不是还要举行成亲仪式吗？待会儿就得起了，江大人也回去准备吧。我困了，想早些休息了。"

江寻没和我道歉，他帮我吹熄了灯，走了。

我在被窝里呜咽出声，不想母后的时候，我还是挺坚强的女子，一想到她，泪珠子就忍不住往下掉。

我心里也明白，这世上再无比她更疼我的人了，即使是我的准夫君江寻，也靠不住。

除此之外，母后还教过我一句话：男人都很贪婪，所以女人手里留点钱财才是正经事。我还是想逃，但要先把江寻稳住一段时间，攒点钱财以后远走高飞。他是个好人，在我印象里虽说是奸臣，但本性不坏，也的的确确有为老百姓们做些事情，大家都不是瞎子。所以，即使没了我，他也能遇到更好的夫人，我就陪他一段时间，就这一段时间，等他厌烦了，也就罢了。此后，山高水长，江湖不见，离开时也能微笑挥别。

第三章

我的刁蛮公主殿下

我记得我母后说，若是我到适婚的年纪，她定会为我找到全天下最好的儿郎，赠我良田千亩，十里红妆，让我风风光光出嫁。我有她撑腰，定无人敢欺我分毫。

可惜，现在没有母后了，也无人来为我撑腰。我想了想，幸好江寻府中无婆母，也无姬妾成群，嫁过去后日子应该还算逍遥。只是我得瞒着他，私底下赚点钱，总不能拿他府里的银钱，万一被查出来，说他娶了个贼，实在不好听。

这年头，赚钱真难。特别是结了婚的女人，还得瞒着夫君暗搓搓地创业。

我闭着眼睛躺着，也没有真的睡着。躺了不知道多久，也不知是什么时辰了，屋外响动许久，白柯随着一众奴仆与喜娘进屋。

白柯毕恭毕敬唤我："夫人，该起了。"

因我不是真正的农家女，来的人都是别庄的下人，外人不知底细的，还以为江寻多看重新夫人，生怕她失了脸面。江寻不与权贵结亲，实属清流。一时之间，他的名声大涨，还有童谣传出："一世姻缘白首约，要嫁就嫁江少郎。"

喜娘为我开面，她捻无色棉纱线，在我脸上绞汗毛。我疼得嗷嗷直叫，满脑子都是母后当年给我看的番邦野果画像，其中有一物名叫猕猴桃，就是满脸带毛，下都下不去嘴，让人费解多时。看来，正确的吃法就是找几个喜娘，让她们齐心协力，细细绞去短毛再食。

我有些困，昨晚没怎么睡，任由他们里三层外三层地将我装扮。这些人把我折腾了足足一个时辰，才消停了。

喜娘夸张地"呀"了一声，将铜镜摆到我面前让我看。我睁开眼，迷迷糊糊地端详自己。其实庶民女子，在出嫁的这一天可以着凤冠霞帔，也就是九品官服，不算僭越。就这一天的殊荣，谁不期待？

我看了一眼头上色泽艳丽的摇冠与钿璎，一袭嫣红大衫霞帔，下端坠着珠石，叮当作响，美如彩霞。

这一套下来，单单看分量就知价格，江寻为了娶我下了不少血本。看来这年头，家里没两个小钱，夫人都娶不过来。

江寻那边三次催妆，我按照礼数，也应该佯装不愿出嫁，我抱着一名陌生妇人装哭。她是江寻为我找来的我名义上的娘，我嘴上喊着她，心里喊的却是母后。

我想到那一天，宫里变天了。母后浑身脏乱，把我推到嬷嬷的怀里。她喊我走，说嬷嬷会带我走，她呢喃两声，我没听清，就记得一个词："找寻。"

母后想找寻什么？我不懂。但刚才反应过来，她说的是"找、寻"。或许是让我去找江寻吧？

后来嬷嬷死了。我饿得奄奄一息，一醒来就躺在尚书府里。

我看着那个陌生的男人，他叫江寻。这样说来，可能并不是江寻把我掳走的，而是母后把我交给了江寻。

对于母后这样一个将死之人来讲，活下来就是最好的。所以，即使江寻对我图谋不轨，有其他心思，但只要我能活下来，一切就都是好的。

我被人背上轿，心里存着心事，所以没怎么搭理白柯。起轿行了一段路，白柯突然给我递进一张纸。

我在盖头下打开，细细念里头的话。纸上的字迹清隽飘逸，应该是江寻写的。

他写："别怕。"

别怕？或许他是想说，即使我母后死了，前朝亡了，我嫁给他后，就不用怕再被追杀了。

母后为什么将我交给江寻呢？江寻为什么冒着株连九族的罪也要护我呢？

不管怎么说，他都不是坏人。然而这世上没有不透风的墙，就当是我感激他吧，但我也不敢拖累他，等找到一个好时机我还是得走。哎，天下之大，竟然没有我能长久待的地方，突然觉得，原来死也算是归宿。

我默不作声，将纸攥在手心里，越攥越紧。眼泪"啪嗒啪嗒"掉下来，手背湿濡一片。

婚礼的流程我不是很懂，都是江寻引导我，折腾了一会儿，才送入婚房。

期间，有女眷来闹过，夸张地夸了我一通。她们走了以后，又有江寻过来，与我行"三灼易饮"礼，也就是喝交杯酒。

我本来伤感得不行，一看江寻的脸，顿时被治愈了。

许是人逢喜事精神爽，江寻今天着婚服的样子实在好看。黑如泼墨的长发由金冠束着，发上抹了点桂花香膏，散发着若即若离的香味。江寻一袭红袍，少了几分清雅，多了几分贵气。回眸间，风华流转，一顾倾城。

白柯喂我吃了一口汤圆，我皱眉，吐回去："生的。"

主贺者眉开眼笑，道："生的就对了，愿夫人生个白白胖胖的小少爷，夫妻同到老，早生贵子，儿孙满堂。”

江寻微微一笑，倒也没多大表示。其实我能理解他，明明不能生，新婚之夜还被嘲弄子嗣的事情，着实可怜，这是在戳人伤疤了。

礼成后，江寻道：“夫人在此等我，稍后就来。”

他说的“稍后”，时间着实有些长。我等了两个时辰，捡着被子上的花生吃，吃得只剩壳，再一个个掀过来，埋到被子里，伪装没吃的假象。

江寻是被下人扶进房的，屏风后有洗漱的隔间，他被人伺候着洗漱完了，披头散发，穿一件白色里衣上榻等我。

我也卸下凤冠，由这些人伺候我沐浴更衣。不知折腾多久，我终于上了榻，爬到江寻身旁躺下。其实我没有和人一同睡觉的习惯，但是这是成亲的代价，我必须要适应它。

我掀开被子，拍了拍左侧，对江寻道：“夫君来这里睡吧。”我很上道，婚后就得喊夫君，不能喊江大人了。

衣衫太大了，我斜着躺，衣领就大敞开，露出一点肩膀，希望江寻不要误会，我没有勾引他的意思。但我自己清楚，可能在江寻的眼中，此时的我真的秀色可餐，床头美艳的女人娇滴滴地唤他，媚眼如丝。这样的我，是没有任何男子可以把持得住的，包括江寻。

果不其然，他朝我慢慢靠过来，一手撑头，黑发倾泻而下，与我的头发绞在一起。他低声耳语，道：“夫人饿吗？”

“刚吃了花生，不是特别饿。”夫妻之间不能有谎言，怕他不信，我还将床脚的果壳挖出来给他看，炫耀般地说道，“你看，我吃了这么多。”

“好了好了，为夫知道了。”他好像面子挂不住，微勾的嘴角一寸寸降了下来。

“我这还藏着红枣，你吃吗？”

“不必了，你自己吃吧。”

“那行。”我摸了几颗红枣捧到怀里，一颗颗拿起来小心翼翼地咬着。

江寻就这样看着我，等了足足一刻钟才道：“以后在我榻上，不许吃东西。”

“为什么？”

“脏。”

“哦。”没想到江寻还有洁癖啊？新婚第一夜，我就给他留下了不好的印象，实非我本愿。我是想做个大家都喜欢的当家主母，那种贤惠大度，对男子三妻四妾也置之一笑的类型。

他又等了一刻钟，我终于吃完了。

我拍了拍双手道：“好了，睡吧，时候不早了。”

我觉得江寻真体贴，因为我们是夫妻，所以要同甘共苦，我不睡，他也绝对不睡，坐着等我。

江寻拧了拧眉心，不知在烦些什么。许久，他道：“还有一些新婚夜必须要做的事情。”

“譬如呢？”终于要到重点了吗？我好紧张，没想到婚后生活来得这么快。

“你过来，咳，这种事情不能让别人听到。你坐我腿上，我告诉你。当然，让你这样坐不是为夫想让阿朝做什么，而是这样的距离，我们才好说些私密话，不被第二个人听到，明白吗？”

原来是这么一回事，早说啊！

我很兴奋，爬过去，小心翼翼跨坐在江寻的身上。我的脸离他的胸膛很近，除了能看到若隐若现的胸肌，还能听到他强劲的心跳声，原来他也很紧张。

“为夫……”他凑近我的耳侧，鼻息弄得我的耳朵痒痒的。

果然很近啊！看来这事很隐秘！

就在这时，我觉得下腹燥热，有什么奇怪的感觉充斥其中。我咬住唇，难堪地道：“江、江寻，我来葵水了。”

江寻呼吸一窒，将我放到一侧。他不顾身上血迹，翻检柜子，终于找到了事先置办好的女子私物。他将这些东西连着干净的衣服递给我，道：“你去里间处理一下，东西都有。”

我颇有些委屈：“不喊人吗？”

“不了。”

“为什么？我一个人应付不来，在宫里都是嬷嬷帮我的。”

“那夫人要为夫亲自动手吗？你想我帮你？”

“那还是算了……”我想了一会儿，懂了，“新婚夜来葵水很丢人，是吗？”

他咬牙切齿：“对，丢人，所以不能与外人道！”

“哦。”原来江寻这么好面子，看来以后我在外都得将他描述得威猛一些，否则会伤其自尊。

台词我都想好了，到时候，我可以娇羞一笑说：“我夫君他身强体壮，特别威猛，很能生。”

隔天回门，就是走个过场，也无甚新鲜事。

我腰疼，坐马车的时候，缩在角落里，没有一点精神。江寻见了，朝我招招手，道："阿朝，过来。"

我是个熟知三从四德的女子，出嫁随夫，尽量不惹江寻生气。此时听到他叫我，便蹑手蹑脚挪过去。

江寻修长白皙的指尖缓缓探过来，触到我腰上，碰到我痒痒肉，我立即闪避。

江寻的手难堪地停在半空之中，又缩了回去，道："阿朝不喜欢让为夫碰吗？"

我摇摇头："没有不喜欢。"就是痒。

"那么，为何躲我？"

"痒，"我小心翼翼扯住他的手，往自己脊背上放，道，"你碰这儿，这里不痒。"

江寻避开脸，虽瞧不清他神情，但也能知晓他稍稍消了一些气。既然美人主动投怀送抱，那么该占的便宜自然一点都不能少。

江寻指尖微动，轻飘飘覆上去，帮我揉后腰。他的动作极缓极慢，如待珍宝，仿佛怕气力用大了便会将我碾碎。

他待我好，我也承他的情，有一搭没一搭和江寻闲谈："夫君，你小时候是什么样的？"

江寻不太想聊这个话题，他指尖微顿，含糊其词："无甚特别的。"

既然是我挑起的话题，他不聊，就只能我来接后话了："我小时候一直都住在宫里，我亲娘死得早，我出生没多久她就走了。我记得到了四岁那年，我就由母后养了。我和母后也不熟，那时她还是普通的嫔。后来如何封的后，我也不知晓。我只知道，我那几年很羡慕别的人，羡慕那些有母亲疼爱的人。后来，是母后看到我，说我对她眼缘，送糕点送衣裳，还哄我入睡，我才跟她亲近起来，时常粘她。”

江寻对此不屑一顾，冷冷道：“知人知面不知心，你怎知她不是为了巩固后位，做出母慈子孝的姿态，蛊惑你父皇？不要小看人心，既然看不懂，那就谁都别信。”

我对这个不甚了解，我虽不懂人心，但也不愿将人想得这般坏。他对我母后有意见，我早知道了。但他明明讨厌母后，还给我一个藏身之所，给我一个家，让我费解不已。是出于单纯的怜悯吗？毕竟我身量不高，踮脚也才到江寻胸口，因着我年纪小，他才想护我吗？

我问江寻：“那夫君呢？为什么要娶我？我知道是母后把我交给你的，她让我‘找、寻’，那个‘寻’，是你吧？”

江寻的手突然一颤，反应有些过激，厉声问我：“她还说了些什么？”

我没见过这样横眉冷面的江寻，吓了一跳，往后缩：“没说什么，就这些。”

江寻垂下细密的眼睫，冷静下来，他用指尖捻着我的下颚，迫使我抬头，凝视他。片刻，江寻低语，动作狠戾，嗓音温柔：“阿朝，你要信我，明白吗？”

我点了点头，虽不懂江寻在说什么。但是他要我信，我便信。

“你是我夫君，我自然信你。嫁鸡随鸡，嫁狗随狗，你说什么，我都信的。”

“那就好。”他松了一口气，侧头看帘外。

讨好了江寻，为避免尴尬，我也看窗外。马车行得慢，车夫怕惊扰到江寻，所以一路都很稳当。

我想创业，可没门道，正好看看有什么铺子合适做点小营生。

前面有集市，人多，堵住马车。车夫正要仗势欺人开口骂：“不长眼的人，敢堵江大人的……”

江寻急忙拦住：“也罢，且等等吧。”

这番话落到民间百姓耳里，不免又要捏造点好话，说江寻亲民和气。

我百无聊赖，只能掰掰手指头，看窗外。这时，有一张告帖吸引住了我的视线。

我对江寻道：“夫君，我是个闲不住的性子，想寻些事做。”我不奢求他能同意，就是问问。

江寻循着我的目光，扫了一眼，说：“这是县衙里招聘仵作与师爷的告帖。难不成夫人实则是个内里有神通的人，刻意藏拙多年，此番要出山了？原来一直都是为夫眼拙，轻看你了。只是，这活儿不要姑娘家，特别是尚书夫人。”

我一愣，结巴着道：“我想去应聘最底下这个，专门写话本故事的……”

江寻沉默了，他低头，这才看清底下还有一行字：

洪山书店新开一期全州话本大赛，寻撰稿先生，特设三大奖项，一旦过稿，稿费从优，话本发行各大皇城书店。可用笔名，无需露面，匿名参赛。如有合适话本，请给予店家掌柜审阅，半月后出初选结果！

我期待地望向江寻，如果我身后有尾巴，恐怕都欢腾地摇摆了。

他看我许久，艰难启唇，道：“夫人想试试，便试试吧。”

有了江寻的支持，我决定大干一场。然而当晚就败在了取笔名上。

江寻看我一直不睡，问我：“夫人在想什么？”

“笔名。”我愁眉不展。

“这世道对女子不公平，不如取个偏男相的，反正不需要抛头露面。”

他说的在理，我思索许久，敲定了一个：“就叫风华绝代的江公子吧，若是我红遍大江南北，其中也有夫君的功劳，所以冠你之姓，扬我之名。”

我费尽心思讨好江寻，果然，他很受用，微微一笑，艰涩地道：“可以。”

说干就干，当晚我就开始写稿。故事不算特别有新意，不过也没什么，只需写一篇旷世情恋，以悲剧为主，便能吸引人眼球。

于是，我完成了第一本话本《鲛人心，吾之泪》，里头讲述了一个凄美动人的爱情故事，大抵是一个凡人爱上鲛女，最终被鱼性大发的鲛女吃了。情爱片段浪漫，剧情跌宕起伏，肯定能赢得评委的好评。

我很满意，让白柯代替我投稿。

我在府中等了七天，毫无音讯。

江寻看不过去，问我：“夫人很想出售书籍的话，为夫可以帮你自费印书出售。”

我皱眉，拒绝他：“怎能如此心急？谁的成功都不是一蹴而就的。那些商家都苦心经营多年才变得富可敌国，我只等了七日就放弃？不可不可，即使是农户家想卖鸡赚钱，也得先等鸡崽长大吧？”

他无语，不理我，翻身睡去。

又等了七日，我憔悴，我心碎，终于等不住了，抱着江寻大腿，道：“夫君之前说给我自费印书，我想了七日，可行。”

江寻睥我一眼，冷笑：“怎么？夫人的鸡崽子养不大了，就来求我了？”

“……”我语塞。这就是寄人篱下的坏处，但凡我有点闲钱在手，也不用沦落如此境地。

我打算哭求，而白柯在外敲门，隔着门道：“夫人，你的大作选上了！”

啊！劲爆！

我清了清嗓子，收回不小心落在江寻腿上的手。

彼时我是一个凄苦无依的妇人，现时我已发家致富，走上人生巅峰，不可再做小女儿姿态。

江寻的眼神中，嘲弄意味更足了。他“啧”了一声，抬起我下颚，道：“怎么？夫人小人得志，立马换了脸色？方才不还温声软语求我吗？”

我皱眉，移开他的手，正色道：“夫君这样说就不对了，我是那种人吗？只是方才觉得，即使鸡崽子养不大，我也不可抛弃它，还是得坚持一会儿的。”

“哦？难得夫人秉性‘纯良’，为夫心甚慰。”

这夸奖，我听了很受用。

从白柯那里得知，初选赛被选中的话本要进行一个投票，他们会将话本贴在书铺前的榜单上，由民众投票。若是喜欢，就拿蘸了朱砂的笔在话本上戳个点，十日后，凭点数竞选前十名，进入决赛。决赛获胜的前三名，一人二百两白银，还能独家为皇城书铺撰稿，稿费从优。

哇！二百两！

我抖了半天，从身上抖出两个铜板，还是有一日帮江寻拾掇常服，从他袖里捞出来的。

当晚，我就想了个作弊的法子，让白柯替我出府，帮我用朱砂笔多点几个红印。

等白柯回来复命的时候，场面极为尴尬。我与她大眼瞪小眼多时，终于忍不住轻咳一声，问道：“我让你办的事情呢？如何了？”

她不语，我以为她是在心里鄙夷我。我顿时皱眉：“白柯，你还是太年轻了。这为人处世需要变通，你明白吗？这并不是作弊，这是策略。有勇有谋，方能成大事！”

白柯单膝下跪，道：“夫人，是属下无能。属下到场时，已有别家暗卫蘸朱砂戳点，试读纸都被戳烂了。属下自是不服输，与他们比起了戳点技法，几个回合下来……”

我欣喜若狂：“终于赢了？”

“告示板烂了。”

“……”嗯，这似乎就不太妙了。

我痛心疾首，问：“怎么会有这等小人？比赛比的就是光明磊落，我生平最厌恶这起子背后搞手段之徒了。算了，不怪你，是敌人太狡猾，我们中计了。”

白柯退下以后，我陷入了深思。事情棘手到这种地步，并不是我能应付的。

所以，我打算去找江寻，让他动用自己私人的权力力挽狂澜。好吧，我是真的想要那二百两。

是夜，我亲自下厨煮了火锅。汤底是腌菜鱼头汤，加了点辣子，底料滚了豆腐。汤沸腾了，一个个泡从豆腐洞里钻出来，像是一张人嘴，咕咚咕咚讲话。我尝了一口，辣度适中，吃起来大汗淋漓，酣畅之极。

不仅如此，我还让人温了两壶酒，打算与江寻望月对饮。

我殷勤地给他夹了一块豆腐，摆在颗粒分明的米饭上，道："夫君尝尝看我的手艺，这豆腐是我亲自烫的。"

"哦，为夫还以为你要说，这汤也是你亲自熬的。"

我正色："是我亲自看着熬的。"

"算了。"江寻咬了一口豆腐，即使是吃东西，他也这般清俊文雅。

"为夫翻阅了一些文献，实际上，你所制的火锅在北边又称为古董羹，因食物落水发出咕咚咕咚声而就此命名。南面江南一带又称之为暖锅，并非你原创。"江寻抿了一口酒，风轻云淡道。

"哦。"江寻这样，其实我很伤心。不就是一个吃的吗，有必要这样上纲上线吗？

他看我一眼，仿佛瞧出我伤心的样子，安抚道："不过火锅一词，倒很新鲜。锅底煨着火，的确贴切。"

我点头，深以为然。

吃了一会儿，我惆怅地道："近日，我有点心事。"

我原以为江寻会问话，哪知他闻言，只淡淡"哦"了一声，不太关注。

这就不妙了，我总不能自己说吧？我心里实际上是有点抱怨江寻的，堂堂尚书大人，竟然不懂揣测人心，听不出我话中的请求之意吗？

我决定说得再明显一点："唉，不知二百两能做些什么？"

江寻终于停箸，道："为夫也没花过二百两，真不知能做什么。"

"……"骗人！

我惊讶地问道："相传尚书府富可敌国，如何连二百两都没花过？"

"我只用过三百两。"

"哦。"真是个令人伤心的答案。

我们又相顾无言，四下寂静，唯有火锅沸腾声。

我忍不住了，开口道："今日我让白柯帮我去看看投票结果，哪知道，那些初赛入选者都是小人，他们竟然私下作弊，用肮脏手段赢得赛事。想我今朝居然出了如此罪大恶极之事，我实在痛心。"

江寻轻笑一声，淡淡地道："夫人不也让白柯去戳红印了？都是一丘之貉，谁瞧不起谁呢？"

"哦。"我竟无话可说。

"不过……"

"不过什么？"

江寻撩了撩常服下摆，慢条斯理地道："为夫也不想见夫人忧心此事，帮一帮倒也没什么。只是，这条件嘛，总得谈一谈。"

"夫君？"我大喜过望，娇滴滴地问。

江寻凑过来，他的脸离我很近，鼻尖险些要贴到我额上。

他戏谑地问："不如，夫人抱我一下？"

噧，真不要脸！

我有点紧张，绞着手指。想了一会儿，我咬牙，靠近他，用手轻轻环上他的腰。

我本想轻轻抱一下的，哪知江寻不按照常理出牌！在我想放开他的时候，他也用手抱住了我，而且一直不松开。

说好只抱一下，你居然套路我，卑鄙！

过了很久，江寻才心满意足松开我。他微笑道：“既然夫人有求于我，那为夫定当不择手段帮你将此事促成。”

隔天，告示板被人恶意损坏一事闹得沸沸扬扬。大家都在怀疑，这是别州书铺对皇城书铺的报复，生怕他们选出更加才华横溢的话本先生，垄断话本界的生意。

要知道，这潭水很深。特别是别州的话本想放在皇城书铺卖，吸引皇城的民众，都得付高额的寄卖金，不达标的作品都只能被拦在皇城外，永世无缘得见权贵大臣。

这就是商业阴谋啊，我也深有所感。

当然，除此之外，还有一件大事。

江寻和圣上提议整顿民间风气，杜绝书铺明面上贩卖伤风败俗的话本。因着这个，此次大赛还有许多选手被撸下榜单。因为被查出他们特意写一些桃色剧情讨好评委，混得初选赛的晋级资格。

就因为这个，还招来礼部侍郎的小儿子不满。他就是写桃色话本的选手之一，好不容易混进初赛，竟然还被江寻刷下来了，怎能不气？

于是乎，他蹲在尚书府门口多日，虎视眈眈，一见江寻出来就……就抱着江寻上朝的官轿哭诉。

他坚持了许多日，江寻终于动了恻隐之心。

江寻从轿上下来，弯腰扶起了他，温柔道：“小公子这又是何必呢？”

“江大人，莫非你同意……？”

江寻但笑不语，摇了摇头。片刻，他指着角落道：“小公子看那儿，是谁来了？”

小公子瞥了一眼，拔腿就跑。原来是他爹礼部侍郎被江寻连着几个折子投诉，终于带棍棒堵儿子了。

老人家气呼呼地道：“写桃色话本就算了，你还昭告天下，生怕有人不知？不是说棍棒底下出孝子吗？我今儿个就打死你好了！”

这事之后，也没人敢再提反对意见了。一时间，大家都很紧张，不敢再写限制级题材，因为某条捷径已经被虎视眈眈的江寻给扫除了。

我长吁一口气，不得不说，江寻就是厉害。初选赛刷下几个人，余下的不过就十五六个，我晋级的可能性增加了许多。

为了感谢江寻，当晚我又请他吃饭。

这次倒不是约在府中，上次他说我抄袭火锅创意的事情让我耿耿于怀，我不会给他机会再提的，于是我们约在了府外。

说起来，这是我和江寻第一次约会，我满心期待。

我们成亲至今也快一个月了，依旧算是新婚燕尔。虽然我日夜能与江寻相见，但实际上，我对他了解得并不多，这就是盲婚哑嫁的坏处。

江寻先派人去皇城有名的鹤翔楼订座，为了保持神秘感，我让他换上常服先行一步，而我在府中装扮许久，晚点再来。

府里什么都不缺，新样式的衣衫，新款的发簪首饰，江寻都有派人准备好，存放库中。唯有一点让人不太开心，那就是没有银钱，要买什么都得过账，想典当府里东西也是痴人说梦，上面有江府的印记，谁敢收官家的东西，怕是手脚都不想要了。

我一堂堂的前朝公主，一亡国就穷得响叮当，也是够丢人了。

我叹一口气，所以我才千方百计想赢得比赛。做女人，总得藏点私房钱。

白柯唤来擅长梳发的侍女为我绾发，我素来喜欢较为雍容华贵的装扮，可以展现我公主风范。此番，我在又挑了支有朵烧出的彩瓷牡丹的发簪，发簪个头不大，内部是镂空的，并不重。我选了一套桃粉长裙，裙面印花特殊，在烛光下漾起光华，颇为华丽。

外头起了风，下了鹅毛大雪。我畏寒，只得再披上一层白狐裘衣，匆匆躲入马车中。

我手里拖着灌了热水的暖袋，一边哈气，一边问白柯："这白狐披风，我见夫君也有一身？"

白柯在外头骑马，朗声回答："回禀夫人，这是大人特地让人寻的雪地白狐皮，就那么点大，一寸一金，做了两身。大人自己留一身，另外一件，估摸着就是留给夫人的。"

我"哦"了一声，对江寻的好感度又增加了不少。原来他那么体贴，知道我怕冷，做大衣也多备了一件送我。

我问道："这裘衣是什么时候制的？"

"哦，大概是在夫人进府之前。"

我沉默一会儿，那时候前朝应该还没亡，也就是说，这衣服还真不是为我准备的，白感动了这么久。

可能是为了他自己的白月光小表妹吧？我黑了脸，顶着一身醋味上了鹤翔楼。

鹤翔楼不愧是皇城第一大楼，来往的人都是穿金戴银的富户豪门。我戴着帷帽，帽檐上一层绯色薄纱，借以来遮脸。毕竟是尚书府夫人，江寻占有欲强，不太喜欢我抛头露面。也可能是我容貌倾城倾国，容易被各路小狼狗惦记。

我还没走几步，迎面就来了一只“小狼狗”。看他的样子是喝了几杯，走路踉跄，醉醺醺的。一见我，便流里流气地问：“哪家小娘子如此标致？”

他话音刚落，身后就出现了江寻。

江寻微笑，出口的话却十分冷硬：“我家的。萧将军若是敢碰拙荆一下，在下便是不要这官职，也得将你的手指剁下。”

被称为萧将军的男人见江寻，如见豺狼虎豹，他尴尬一笑：“原来是江夫人，是本将军冒昧了，给您赔个不是。”

江寻拽着我的手臂，把我扯到他身后，依旧笑得恬淡：“不必了，只是将军下次对女子有意，也得瞧清楚姑娘家绾的是不是妇人髻。若是看不清，那这双眼睛有何用？不如挖去算了。”

“哈哈哈哈……”萧将军一面笑，一面往前走，逃之夭夭。

“萧将军懂我，我平日里最爱开玩笑了。”江寻在后面说着。

不得不说，江寻开玩笑的时候也颇有气势。我仿佛都看到他拿着匕首，一面笑，一面往萧将军的眼睛处扎去……扎了以后，还殷切地把刀捧到萧将军的面前：“你瞧，这双眼睛多美。”

想完，我抖了抖，这确实是江寻可以做出来的事情。

江寻带我进隔间，背对着我，道：“夫人平日出门记得带上白柯，再遇到这种人，碰哪砍哪儿，算我的。”

我心中一喜：“你的意思是，往后我可以仗势欺人？”

“……”他一窒，“倒也不是这个意思。”

“那是几个意思？”我不太懂这些弯弯道道，我只知道，权力真是一个好东西。若不是江寻权势滔天，恐怕还护不住我。

我母后当年也说了，若不是我父皇权势滔天，她也不会被掳过去，背着妖后的罪名，背井离乡。

我突然觉得江寻也挺可怜的，他站在这个高处是身不由己。因为他想娶我、护我，就必须将绝大多数人踩在脚下。

唉。我又叹气了。

江寻问我：“夫人这是怎么了？”

我摇了摇头：“倒也没什么，只是觉得夫君可怜。”

他玩味地问：“可怜？这言论我倒是第一次听说。夫人如何觉得我可怜？”

“夫君爱上了全天底下最美的女人，所以必须顶着强大的压力与责任。是我红颜祸水，让夫君受累。”

江寻的浅笑有一瞬间的僵硬，他嘴角一抽，道：“夫人莫要多心，不用有这么多顾虑 。”

“嗯？”他是在安慰我吗？

“夫人还没有美到那种天怒人怨的地步，所以不用思虑太多。”

“哦。”我不太高兴。

片刻，他安抚我：“当然，夫人的样貌很得我心。”

虽然是一句甜言蜜语，但我也没觉得特高兴。行吧，这日子就瞎过吧。

我嘀咕一句："实在可惜，没想到夫君年纪轻轻就瞎了。"

"什么？"江寻的语气让我感觉危险。

我抬头，朝他扬起一个灿烂的笑脸，露出皓白牙齿，道："我说夫君美，风流倜傥美姿仪。"

他冷漠地扫我一眼，没计较我的话。

我和他坐席间等菜，我往左侧一瞥，那里挂着江寻的玄色大氅，毛领处因湿润下陷一块，竟是冒雪而来。

许是江寻也很期待此番私会，我却这样与他讲话，实在愧疚。

我尽力讨好他，想点话题，与江寻谈心："我问了白柯，她说我这白狐裘衣与你之前穿的那身是一对。"

"嗯。"江寻还在气头上，闷声不语。

这男人怎么肚量这么小，一点小事就不开心，哄也哄不好。

"不过我知道，这是送你表妹的，恰巧她背叛了你，你就转给我了。"我轻声道，装大度，"不过我不介意，即使我现在也不是很开心。"

唉，我越说越委屈。我已经如此委曲求全了，江寻还会觉得我不够好，不够识大体吗？

江寻闻言，皱眉问我："为何又说起表妹？"

"我都知晓的，你的心上人是你表妹，你房里的画像，我也是见过的。"

江寻更不解了，他冷哼一声："我看，瞎的是夫人。你如今是连画上的人都认不出了？画上的人是你，并非旁人。”

我“啊”了一声，有点不知所措。

“想来之前和夫人所说的肺腑之言，你都未曾当真过。我将一颗心捧给你看，只有你不屑一顾。”

江寻这话，我懂了个七八分。也就是说，他无聊临摹的人是我，和表妹无关。我就说，那珍珠发钗怎的如此眼熟，原来就是我旧物，而表妹酷爱模仿我。

竟然是一场乌龙，我很尴尬。

席间，江寻也没吃多少东西，草草尝了几口，怀有心事离席。

我自认理亏，只能和他一起上轿，伏低做小讨好他：“今日见夫君穿一身竹青色长衫，颇有谦谦君子之风。不愧是我夫君，前朝重臣，今朝栋梁，芝兰玉树。”

我把腹中墨水都掏尽了，也没见江寻有个笑模样。不由想到“一骑红尘妃子笑”以及“烽火戏诸侯”的典故，至少那些君王费尽心思逗美人，美人乐了。我绞尽脑汁逗江寻，他压根就不理我。

我思索良久，也没想出什么新招。突然记起昨晚，江寻主动索抱。对了，这厮仿佛喜欢我亲近他。

不就是抱一下吗，这有何难？皇姑母往日的经典语录又浮现在了我的脑海中。

我理了理自己的襦裙，然后伸出手靠近江寻，闭着眼做出一副享受的样子，想去抱他。这时，我的额头突然被一股力量阻碍，我抬眼一看，原来是他的手指。

糟了，这次连我主动求抱抱都没用了！

江寻拒绝我的靠近，并朝我冷笑道：“夫人把这事当做什么了？遇到难事，抱一下，便能迎刃而解？你是只待我如此，还是待人人都如此？”

他这又是发的什么疯？我不懂了，也有些恼了。

我依旧沉声讨好他：“你是我的夫君，我自然只待你如此。”

“假使旁人是你夫君呢？”

我愣了一下，这个问题不好答。假如囚禁我的是别人，因着强烈的求生欲，我大概也是这样哄着他吧？

但我深谙哄人之道，正要开口对江寻说“我只对你如此”，就被他一下打断了话：“我知道了，你不必答了。若你有心，怎会想这么久？我说得没错，阿朝，你没半点心肝。”

江寻下了马车，整个人淹没在风雪里，渐行渐远，远成一道孤孑的影。

我以手掩面，娘的，怎么又闹别扭了？

这两天，江寻都称户部事多，夜间加班，没回府过夜。

我不知他这话里有几分真，几分假。没江寻的这几天，我还是挺想他的。两个人睡习惯了，看着偌大的睡榻，总觉得哪里不对劲。

可能，人都是害怕寂寞的，一旦习惯了两个人，就再也不能独处了。

为了让自己开心，我决定全身心投入到事业中去，用事业麻痹自己。

上次戳红印的投票方式很失败，书铺又想了新招。选手的试读稿子前会分别排列几个木桶，若是有人喜欢某一篇稿子，便往对应的木桶里丢一枚石子。

这种方法保住了告示牌的命，却要了附近老百姓的命。

不知是谁传出来的，石子大有加分的机制，有人将山撬开一块巨岩，搬到了街上投票。

结果自然是……那条路被围得水泄不通，好多住那条街的朝廷大臣无法按时上朝，纷纷迟到，苦不堪言。

这事惊动了圣上，紧接着一道圣旨颁下来：既然投票玩得这么开心，那就玩个大的吧。投票处有官差一天十二个时辰看守，投票者需报上户籍，实名制。若是发现异常，抓住作弊者，就杖责三十。

一时间，大家都冷静了，再无偷鸡摸狗的小动作出现，选拔赛正常进行。

我早说了，比赛这事应该公平公正公开，最恨那起子背后做手脚的小人了！

要不是前几日雪大不能出府，白柯早就帮我把黄山顶峰的巨岩给撬回来了。幸好今朝圣上有点脑子，取消了这种不公平的比赛机制，没让那些背后使刀子的奸诈之徒得逞。我心甚慰。

俗话说，好事成双。就在我连连走好运的这一天，江寻亦风尘仆仆回府了。

多日不见，不知他想不想我，反正我甚想他。

俗话说得好，女为悦己者容。

江寻并没有取悦我，所以我也没精心打扮见他。这样，应该能隐晦地告诉他，我也如他一般是不开心的。

所以我赖在榻上假寐，打算让江寻见到一个愁眉不展的我。结果假寐没维持住，睡醒已经是日头西落的时候了。

我有点心虚，刚想爬起来，只听得薄如蝉翼的床帘外有人道："哦？为夫不在府中的日子，夫人似乎睡得格外安稳？"

我讪讪一笑，道："夫君不知，我前几日见你不在府中，一直睡不踏实。今日得知夫君回府，喜不自胜，多日累积的困意袭来，就……嗯，昏睡过去了。"

"是吗？"他抿了一口茶，显然是不信的。

当然，这话我说出来我也是不信的。为了不暴露出破绽，我打算岔开话题，曲线救国："夫君这两日都在忙些什么？"

"莫问朝堂事。"

"哦。"没想到江寻也这么大男子主义啊，妇道人家还不能过问朝廷的事情。

两厢沉默许久，江寻问我："夫人有没有想过，若是为夫不回这府中，你该如何？"

他不回府了？想了想还是很遗憾的，毕竟我见不到江寻了。很可能以后没吃的，饿死在这里。

我悲从心中来："那夫君会断我粮草吗？"

江寻手间的茶碗落地，咬牙切齿："我不仅断你粮草，还让你腹背受敌！"

"……"听到这话，我知道他又生气了。我颇为委屈，民以食为天，我只想吃一口饱饭，他居然还刁难我？

“算了。”江寻掀开帘，端详着我，问，“阿朝，若我娶了别人，你会伤心吗？”

我惊讶，这才新婚没多久吧？他就想纳妾了？

“你想纳妾？夫君喜欢哪个，就纳哪个吧，我一定不会给她暗中使绊子，给她穿小鞋的。”

“不是，我只想问问你，”江寻抿唇，自嘲一笑，“也罢，想来你也不会伤心。”

我沉默许久，实在是不太懂如何应付江寻。幸好，他没那么胡搅蛮缠，还算体贴。隔了一会儿，就叫人摆膳。

食不言，寝不语，他大抵也不会再问我问题。

因为入冬了，没什么新鲜果子，都是干果居多。桌上摆了几碟山楂片、核桃之类的玩意儿。我拿着小锤一面凿，一面将果肉挖出来。核桃吃多了涩口，我就顺道喂了江寻几个。

起初，他有些排斥，似乎是没有被喂的习惯，但在我一脸期盼的表情下，江寻还是老老实实地将核桃含入口中，细嚼慢咽。

这样就对了，夫妻哪有隔夜仇，老对着干算怎么回事？在这方面，我比江寻理智。我热爱和平，讨厌争端，轻易不会和他争斗。

我娇滴滴地再喂他：“啊——夫君张嘴。”

江寻斜我一眼：“夫人从哪学来的招数，怪里怪气的。”

“你不喜欢吗？”

“还是原来的你最好。”

“哦。”原来江寻不喜欢娇揉造作的女子。

上菜了，我吃了几口饭，突然想到一事：“三日后有灯会，夫君带我去看吗？”

江寻愣了一瞬，垂下眼睫，道：“户部繁忙，抽不开身。”

“那我自己去？”

他皱着眉，道：“夫人还是少抛头露面的好。”

“为甚？”我不是很理解，不过想想也知道，万一有人真的认识我怎么办？

“夫人的身世……”

“知道了，那我在家里等你。”

“嗯。”

我去灯会其实醉翁之意不在酒，我是想去参加晋级赛的签售会。投票名单已出，我是前十名之一，之后还会举办晋级赛，需要写新的话本，再进行淘汰制度，定下前三名获奖者。据举办方说，我的处女作《鲛人心，吾之泪》立意新奇，一发售就热销各大书铺，为了增加销量，特邀我前去签售，顺道拉拉票。当然，这样想的并不只是我一人，还有其他几名才华横溢的话本先生为了二百两银子也纷纷赴约。

那天晚上，江寻不在府中，甚好。

我摩拳擦掌，盼星星盼月亮，连盼了好几天，终于等到那一日的到来。

那夜，我没敢走前门，也没敢走后门，由白柯带我飞出府外。

白柯已经完全成了我的人，具体怎么成为我的人，实际上我也不知情。我只知道她这个人其实胸无大志，之前跟江寻的原因也很简单——府中的榻比较软，和客栈里那些庸脂俗粉般的睡榻格外不同。于是，她决定为江寻出生入死，长期留在府中。

话就说到这里，我换上江寻的长衫，束发束胸，还买了面具，全副武装。白柯说，别说是否能分辨出我现在是男是女了，连我是不是个人，她都瞧不出来。

这样很隐蔽，我很放心。

出门的时候尚早，我牵着白柯的手，绕着石桥看花灯。这些花灯形状各异，有兔子、狐狸、老虎等等。有些小贩别出心裁，还搞出了吃食灯笼，譬如糖葫芦形状的。两岸灯火辉煌，人潮络绎不绝。万家灯火，在夜间齐齐燃起，照得河溪五光十色，颇为艳丽。

不一会儿，就下起了雪。

我伸出手，去触探那些雪花。见米粒大的雪粒子在指尖融化，总有种人心炙热的温暖错觉。

我呵了一口白气，朝前眺望。却如遭惊雷，愣在原地。

就在那花灯遮蔽的暗处，我见一对璧人朝我缓缓走来。我认识其中一人，正是江寻，而他身旁站着一名娇笑嫣然的女子。那女子的衣着华丽非凡，一看就知非富即贵。

江寻虽没笑意，可他眉间的温软柔情却瞒不过我。我知他性格，这样的眼神与我而言并不陌生。

他说心悦我时，也是这般温柔看我的。

这一日，雪很大。我站在漫天飞扬的雪里，一时间竟手足无措。

明明我才是正室，但此时却有种羞愧难当的感觉。我害怕撞上他们，害怕江寻对我一脸冷漠，装作素不相识。

他之前问我纳妾的事情，应该是为了现在我看到的这一出吧？

我也不知是该伤心，还惊讶。我绞着手指，垂眼，即使隔着面具，也生怕被他认出来。

原来，我也没江寻所说的那般满不在乎。

第四章

我的淘气公主殿下

白柯没看到那一幕，她的眼中只有我，她说：“夫人，你眼睛有点红，是哭了吗？”

我摇摇头，说：“我没哭，只是眼睛有点不舒服。”

我的确没哭，那一晚风太大，吹的眼睛不舒服。我叹了一口气，天要下雨，娘要嫁人，夫要纳妾，这三件事没一件是我能拦得住的。

母后说过，假使我喜欢上一个男人，对方负了我，那么千万别要死要活。这世间还有享用不尽的珍馐美味，消受不够的滔天富贵，为了一个男人尽数抛弃了，那怎么行？而且，男人嘛，都这样，图新鲜。他爱贪嘴就让他贪嘴，咱们在家依旧吃两碗饭。

母后的话很糙，但理不糙。她再举几个普普通通的例子，我也就懂了全部。

罢了，随他去吧。

如今江寻心里有意中人，我也放心一些。这样他下半辈子不会老无所依，我也不会被他的甜言蜜语所蛊惑。等我攒点钱，还是得走的。

我不是一个太纠结的人，事情想明白了也就忘了。

时辰差不多，我跟着白柯到了一间茶楼。不是我傻，忘记了茶楼名字，而是这间茶楼就叫“一间”。

如此有个性，我很喜欢。

进了茶楼，我和小二报了一声：“我是风华绝代的江公子。”

小二一听，急忙跑回柜台后，掏出一本话本，道：“您给我签个名，中不中？”

“中。”我两臂张开，潇洒地抖了抖袖子，左手执笔，往本上画了个“江”字。

昨晚想了很久的签名创意，左边的水字旁写得快了可以连成一道弧，右边的工字可以搞点创意，只留上杠与下杠，缩略成两点。于是，就变成了一个平易近人的笑脸“（：”，既简单又方便，深得我心。

小二顿时被我的签名惊到，佩服得五体投地，连声请我上楼。

快要到厢房内了，我在想，要不要揭开我的面具，毕竟以面具示人不太礼貌。但是从另外一方面说，这种“犹抱琵琶半遮面”的感觉才更能戳中来往读者的心。

算了，还是戴着吧。

我刚进屋，环顾四周，脸上的笑就维持不住了——原来，所有人都打算用这套蛊惑读者，全戴了面具。

我拱手作揖，自我介绍：“诸位先生好，在下是风华绝代的江公子。”

他们有些人虽还没有话本作品印刷出来，但毕竟是原创作者，还是统称为话本先生吧。

“原来是江公子，在下是玉树临风王二楼。”角落里有一位穿青衫的少年郎走来，对我微微一笑，客气道。

玉树临风王二楼？这笔名耳熟。我想了想，应是《极品将领》的作者，不过这部小说里头具体说了什么，我没仔细看，但就销量来说，他是位居榜首的。

我面对强大的敌人，干干一笑。为了打消他的戒备之心，我决定亲近他，以亲昵的爱称相称：“原来是楼楼。”

他的笑僵在脸上，好半晌才回我：“江公子果然有趣。”

“哈哈哈，过奖过奖。”糟了，他居然一眼就猜中我的弱点。我这个人无法抵抗任何夸奖，再怎么隐晦的赞美之词，我都能听得出来，并且喜形于色，很容易丧失警惕心。

厢房里其他话本先生都是哑巴，没什么话讲。于是，我只好和楼楼打成一片，不一会儿，我们就处成了可以站在同一处，共话八卦的挚友。

楼楼压低声音，对我道："江公子想赢得这二百两吗？"

我点了点头："这个是自然的。"

"我也想，不如我们联手？"

"怎么联手？"我愣了一下，懂了，"这不好吧？屋内这么多人，我们还没武器，一个个打死不太可能啊！"

楼楼一噎，道："不必杀了他们，只要使一些小手段。"

"譬如？"

"此地不好谈此事，平日我们若想互换信息，只消派人把书信传到一间茶楼的小二处，自有人会帮你寻我。"

"那行吧，反正前三名都有二百两银子，我们两个人还是可以合作的。"

我话音刚落，书铺主办方就差人来说，购买话本的平头老百姓来了，让大家来签个名。

这时，原本死气沉沉的众人一改先前寡言的面貌，一个个精神抖擞，与读者们互动，语笑嫣然。

我愣在原地，扼腕叹息，这些人都是戏精啊！

就在我分神的期间，突然有一女子拎着裙角，犹如一只翩翩飞舞的花蝴蝶一般，旋至我身前。她着秋香色软烟罗缎襦裙，梳双刀髻，额角各一枚海棠花细钿，垂着银白流苏，浅笑盼兮，灵巧动人，正是我之前看到的那名与江寻同行的女子。

她捧着话本，对我道："先生是风华绝代的江公子吗？"

我欲哭无泪，叹道："我正是。"

她惊喜，连连轻笑，对着身后道："我说了，江公子今晚定会在，你还不信。"

"是吗？"江寻突然抬步进来，他的目光落在我脸上，不，是面具上，格外阴冷。

片刻，他才冷冷道："我原以为风华绝代的江公子定会留在府中，哪知他也会来签售话本，倒是我猜岔了。"

江寻这是威胁吗？

我明明答应过他，会乖乖留在府中等他回家，结果还是偷偷摸摸出门了，还被抓个正着。

这样想也不对，若不是我出府，还不知道他身边有这样一位美娇娘相伴。我从来都不是那种不识大体的女人，这些小事，何必瞒我呢？

我颇为委屈，一言不发，给她签了名，自己设计的笑脸也险些画成了哭脸。

江寻还在逼我，咬牙切齿问："怎么？江公子不说话吗？"

我指了指嗓子，意思是："嗓子疼，开不了口。"

这时，楼楼发现我的异常，前来替我解围："江公子身体不适，您若是想问什么，便由我说吧。"

他将我轻轻扯到他身后护住，遮挡住了江寻探究的视线。

江寻笑了一声，道："无事，既然先生身子不适，那签完就尽早回家去吧。这夜间不太平，人多眼杂，行路时且当心些。”

楼楼听出江寻的话音，回头，温柔地看我一眼，答：“在下与江公子是挚友，自然会送江公子回去，这等小事，倒不必让外人忧心。”

“外人？甚好。”江寻呢喃自语一句，没多留，就和那名女子走了。

楼楼问我：“他是？”

我叹一口气，答：“别多问，都是风流债。”

不知出于什么原因，当晚我不是特别敢回府。一想到江寻望着我，咬牙切齿道“外人？甚好。”我就脊背发凉。

按照母后的话说就是，江寻吃着碗里的，看着锅里的，欲坐享齐人之福。

楼楼是个信守承诺的人，果然如答应江寻那般，一路送我回府，我很感激。

我牵着白柯的手，左侧是楼楼。他摇了摇扇子，对我问道：“方才那人，是户部尚书江大人吧？”

其实天很冷，完全不用扇扇。他此举不是贪凉，而是附庸风雅，说白了就是臭美。

我出神许久，才反应过来他的话：“应该是吧？”

我不笨，从他的话中，我发现了几个疑点。其一，平头老百姓都不得窥见江寻的颜，楼楼是如何知道他是江寻的？其二，他说这话时，半点眉头不皱，语气也无恭敬或敬畏，他是傻大胆还是无所畏惧？

“楼楼，你是谁？”我看了一眼他的脸，半张脸都被面具遮住了，只露出单薄的唇，唇形轮廓好看。

“想知我是谁，不如江公子先摘下面具让我看看你是谁？”

我刚想说他卑鄙，隐藏身份，就被打脸了——没错，我的面具更可怕，把整张脸都遮住了。

我摆了摆手：“罢了，相逢何必曾相识，咱俩不看脸，只交心。”

楼楼轻笑一声，对我道：“江公子，你果然有趣。”

“嗯？”我刚想回话，楼楼就一下子窜跑了。

我抬头一看，已经到了江府后门。进，还是不进呢？

我往手上哈了一口热气，站在后门，就是不敢进去。江寻的狠话都放出来了，潜台词就是：回家你等着。

我不敢等，颤颤巍巍地对白柯道：“我们今晚睡客栈吧？”

白柯摇摇头，率先推门进去：“客栈的榻没府里的舒服。”

见利忘义的叛徒！

我摸了摸身上，还有几个铜板，打算去买碗豆腐脑暖身子，一坐到天亮。

刚想走，就被门后的江寻拽住。他望着我，似笑非笑：“哦？夫人私会情郎，这么晚才归府？”

我叹一口气：“夫君莫说我，咱俩半斤八两。不如趁着这次机会好好坦白了吧，你玩你的，我玩我的，彼此识大体，岂不美哉？”话刚说完，我就打了一个喷嚏。

江寻解下大氅，披在我身上，道：“回房，坐着好好谈。”

我低着头，闷声不说话。他的大氅确实暖，里头暖洋洋的，还有江寻经久不散的体温，穿得久了，容易心猿意马。

江寻这手温情牌打得不错，我都不忍心跟他兴师问罪了。实际上也没什么好问的，我心地善良，不会揪着不放。

唉。我不免感慨一声，我被我母后养得太天真无邪了。

进屋，江寻让人端上一盅甜汤，说：“夜里看灯会，有寻些点心吃吗？”

我掰了掰手指，道：“没吃。”

他拿汤勺舀汤，吹凉喂我：“喝点热汤，省得脾胃受凉。”

我闷闷喝汤，这燕窝熬得好，甜甜的，一下子暖到心里。身体一舒畅，人心就柔软了。我苦着脸道：“江寻，你别对我这么好。”

他闻言，放下汤盅。

“我有个脾气，对我太好，我会哭的。”

江寻哑然失笑：“你这是什么怪脾气？”

“你是愧疚吗？所以对我这么好？我父皇宠新人的时候，有一两个月没来我母后那儿，他也是很愧疚，赏首饰赏衣服，什么都给，就是人不回来。所以，你也要不回来了吗？”

江寻坐着看我，手指在桌上敲了一敲，许久，才道：“我如果不回来，你会想我吗？”

“我母后说了，男人要是有了别的心思，就算寻死觅活找回来，心也不在我这儿了。”

“别的心思？怎么？夫人以为我生了外心，和你不是同一条心吗？”江寻一说话就喜欢动手动脚，此时将我搂到怀里，坐在他腿上。

他捏起我下颚，与我对视。这样近的距离，我都能看到他黑密分明的眼睫，再感受着他呼出的热气，一瞬间弄得我心慌意乱。

他轻轻启唇，对我道：“夫人是以为我和那名女子有染？此番，是要抛下你了？”

我皱眉："不是吗？"

"你有见我与她肌肤相亲、耳鬓厮磨吗？"他凑到我耳边，轻啄了一下，道，"我只对夫人这般。"

我脸颊烧红，一下子没搞明白江寻的路数，问："那……那她是谁？"

"夫人不是常说，番邦女子生性热辣，素爱露肩露腿的。她便是番邦来使，夜间想巡视一番皇城风光，了解市价与买卖，好做交易。圣上有命，让为夫负责此事，好好招待她，不可怠慢，遂无奈随行。她与我道，近日读了《鲛人心，吾之泪》一话本，甚觉有趣，想将其译成本国言语，发售番邦。我觉得不错，倒没阻拦，想着回来说与你听，你定然欢喜。倒不曾想，我这办的是公事，夫人那出了点私事，不如今夜给我解释解释？"

我很尴尬，还有这一出啊。不过他说的私事是楼楼吗？我立马撇清关系："我不认识那男子，都是他纠缠于我。"

"哦，那便将他腿打折吧。"

"还是算了，不能仗势欺人。他也没和我肌肤相亲，更没耳鬓厮磨。"

"要我答应夫人，倒也不是不行。那么，夫人好好陪陪我，可好？"

他这个"陪我"，含义可多了。不止是原谅我，至此重归于好的寓意在内。

我想了想，凑上去双手环住江寻的腰，然后抬头看着他。

他揪住我，嗓音嘶哑地道："上次和夫人说的新婚之事，我想，今夜可以继续。"

我干咳一声，很是难堪："那个……夫君，上次至今，已足足一个月。"

"所以？"

"我……葵水来了。"

"……"

我清楚记得，江寻说，来葵水的时候不能干那些新婚之事。

其实我也不太懂为什么，但是在这种事情上，我可没有不耻下问的精神。因为我潜意识里知道，这不是什么好事。

果然，他面色铁青，对我道："算了，来得真是好时候。"

看吧，被我猜对了。

我心情很好，坐在江寻的旁边，双腿悬空着一荡一荡的，脚不能着地，看起来身量又小了一圈。

我低头，见江寻的月白皂靴有点磨损，看起来就像是清正廉洁的好官一样，不符合他的形象。于是我问："夫君不换一双鞋吗？"

江寻往后退了点，将鞋尖掩在长袍之下，道："小时候穷惯了，见鞋破也不忍心丢弃。能穿几天就是几天，这些都是小事，无妨。"

"哦。"我摸了几颗桌上的花生米，塞到嘴中，然后把头靠在江寻的肩头。不得不说，江寻的身上有一种很特别的香气，让我很有安全感。

我特别困，靠在江寻的肩上快睡着了，好半晌，他才在我耳边道："夫人没其他想说的？"

我迷迷糊糊地问："想说些什么？"

"夫人女红如何？"

我惊了惊，尴尬道：“我之前是公主，那个……公主不做女红。”

“这样……”江寻的语气颇为遗憾。

我好像懂了什么，试探性地问：“夫君想让我帮忙纳鞋底，或是给你做一双鞋？”

“倒是有这种想法。”

“我绣工不太好……”

“无事，只要是夫人亲手绣的便好。”

“我只会绣红豆。”

“嗯？”

我为自己掩饰一番：“就是那种，入骨相思知不知的红豆。”

江寻深吸一口气，道：“那便给我做个香囊，绣几颗红豆吧。”

“行。”我不太懂江寻的套路，既然他不嫌弃，那就绣吧。

夜间，江寻在隔间沐浴，我翻动柜子寻些女子私物，这些东西我不爱假借人手，喜欢亲力亲为。刚翻了一会儿，突然在屏风一侧发现一双男子皂靴，纹祥云金线，样式精致，最主要的一点是，它是全新的，毫无瑕疵。

嗯？我不太懂了。江寻明明有新鞋，就在屋内，为何要穿旧的呢？

我想了一会儿，懂了：原来江寻恋旧，讨厌新物。

临睡时，江寻带着一身兰花皂香从后头拥上来，对我道：“明早，为夫得出差一趟。圣上派了点差事下来，不出个把月便回来了。夫人在府中等我，每隔几天便写封书信，让白柯送到驿站，自有人交于我手中。若是想我，可多写几封，为夫不嫌弃。”

我嘀嘀咕咕："能不去吗？"

"不为朝廷办事，如何养家糊口，夫人以为自己很好养活吗？你的吃穿用度，哪样不是最好的，哪样敢短了你的份？"

"府里哪都好，就是我身上没钱。"

江寻一改温柔面貌，冷笑："你当我不知你在想什么？狼心狗肺的小东西，有了银两便会抛夫弃子。"

我睡得有点晕，口不择言，蜷缩到他怀里，贪图那点暖意："夫君甚懂我。"

"罢了，睡吧。"江寻熄了灯，一夜好梦。

隔天醒来，我盯着铜镜发呆。好半晌，才问梳妆丫头："夫君可有话留下来？"

她敛眉，手上动作不停，答我："回禀夫人，大人留了一纸书信在桌上。命奴婢等夫人醒了，再传给夫人看。"

我接过书信，幸好江寻写的字工整清隽，并不狂放潦草，否则我估计认不了几个字。

江寻写的信很日常，无非是几句：我要出差了，甚想夫人。别乱出门，如果出门，带上白柯，不日就归。以及，比较隐晦地表达了他的意愿。

这个我不太好意思讲，模拟一下场景，大概是这样：

江寻出差办公，离别前，依依不舍地对我道："夫人，我此行一去多日，多保重身体。归来时，只求……"

我："嗯？"

"别来葵水。"

"……"

江寻在信里都这样要求了，我能怎么办？我也很绝望啊。

不来葵水究竟会发生什么？不得不说，我有点慌了。难道女子一月内来七天葵水，是自身的保护期，就为了防御进军的夫君？

我陷入深思，想一探究竟。迟疑片刻，还是算了。

江寻对我蛮好的，想来是让他很爽的事情，那牺牲小我，成就大我也不是不行。爱咋咋地吧，等他回来再说吧。

这时，我想起了楼楼。既然江寻发现我和他的关系，并且明确表示不希望我们来往，那就只能断个干净了。

我笔尖蘸墨，遗憾地写下：

楼楼，昨夜一别，你可还好？我不大好，我们的事情暴露了，我的夫君（划去）我的情郎不欲我俩再见面。昨夜一别，竟成永别。我不想拖累你，免得你的腿被打折。是以，该断则断，你不要再来寻我，我也不会再找你。本想与你共谋大事，此番怕是不能了。愿你我这次都能进前三，夺得二百两银子。勿念，你的挚友，江公子。

这封信感人肺腑，下笔深情。

我写完了，折了折，交给白柯，让她送到一间茶铺去。

没几天，楼楼不听我劝，还是回了一封信：

江公子是有龙阳之好？好巧，我也是。若是你情郎对你不好，不若弃他而去，我带你远走高飞。实不相瞒，昨夜，我对江公子一见钟情，一见如故，此生若不能和江公子在一起，实属憾事。

我看了信，目瞪口呆。他咋不听劝了？不愧是痴情之人，冒着腿打折的危险，也要和我在一起。

一个江寻都够我受的了，我又不傻，自然不会自寻烦恼，再和楼楼有牵扯。

所以，即便楼楼再痴迷于我，我也不会回应他的心意，我是有夫君的人。

我让白柯给我拿火盆来，我得亲手烧了这封信以表决心。烧的同时，我还让白柯帮我画了一幅画像：图中女子倾国倾城，负手而立，看着熊熊烈火吞噬着爱的情书，依旧不为所动。

批注：我与江寻之爱，山无棱，天地合，乃敢与君绝。

她画好了，我开始给江寻写第一封家书：

算来，我已有十二个时辰未见夫君，甚想。夫君一离家，以我沉鱼落雁的容貌，吸引来一众狂蜂浪蝶。我走在路上，都有人丢帕抛果，时常满载而归。人美，着实累。一想到我是有妇之夫，立马将这些情信焚烧，附上画像一张，夫君好清晰明了看到我当时的境况。我对夫君之心，天地可证，日月可鉴，一片赤诚啊！夫君在外可好？莫要领些扬州瘦马，或是凄苦表妹回来。我不甚好客，怕是会赶人。今晚想吃炒兔肉，加些辣子和野菇，愿与夫君一同赏天上月，见月如见我。顺道，夫君若回信，浅显易懂便好，女子无才便是德，所以我比较贤良淑德，你懂的。

我给江寻写的家书非常肉麻，估计他就吃这套。果然，没过几天，江寻就命人快马加鞭给我送信了：

吾思夫人，思之若狂。哦，夫人说要浅显，那便浅显吧。我也想你，朝思暮想，夜不能寐的那种。办差无甚新鲜事，领十四马，水路船一只，馆驿也不如府中好，无肉可食，但不可铺张浪费，以免被有心人弹劾。至于扬州瘦马一类，夫人莫要担心，为夫洁身自好，也只与你耳鬓厮磨。若是炒兔肉，莫忘了放些老酒，去腥，肉质嫩些。我不在府里，你凡是都可以做主。若是有刁奴敢让夫人不顺心，只管打杀发卖便是，无需问我。切记回信，甚念，一切安好。哦，那张画像画得不够惟妙惟肖，为夫没认出夫人眉眼。若是可以，寻个擅画者画一张送来，为夫好睹物思人。

我将江寻的信收起来，小心存好。说句实话，他一不在府内，我就觉得无聊至极，整个人空落落的。

这样的日子熬不过一天，我又给江寻写信了：

夜里总想夫君，原来相思真能入骨。答应给夫君绣的红豆香囊已经完工，打算此番让人一并带去给夫君。夫君不在府里的时候，我连饭都少吃了一碗。这样一想，大概是因为夫君好看，看着夫君就很下饭，比豆瓣酱汁蒸肉还下饭，因为吃蒸肉，我最多再添半碗饭。我葵水走了，实则夫君说的新婚之事，我也有些怕，不过夫君想的话，别说上刀山，就是下火海，我也奉陪到底。不过真的上刀山的话，我也是不去的，这话就是说说而已，夫君莫要放在心上，我贪生怕死。

我将信递给白柯以后，就安心在府中等江寻回音。独守空闺的感觉实在难熬，这夜书铺又举办了一次签售会，我就去了。

楼楼大抵也知廉耻，不会肆意纠缠我，何况有白柯在身边，她武艺高强，定能护我周全。

夜里，雪停了，万家灯火，银装素裹。

我刚到一间茶楼，楼楼就迎了上来，道：“江公子多日不回信，我十分想你。不若借一步说话，我有要事相商。”

我摇摇头，拒绝：“你的心意，我已知晓。只是我没那样的心思，我一颗心都在我情郎身上，以后咱俩还是莫要来往了。”

楼楼笑了声，慢条斯理道：“哦？是因为江大人吗？”

“嗯？”等等，楼楼是怎么知道的？

“明人不说暗话，江……公主还是随我来吧。”

我目瞪口呆，确信自己没听错。他喊我公主，而非公子。

“你是谁？”

“你可记得这块玉佩？”他突然从袖中掏出一枚玉，递到我眼皮子底下让我瞅了一眼。

我大惊失色，这块玉佩是叶总管的贴身之物。叶总管是从小看着我长大的，他于我而言，比我母后稍疏远，比父皇却又亲厚一些，说句大逆不道的话，就跟我亲祖父一般。

“叶总管在哪？”

“莫急，随我来。”楼楼朝我使了个眼色，不动声色地将我领到一侧厢房。

厢房门一开，就有人背对我而立，他着的衣衫正是叶总管喜欢穿的那件常服。

我眼眶发烫，险些落下泪来，呜咽出声：“叶总管？”

对方转过身，颇为尴尬：“我是叶公公的干儿子，叶公公……唉，已经死在贼子江寻的刀下。”

等等，信息量有点大。也就是说，我夫君江寻，杀了我最亲爱的祖父叶总管？

楼楼摇了摇扇子，道：“公主别不信，就连你母后，也是死于江寻刀下。不然凭他一个前朝重臣，如何在今朝能站得住脚？没个护驾有功的名头在身，他怕是也要惨遭流放。公主不可信他，这厮谋逆之心天下知，沦为今朝走狗不说，还将前朝公主困在府中，供自己亵玩，岂不荒唐？”

我有点尴尬：“他没亵玩我，我是自愿的。”

“……”楼楼呼吸一窒。

一瞬之间，我想到江寻捏住我下颚，咬牙切齿地对我道：“阿朝，你要信我。”

他千方百计要我信他，为的就是今天吗？母后将我交给他，说明江寻定然是她亲信之人，如何又死于他刀下呢？

我又不傻，不信我夫君，信你？信你个锤子。

我打算将计就计：“那该如何是好？我的清白已经被逆臣江寻给……”这种事情要光天化日之下讲出来，太尴尬了。

楼楼抿了抿唇，道：“公主不如学越王勾践，卧薪尝胆，以报杀母之仇。”

“哦？”

“公主可近江寻身，将他杀死，如此便大仇得报。届时，我等便可借公主之名，复兴前朝。”

“唉，我且试试看吧。”

楼楼点头，因此事，又将我引为知己。

我颇为忧愁，没想到江寻树敌众多，人人都想要他命。其实楼楼不说，我大概也猜到他是谁了。他便是那些前朝乱臣贼子之一，他们这些人对我虎视眈眈，都想将我架空，再借我前朝皇族血脉造反。

不成，我得和江寻商量商量，怎么应对此事。我啊，生平最讨厌被人当枪使，指哪儿打哪儿了。

第五章

我的蠢笨公主殿下

这一夜的签售会不甚愉快，我心不在焉地签完了，提裙一溜烟跑回府内。

归来时，已有信差将家书送到。我迫不及待地打开，只见里头写着：

香囊已收到，除却针脚有些乱、会漏香料以外，其他都是极好的，为夫甚爱。夜里，同僚约我去花街游玩，我拒了，道家中有夫人，伉俪情深，在外不可拈花惹草。说来也有趣，他似是看了你给我的画像，寻了个与夫人有七八分像的女子送到榻间来。笑话，我喜欢夫人只因你是你，寻个样貌相似的又能如何呢？我若是贪图这般长相，世间比夫人好看的人千千万，岂不是每一个都得在我榻上走一遭？咳，是我孟浪，倒没嫌弃夫人之意，你懂我心，无需细说。

我看了这封信，突然很气。什么叫“世间比我好看的人有千千万”？

我权衡了一晚上究竟杀不杀江寻，最后还是我的理智战胜了感性。我打算绕他一命，给他通风报信。

我提笔，回信：

倒不知夫君的眼疾如此严重，归来时，定要寻名医瞧瞧。昨日我出府签售，偶遇楼楼。楼楼便是那个宁愿被打断腿，也想和我生生世世相随的男子。我试探了一番，竟然发现他是前朝逆党。我虽是前朝皇裔，但心里也清楚，照我父皇那样混不吝地玩下去，早晚得亡国。现在我还能活下来，吃香喝辣，对现状已经很满足。我倒没什么复兴前朝的念想，只是母后惨死，我好想她。话说远了，楼楼欲骗我手刃夫君，我自然不肯，当然，我当着他的面没说出口，若是说出口了，可能出不了那扇大门。我较为惜命，危急时刻有些机智，一切以保命为主。夫君知我心，我想问问之后该如何行事，是否可以独自赴会，赶一场鸿门宴再套一套话？得知夫君身侧有恶徒虎视眈眈，我也觉得自个儿项上人头摇摇欲坠，睡不踏实。夫君还是快些回府吧？甚想，甚念。汝之小娇妻，阿朝。

在江寻没给我回信之前，我都不敢轻举妄动。我钻进被窝里，让白柯拿了两张实木凳子堵在门口，实木凳子很重，抵在门处，旁人要想推开得费点力气，这样一有动静我便能知晓，一日三餐得先对暗号再给我送，吃之前先用银针试试。我生怕楼楼一伙人没什么耐心，丧心病狂连我都毒害。

就这样熬了五日，江寻的信没等到，倒是等到了他的人。

江寻之前说好了去一个月，结果二十日不到便匆匆回府了。因此可证，我容貌极好，闭月羞花，把江寻勾回了府。

他推开沉甸甸的房门，见我蜷缩在床角，不解地问："夫人这是作何打扮？"

我看着还站在门口的江寻嘀咕着："想你，夜不能寐，所以坐床上等困意来袭，能睡则睡。"

他人未到跟前，笑声传来："我看，夫人这不是夜不能寐，是作贪生怕死状。怎么，为夫没在，竟这般不安心？"

我无话可说。毕竟，他说得都对。

等江寻凑到面前，我才知他肩上满是霜雪，是一路风雨兼程、披星戴月赶回来的。

我褪下被子，用手帮江寻抚去肩上的雪。雪已化，大氅变得湿濡沉重，月白长衫都被浸得湿透了。

江寻是为了我，才连夜赶回来的吗？

这样一想，我突然有些愧疚，体贴地问江寻："夫君一路奔波，吃饭了吗？冷不冷？"

他不语，将冻红的指尖递到我面前，道："手冷。"

我良心发现，将江寻的手捂在掌心，搓了搓。他的指腹粗糙，还有几道开裂的口子，想来是握缰绳时没注意，被粗粝的麻绳给割得伤痕累累。我突然间就有点心疼。

"怎么了？"江寻察觉我的失态，笑意淡去，颇为担忧。

"我有些对不起夫君。"

"嗯？此话怎讲。"

"夫君为了我，才快马加鞭赶回来，手都伤了。"

他笑道："夫人倒有几分良心了，孺子可教也。既然心疼，那便给些好处吧？"

我抬头，不解望着他。

江寻也看着我，一双如墨黑浓的眸子里尽数倒映我的模样。他眉目柔和，突然靠近我，温热的鼻息在我耳边萦绕，弄得我脸一下就红了。他的唇在我脸上轻轻啄了一下，然后就放开了我。他眼角潮红，带有一丝餍足的笑意。

被江寻亲了以后，我看着他，震惊地问："夫君没有事先告诉我要这样……"

江寻打断我的话，慢条斯理地道："哦？要哪样？"

"就是……"我不好意思讲，指了指自己的脸颊。

他笑着靠近了我，温文地说道：“不若由我来告诉夫人，自然是……这样。”

江寻蜻蜓点水亲了一下我唇。我愣了，如遭雷劈：失策了，这厮诓我。

江寻仿佛看出我在想什么，风轻云淡地道：“我可没诓你。”

“嗯？”

“我是在逗你。”

“……”我们的夫妻情分就到此为止吧。

这般沉默一会儿，江寻找话问我：“夫人上次吃的兔肉，滋味如何？”

我想了想当天的兔子，是白柯亲手跑雪地里抓的野雪兔。许是冬天存的粮多，兔养得白白胖胖，一身膘。把兔子打理干净后，切成小块，放在猪油锅里一煎，挤出一层的肥油，肉质又酥又嫩，好吃。我吃个十成饱，一边剔牙一边喝热腾腾的烧酒，滋味特美。

但是，我发现江寻这话里的陷阱了：我若是承认他不在府中，我吃饱喝足，怕是会伤夫妻情分。

于是，我作哀愁状：“肉又老又柴，真的不好吃。”

“哦，那为夫今夜给夫人炒盘兔肉，我们对月酌酒？”

“夫君还会做饭？”

“幼年被生母所弃，在别家做事时寄人篱下，自然要学些事情，不然得饿死。”

我“哦”了一声，恭维他：“常说君子远庖厨，不愧是我夫君，不拘小节，自小就与众不同！”

等等，君子的反义词好像是小人。果然，江寻沉了脸，半晌，叹气："罢了，当我没说。"

我觉得江寻对我的难言之隐委实太多了，动不动就一句"罢了"，讲明白很难吗？

不过，我也不是那等刨根问底之人。他与我有小秘密，那就有吧。

夜里，江寻果然守诺，亲自下厨给我炒了兔肉。他炒肉的方式和伙房里的厨子有些不同，先用八角、姜蒜、老酒等腌制兔肉，一个时辰后，入了味再下锅翻炒。不仅如此，他还蒸了几个馕饼，教我夹着兔肉一起吃。

我刚入席，江寻从后院里挖出一坛陈酿，对我道："这是我及第之日埋下的酒，存了十年有余，今日开封，与夫人一同畅饮。"

"夫君，那你当初为何埋下这酒？"

"没什么缘故，可能是一时兴起。"

"哦。"我对江寻的答案不太满意，一般传说都给有个惊天动地的结局才符合身份。这就好比菩萨洒下甘露，久旱的大地终于见了雨。就在百姓们感谢上天的同时，菩萨说了一句，随便洒着玩的，你们别放在心上。

江寻花花肠子多，他在我碗里洒了几片梅花瓣，等酒温热，再淋上去，酒香与花香相击，清香四溢。

我小啜一口，辛辣的酒味一下子从唇腔烧到胃，身子暖洋洋的。

这酒酿得好，就是后劲有些大，一口闷了还上头。我配着兔肉，上瘾似的连闷好几杯，终于有些撑不住了。

江寻真人不露相，和我喝得差不多，还没有脸红脖子粗，依旧面不改色。这是我第二次出现了被江寻诓骗的错觉，等我反应过来的时候，我已经喝高了。

之后发生了什么，我倒是不记得了。只是我醒来的时候，身上衣服已经换上了新的，至于是谁换的，不用问也知道。

这时，太阳上山，日晒三竿，已经是翌日了。我看了一眼自己的身子，没敢看江寻。手不自觉地发抖，这恐怕就是传说中的断片吧？

江寻见我醒了，哑着嗓子道：“夫人醒得这么早？”

我揪住被子，死咬下唇，问他：“我昨晚，没把夫君怎么样吧？”

我知道这是什么意思，皇姑母给我讲过。虽然我们都这样睡了好几个月，可坦诚相见的睡觉还是第一次。

唉，没想到我这么禽兽，没打招呼就换种方式睡觉。他会不会怨我，会不会怪我？

我拍了拍江寻的肩，以示安抚：“夫君，我会负责的。”

“哦？”江寻绕着自己的头发，饶有兴致地看我，想听下文。

“这般不打招呼就脱你衣衫，是我不对。酒后误事，实非我错。我皇姑母说过，男女睡一张榻上，七成可能有孕，我们这般坦诚相待睡一张榻上，估计得十成了。然而我知你身子，你有隐疾，无法生养，我都懂，我也没嫌弃过夫君，即使你我百年后，膝下无子，我也觉得此生安好。我跟夫君许诺，此生不会再纳其他面首，只你一人。”

我絮絮叨叨地说了很多，不知道江寻懂没懂。反正这些话千篇一律，都是为了稳住江寻。

我没控制住自己，赤裸裸地与他同眠。若是我无孕事，岂不伤他自尊？我都懂的，与其装作不知，倒不如此番开诚布公，与他谈好这方面的事情。

江寻皱眉，看了我许久，艰涩开口：“我竟不知，夫人思虑良多。昨夜，你喝多上头，抱着我哭，嘴里喊母后。哭相凄惨，我不忍心，便没将你抛下。哪知你哭够了，吐我一身，又不肯让丫鬟近身，只能由为夫帮忙宽衣解带。我本想趁你熟睡去沐浴一番，不知你从哪学来小儿夜哭的毛病，我一走远你就嚎。我没招了，只能守在你身侧，哄你入睡。还有，夫人以为睡一张榻上便会有孕吗？我倒是第一次听说这事。咳，倒也不怪夫人，宫中本就无人给你讲这些男女私事，日后我一一教你。关于我隐疾一事，夫人倒不必担心，你夫君身子骨尚好，很……能生。”

“啊？”等等，难道一直是我误会江寻了吗？

重点好像又不是这个，而是他说睡一张榻上并不会有孕，那要怎样才行？我这样问，纯粹是好奇，并不代表我想为他生儿育女，不要误会。

我换了一身衣衫，顿时神清气爽。

江寻今日休沐，所以没上朝，在家中陪我。我觉得他成天在后院里厮混，不像是个有野心的男人。可能是我父皇亡国给我带来的阴影甚大，导致我从小就知道，男子天天贪图女色是不好的，这是草包所为。

我夫君是顶天立地的男子汉，尽管他在我心中曾是一代大奸臣，但这并不影响他如今的光辉形象。

我决定做个贤内助，提点他：“夫君，你今天在府中陪我？”

“本想做些事，看些卷宗。既然你想让为夫陪你，那便陪你吧。”

“哦。”我闭嘴了，原来祸乱江山的罪魁祸首是我。

江寻跟了我一整个下午，等到夜间，我道：“之前和夫君说楼楼的事情，你待如何？”

江寻看我一眼，意味不明地问我：“夫人是偏好先发制人，还是静观其变？”

“我这个人，就怕暗地里的手脚，能先解决就先解决了，还是先发制人吧？”

“那么，我今夜就让夫人安安心。”

“嗯？”我不懂他话中的意思，只是一看江寻胸有成竹的样子，我便知，这厮憋着一肚子的坏水。

夜间，江寻让我给楼楼通风报信，约他在一间茶楼碰面。

这夜也有花灯会，两岸笙歌不断，一路火树银花。

我心甚慰：“我上次路过这里，见夫君与一女子卿卿我我，心中不悦。不过，这事都过去了，我不会怪夫君。”

江寻横飞出一声冷笑，凤眸斜我一记眼风：“为夫那是公事，倒是夫人，在外勾三搭四，被为夫抓了个正着。夫人一误会我，就去寻小郎，寻思着报复我。若我说我是清白的，你做的这些事又算什么？为夫是真洁身自好，夫人这叫道貌岸然，看着正经罢了。”

我目瞪口呆，江寻这歪理一套一套的，我实在不是他对手。

按照他的意思，只要一说分手，即使是冷战期间，我也会跑去乱约。他不一样，看起来出轨，实际上都是被我冤枉的，专一重情得很。

怎么到头来，我倒成了坏人了？

江寻凑到我耳畔，轻声威胁我：“夫人先干正事，为夫回府再收拾你。”

“……”我突然，不是很想回家了。

转眼间，江寻已悄身钻入屏风后头。我喝着茶，有些紧张等着楼楼进门。

这种感觉有点诡异，好似我在房内私藏情郎，结果半道上夫君回家了，只能把人往屏风里一藏。

我心虚，用茶碗遮脸，还没来得及喝茶，就听得楼楼道：“江公子寻我何事？”

我烫了嘴，结结巴巴道：“夫……夫君回府了。”

“你有寻到机会下手吗？”

“他不信我，我没机会下手。对了，我还有一问，楼楼，你究竟是谁？你背后靠的又是谁？”

楼楼摇扇的动作一顿，许久才说道：“公主不必多问，我总不会害你。我背后的大人，自然是能助公主一臂之力的纯臣，你要信我。”

我“哦”了一声，一下子没了话题。

片刻，倒是屏风后头的江寻沉不住气，负手踏出。

他见人三分笑，嘴角勾起，慢条斯理地道：“既然是纯臣，不若请你背后的大人来见一见在下？”

“江大人，久仰大名。”楼楼眯起眼睛，打量了一下江寻，不卑不亢地道。

我没想到这么快就露馅，很尴尬。女人在外应酬，男人怎么说也得给三分薄面，不能在人前让我下不来台。江寻却半点分寸没有，不过就是仗着我喜欢他，真是叫人又爱又恨。

我后退一步，看他们剑拔弩张的样子，生怕他们伤及无辜。

看着两个男人因我而引发争端，我不禁感慨：唉，美貌甚累。

江寻理了理微带些褶皱的鹤羽渡江纹袖口，请楼楼入座。他如同轻敌一般，漫不经心地道："宇楼王氏也想来分一杯羹了？见如今时局不稳，天下未定，便起了以拥护前朝遗孤的名声，借此鸠占鹊巢。区区王族孤女，肚中无墨水，经书理义也不识多少，后宫圈块儿地给她，便怡然自得，如何主天下？还不是任尔等搓圆捏扁？啧，百年忠义世家，竟也会干这般肮脏事，可笑至极。"

楼楼不急不徐地对我道："我倒是没想到，公主这般信任江大人。你可知他心中所思之事是什么？公主不过是前朝孤女，他大可杀了公主，没道理留在身侧，引杀身之祸。如今惺惺作态，与你演夫妻情深，举案齐眉的戏码。只怕他不是真心，而是虚情假意。江大人已位及人臣，还有何奢望？但凡聪明点，都能猜到。也想利用公主的身份，爬到高处。江大人司马昭人尽皆知，只有公主装傻罢了。"

楼楼口才极好，我信了八分。转念一想，即使江寻有谋反之心，那也不过和楼楼坏一块儿去。两个差不多坏的恶人，让我选择，还是会选熟悉点儿的那个，也就是江寻。

毕竟一夜夫妻百日恩，他就算真想杀我，也会给我留个全尸。何况他可能无心杀我，这样质疑他，太伤夫妻感情。唉，所以说爱情都是女人事业上的绊脚石，原先我只想逃跑，如今竟会为了个男人留下来。

江寻的笑一点点敛去，他看楼楼的眼神冷漠，说恨倒没有，只是那样平静似水的样子令人不安。

我懂，他是起了杀心。

“若是我想，我能让阁下丧命于此。只是拙荆怕血，是以放你离去。”江寻不跟他争辩，垂眸，等闲也猜不出他心中所思。

楼楼咄咄逼人，不肯离去：“怎么？江大人这般赶人，是生怕公主知道什么吗？”

“倒不是说笑，洛州才是宇楼王氏的地盘，若是在皇城撒野，阁下认为……你还有命在宵禁之前出皇城吗？上位者杀人，如碾蝼蚁。”

楼楼果然不说话了，他的态度谦和许多，对江寻作揖，道：“我家主上闻江大人威名已久，此番并无恶意，只想如今夜这般，请江大人出来，谈谈话而已。我家主上惜才，想请江大人出山，助我等一臂之力。”

江寻啜一口茶，淡淡地道：“若是在下不愿呢？”

“那么大人必成阻力。山石阻道，必铲除之。至于公主，若是在江大人那过得不顺心，可回洛州，我家主上定备马相迎。”

我干干一笑，倒没拒绝，人脉这种东西，从来都不嫌多。

等楼楼走后，我问江寻：“夫君方才为何不问我，信你的话，还是楼楼的话？”

江寻怔忪一瞬，许久才道：“这等事，不问也罢。他说的有几分道理，若是我，恐怕会信他。我与你不过相识两月，你没理由全心全意信我，这是人之常情。”

表衷心的时刻到了，我说道：“我信夫君，夫君是我枕边人，我信你。”

江寻看我的目光逐渐柔和，他缓声道：“阿朝，我若有逆反之心，无需借你身份。”

“不过，之前夫君说我区区王族孤女，肚中无墨水，草包一个之类的话，让我伤心。”

江寻微掀眼皮看我一眼，说道：“为夫说的孤女不是你，你并非孤女，你有我。”

我一愣，有些不知所措。除我母后外，大概就江寻会对我这么好了。

隔天，传来两个消息，一好，一坏。

好消息是王二楼家中有事，需离开皇城，退出话本比赛，少了一大劲敌。坏消息是，我的新话本存稿还未来得及发表，就被人先一步发了出去，好评如潮。

我愣，这是赤裸裸的剽窃原创!

可我没办法，若是将这话说给人听，怕是没人会信，毕竟话本是他先发表的。

我气得手直抖，和江寻讨教：“此等奸诈小人，夫君帮我杀了他吧。”

江寻在看书，抬眸，扫我一眼：“此事，为夫恐怕不能办。”

“为何？”

“为夫知他是谁，他是正一品大员，姓甚名谁不方便透露，总之算了。”

“没想到夫君是这等贪生怕死之徒！”

江寻冷笑：“我这儿拖家带口的，若是不惜命，夫人恐怕早沦落街头了。”

“罢了，谁让我家道中落，沦落到如此地步，被人欺压在所难免，就当吃一次教训，我换个话本题材罢了。”

“怎么？跟了我，委屈你了？”

我听江寻话音不对，没敢继续触怒他：“没委屈，我甚欢喜。”

江寻叹一口气：“夫人既然执意要出气，倒也不是不行，我且帮你一回，不过不杀生，只小小惩戒一番。”

“行吧。”

当然，听江寻说，朝廷官员也有不少是赵太傅粉丝，一看他年纪，就知他经验丰富，纷纷取经，从某个方面来说，倒是给他提了热度，人气愈发高涨。

我扼腕长叹，失策。

赵太傅靠抄袭作品名利双收，令我不耻。我仔细想了很久，究竟是什么时候让赵太傅看到我话本存稿了呢？

按理说，我和赵太傅并没有直面的接触，难道是签售会的时候，我带新话本去会场，有人在我去茅房出恭时偷看我私物？

我面色煞白，手间发抖——那我满怀少女心事画的江寻画像，岂不是被人看到了？

咳，画上那个和江寻抱抱的姑娘，绝对不是我！

我脸颊烧红，没想到我有把柄在此，罢了罢了，不追究了！

我终于知道赵太傅有恃无恐的原因了，正是因为他拿捏住了我的把柄，知道我不敢说出真相，与他玉石俱焚。

我怕江寻逼他太甚，让赵太傅狗急跳墙。于是，我端一碗热气腾腾的甜汤给江寻，娇媚道：“夫君。”

江寻看我一眼，狭长的凤眸稍稍眯起，问我："夫人今儿嗓子怎么了？听起来不大对劲。"

没想到江寻没半点怜香惜玉的心思，当众让我下不了台。他的任性，使我不开心了。

我紧绷着嗓音道："咳，我这是想夫君了。"

"哦，难得。"江寻复而拿起朱砂笔，又批阅一些卷子。

实际上，我懂得夫君在忙公事时，我不应打扰他。但我要谈的这件事兹事体大，半点都耽搁不得，只能做一次不识大体的正妻。

我凑过去，道："我有一事想和夫君说。"

江寻放下笔，不动声色地看我："既是私事，说话间不必如此生疏客套。"

他朝我张开怀抱，大抵是想让我投怀送抱。

我想了想，走过去坐在他旁边，然后把头靠在他的肩头，我掰着手指头，道："夫君还是不要再针对赵太傅了，我想了想，他年事已高，想来是想在死之前夺得比赛前三甲。我不是那等不懂事的妇道人家，何必跟将死之人计较呢？毕竟他时日无多，是半入黄土的老人家了。"

江寻看了我一眼，干咳了几声："赵太傅身体尚好，生龙活虎，再活个二三十载大抵不成问题。"

"哦。"我皱眉，"或许天有不测风云，万一哪天他就去找阎王爷报道了呢。"

江寻呼吸一窒，抿着唇，道："罢了，夫人突然说要原谅他。如此大度，令我有些惊讶。"

"夫君不了解我，我生性纯良，宰相肚里能撑船，不与鼠辈计较。"

“可前些日子，夫人还说要杀了他……”

“玩笑而已，没想到夫君竟然当真了。哈哈哈。”

“为夫看你，倒是真心实意要下手灭口的样子。”

“能不谈这个了吗？我昨夜做了一梦，醒来想做个好人，这也不行吗？反正我不与他计较了，你也别管。”

“你真是我夫人吗？还是说，被哪家小鬼上了身，不若让我验验身，我对夫人最了解不过，身上有几根汗毛都了如指掌。”

我一脸凝重……等等，江寻还想数我有几根汗毛吗？这、这不太好吧？

我把手一拦，道：“不必数了，一共三千六百零十四根。”

“哦？是吗？为夫怎么记得是四万六千七百零十八根？”

“……”我一愣，没想到江寻能无聊到这种程度，连我汗毛都上心。

我生怕他再说出什么惊世骇俗的话，譬如：我心悦你，所以你每一根汗毛都有被我照顾到。

我急忙用手指抵住他的唇，郑重其事道：“夫君不必多说，我懂你的。”

江寻抬眸，淡淡瞥我一眼，细长浓黑的眼睫微微颤动，如蝶翼一般轻盈舞动。他将我的手腕扣在怀里，细细把玩，问道：“你懂我？想来你定然不是我夫人，我夫人半点都不懂我。你是哪路小鬼，如何才能显形，放过我夫人？”

我目瞪口呆：“我真是你夫人！”

“哦？想伪装我夫人，占我夫人的身，自然会坚持说是拙荆。这一道理，在人鬼界都是共通的。我手上染的血腥太多，生来不怕邪祟。你若是不说，那我只能寻桃木剑往你腿上割道口子，桃木剑见血便起效，哪路冤魂都得退散。”

我结结巴巴地问：“还、还得割肉啊？”

“不然呢？”

“可我真是你夫人……”

“口说无凭，你得拿出点证据证明。我夫人昨日才信誓旦旦说不饶作弊抄袭者，今日却宽宏大量饶人一命，你觉得是同一人所为吗？这样吧，我问你几个问题，你若是答出来了，我便信你是我夫人。”

我点了点头。

“你平日里可有想我？”

“想。”

“如何想？”

我皱眉：“这是什么意思？”

“是想我的美姿仪，还是想我对你的好？你最好如实答我，我知我夫人心中所思，若是答错了，我便要祭出桃木剑见见血了。”

我脊背发麻，不假思索道：“我先是想夫君美姿仪，后又想夫君平日里对我的好。”

“哦？我是如何对你好？”

我咬了咬下唇，不太好意思说。

“算了，我去拿剑吧。”

“就这样……”我揪住他的衣襟，小心翼翼凑上去，轻轻地啄了一下江寻的唇。

江寻的态度柔和起来，然后看了我好一会儿，他才低低一笑，说道："傻子。"

我想，江寻是不会伤我的。因为他对我有求必应，日常也温柔备至。可看他与楼楼明争暗斗的谈话，几乎杀人于无形，我又有些摸不准他了。

我总觉得，此刻的江寻并非真实的江寻。也可以说，他有两面，另一面不足与外人道。

基于这一点，我虽恃宠而骄，倒也不敢过分，生怕哪天触了他逆鳞，他就会爆发另外一面的性格，将我置之于死地。

我很惜命，求生欲很强。若是为自己写一本话本，估计可以取名为《前朝公主绝地求生记》，自传体，揭露宫闱辛秘，此番定能大卖。

思及至此，我突然想到了一个绝妙的点子，第二本话本的题材有了！

我打算以自己生活写一本自传体，晒晒甜蜜日子，半真半假，似真似假，读者群目标是和我一样已婚的良家妇女。

我满怀少女春心，娇羞地提上了名《吾与夫君的成亲日子》。话本内，为了迎合广大群众普遍低下的文化水平，我打算用下里巴人的"我"字自称，而非"吾"。

为了不让别人寻出我们，故事背景自然而然要模糊化，否则太羞涩了。

这晚，江寻和我玩了一会儿，便继续批阅卷子。而我则坐一侧，写一些上不来台面的话本。

话本里，我将江寻塑造成翩翩公子，家境贫寒，为了与我成亲，奋发向上，终于高中状元，封侯拜相。有多少官家大人欲将千金塞给他，他一一拒绝，就喜欢貌美如花的我。终于，他得偿所愿，娶到了我，开始了没羞没臊的婚后日子。

我花了五百字描写我倾城倾国的容颜，修改至完美，才接着这茬往下写。

我写得太认真忘我，身后突然传来一句阴森森的话："我不像是那等为了女子，当街下跪的人，何况，我即使饥寒交迫，也绝不会与犬类争食。"

这声音，正是江寻的。

我感到通体发麻，脊背凉飕飕的。我尴尬地放下笔，道："此夫君非夫君，和你无关。"

"哦？你还想有几个夫君？行吧，夫人将人罗列出来，其他几个夫君，为夫顺手帮你铲除了，省得跟我争宠。"他的语气更不善了。

"是我想岔了，方才写的时候，也觉得这处不太妥当。我夫君乃顶天立地的男儿，怎会做这些丢脸的事？不妥不妥，要改，要改。"我唯一的优点就是没甚骨气，以保命要紧。

他的脸色这才好上一些，不与我计较。

我见好就收，将话本里的"犬类"改成"乞儿"，想来会妥帖一些，毕竟和人竞争而非狗。

之前的"双膝下跪"，我也小心翼翼地改成了"单膝下跪"，这样一来，想必江寻也不会揪着我的错不放。俗话说得好，男儿膝下有黄金，江寻只跪了一只脚，损失不是太惨重。还有一言称，君子视钱财如粪土，他这般懂得割舍，符合他翩翩佳公子的身份。所以，现在话本里的江寻，成了这形象：只见得他一脚踏在粪里，占着黄金，一脚干干净净，清明磊落。设定复杂，引人深思，不愧为我话本的最佳男主角。

我甚满意，合上了话本。

到了饭点，我正打算混吃混喝之际，江寻突然扯住我，道："为夫带你去见一个人。"

我摇摇头："不见不见。"吃饭要紧。

"你不想见你母后？"他怕隔墙有耳，附身，贴着我耳侧，对我道。

我一个激灵，醒悟过来，依旧摇摇头："不见不见。"母后死状定然凄惨，我虽思念她，但也想吃完饭再去。

"她还活着。"

"啊？"这大概是我和江寻成亲后听到的第一个好消息，我结结巴巴道，"母后不是被祭旗了吗？"

"我救了她一命，她没祭成。"

我突然有些愧疚，原来我们母女俩的救命恩人就是江寻。我一直不知，还总错怪他，实在不该。

我叹了一口气，道："夫君的大恩大德，我只能以身相许来报答了。"

他撩了撩袍，风轻云淡道："夫人这不是已经以身相许了吗？难不成，之前我们每晚的同床共枕的都不算？"

"算的，算的。"我狗腿道。

"所以？"

“所以，为了报答夫君，那我就答应夫君一个要求吧。”

江寻看我一眼，不怀好意道：“什么要求都行？”

“君子一言，快马一鞭。”

“那么，见完母后归来，夫人便守诺，与为夫办完那档子没成的新婚之事。”

“行吧。”我对新婚之事也很好奇，时常想到就心痒难耐。但因为是未知的事，说不害怕也是假。

夜里，江寻给我披上一件厚重的大氅，带我冒雪骑马到一间山郊小楼。

下马时，我默默将腿夹紧，对江寻道：“夫君，我胯下疼。”

江寻沉默了足足有一刻钟，耳根浮现可疑的红晕，答我：“日后不要这般说话，那部位等闲是不能说的。”

“哦，那夫君，我腿间私密处疼……”我还没说完，就被江寻捂住了嘴，拖到屋内。

我甚是委屈，我不把江寻当外人，有事便说事，只他与我生疏，不肯听我肺腑之言。

我说疼，就是疼，从不撒谎。

夫君不疼我，母后疼我。

等见到屋内那扮相寡淡，却难掩周身富贵的母后，我含着两泡泪，扑上去，大哭：“母后，我胯下疼，我腿疼！”这世间，也只有母后心疼我，也只她会理解我了。

果不其然，她瞥向江寻的目光都变得不善，啧了一声，呵斥：“阿寻真够荒唐，在马上也……干出这等下三滥的事情！欺我孤儿寡母，无人撑腰。”

江寻拧住眉心，悠悠然长叹一口气。

半晌，江寻语气不善，喊了一声：“娘……”

我虎躯一震，从母后的怀里抬起头，看她：“娘？”

母后也很尴尬，甜津津答我：“哎！乖闺女！”

几乎是一瞬间，我想到了小时候看到的那个少年郎。母后曾说，她并非无子。她带我去偏殿寻人，找到的就是一名目光狠戾的少年人。

难道，他就是江寻？

好乖乖，原来我和江寻还是青梅竹马啊？难怪我一见他便有种亲昵感，一见如故！

只是这辈分好像有点乱，我娘成了江寻娘，而我娘本来就是江寻娘。不管了，反正都是娘。

我娘又多了一个儿子，我很吃醋，为了宣誓主权，我决定这两天，我都要跟娘睡！

于是乎，我大喊一声：“娘，我要和你睡！”

就在母后要欣然接受之际，江寻突然冲上来，把我拽到身后，对母后说：“娘若是不想拖累我和阿朝，还是回宫祭旗吧？虽狠心一些，但为了后辈的前程着想，不失为一桩美事。每年忌日，我定摆酒宴祭奠您。”

母后如鲠在喉：“阿朝既已成亲，为人妇，和娘睡便不大合适了。何况，你爹那里缺不得我，我和阿朝小叙一番，便得连夜离开此地。”

啊？爹？我父皇没死啊？难不成，亡了个假国？

母后看出我心中所思，颇为尴尬道："阿朝，此爹非彼爹，是阿寻的亲爹。"

我悲从心中来，一下子哭出声：这才过一夜，我就缺爹少娘了？怎么这些好事，全给江寻一个人占了？

母后马上要走了，江寻很识相，留下私人空间，让我俩说体己话。

母后将我揽到怀里，如小时候那般，揉我的脸与头，道："我本想给阿朝寻个天底下最好的夫婿，倒没想到让你跟了阿寻。别看阿寻这小子嘴毒，心是顶顶好的。他小时候我那般对他，他对我见死不救也是应该的。也罢，想了想，阿寻的确配得上我儿阿朝。他生性坚韧，无论在多苦的日子都能活下去。他三岁时，我本想将他投到湖里淹死，没想到他虽不识水性，却一点点挣扎到岸边，自个儿爬上来。打那时候起，我便知他秉性，日后必有前程。不大好的一点便是他睚眦必报，狠戾了点儿。不过只有这般，才能护住我儿不受人欺压。"

我懵懵懂懂地问母后："娘为何要淹死江寻？"

"娘命不好呗，身份配不上阿寻亲爹，不想拖累他，便怀着身子跑了。哪知刚生下阿寻，就被你微服私访的父皇瞧上，带回宫中。你父皇没亲手杀阿寻，只一句让我解决。我能如何？与其让他被人欺压，倒不如死了好，早死早投胎，再也不要入我腹中受苦。"母后将这样一个悲情的故事娓娓道来，我不想再多追究她是如何活下来，是如何和江寻亲爹破镜重圆的，因为这些已经不重要了。

重要的是，江寻抢我娘，此仇不共戴天！

母后有事，与我约好日后再相见。说完这句，她便在人护送之下，匆匆离开了。

我踏着雪，踢着石子朝前走。江寻邀我上马，我拒绝了："不坐！屁股疼！"

"那夫人是想走回去吗？从这儿走到府中，恐怕走一天一夜都到不了。"

我因母后的事，还在生气，愤愤地道："那便让我走好了！"

江寻没听我这话，直接将我扛起来，抱到马上。他身姿矫健地翻身上马，一撩大氅，将我裹到其中。随之，策马狂奔。

疼疼疼疼！这厮果然如母后所说，是个睚眦必报的性格！

我迎着风雪，嗓子都要喊哑了，风灌进嘴里，如刀割一般："江寻，慢点骑，我的屁股都要摔成两瓣了！"

江寻沉默许久，忍不住开口："谁的屁股不是两瓣？"

"……"哦。

许是我没文化，用词上比江寻低俗许多，跳梁小丑一般。想了想，好伤自尊，好气。

于是当晚，我抱着厚厚实实的被褥，以及我的布老虎，去客房睡了。

哼！我总不能老让江寻拿捏住七寸，正如母后说的，哪个男人爱容易征服的女人，谁先低头，谁就输了。

雕花走廊阴森森的，我走了几步，落脚就虚了起来。回头一看，江寻没跟上来。

是我离家出走制造的动静不够大吗？所以江寻没听到我一气之

下走了？我决定绕回去，当着他的面，再出走一次。

我蹑手蹑脚地进屋，颤巍巍地喊：“江寻？你在里头吗？我要走了，不回来了……你别想我，反正我不想你。”

“夫人想去哪？”

我身后的门突然被关上了，还上了闩。

第六章

我的软萌公主殿下

我如遭雷击，抱着被子，有些不知所措。

听江寻那不怀好意的话，我很后悔自己冲动时所说的话。

于是，我睁着眼说瞎话："被子这玩意儿，果然要晒晒月光才暖和。"

说完，我把被子重新铺到榻上，一手撑头，朝江寻勾勾小指，媚眼如丝："夫君，睡觉吧。"

江寻这人就是太较真，不吃我这套，冷哼一声："怎么？夫人不逃了？"

我干干一笑："我只是和夫君开个小玩笑罢了。"

"哦，这玩笑怕是只有夫人一人笑了。"

"哈哈哈。"我尴尬一笑。这件事告诉我们，不要随意开玩笑，有些人开不起玩笑。

江寻忽然凑近我，欺身将我压到怀中，气势凌人。他的眼睫近在咫尺，温热的气息拂过我的脸颊，让我不敢动弹。

只在这时，我才反应过来自己究竟有多矮小，踮脚都不能到江寻的肩头，被他长衫一罩，我便被他结结实实捂在其中。

我心跳很快，时间久了，胆也怂了，细声细气喊他："夫君？"

江寻今晚气极了，不肯应我。他突然捏住我下颚，恶声恶气道："这是我最后一次警告夫人，休想逃跑，也休想不告而别。"

我不知他又发哪门子的疯，鼓动腮帮子，呛他："我之前是想过逃跑，我是亡国公主，这样的身份注定我不能活在昭昭日月下。夫君是个好人，我不想拖累你，不想害你背负私藏前朝余孽的罪名，落个满门抄斩的下场。夫君不傻，你也知我不能待在你身边多久，早晚是得走的！不是今日，就是明日，贪图一天是一天。夫君惜命，我也惜命，我最不想拖累的就是你，可你偏偏要来招惹我！”

我觉得委屈，捂住眼睛就要哭。

母后活下来了，这是不幸中的万幸，但我们这样的身份，需步步谋算，日日小心，无法光明正大生活。

江寻闻言，气势一下子就软了。他揪住我手腕，小心翼翼扯开，道：“你委屈什么？我都还没委屈。”

我闷闷地答：“你有什么好委屈的？”

“我废了九牛二虎之力才娶到的媳妇，天天想着弃我而去，你说我是不是比你委屈？”

我不吭声，任他将我搂到怀里。

片刻，他道：“有一事，我瞒你许久。你自然知御林军，那你可知御林暗卫？”

“御林暗卫？”我一愣，我只知御林军是保卫帝王与皇城的军队，御林暗卫倒没听说过。

“治国哪有你想的那么容易，摆上台面的事由御林军处理，有些见不得人的肮脏手段，便由御林暗卫下手。御林暗卫历经三朝，有自己的统帅，安插在皇城各个角落，掌控整个京都。传闻得暗卫者得天下，便是这个道理。你父皇，也是能调令御林暗卫的君王，按理说不会这么轻易被掀翻宝座……”

我脊背发寒，问：“难道御林暗卫袖手旁观，导致我前朝亡了？为什么？他们不是吃皇粮的吗？为何眼睁睁看我前朝倾覆？”

江寻抿了抿唇，突然将我搂紧，道：“暗卫统帅，便是我亲父。”

事到如今，我算全懂了。自己的女人被自己的主子占了，谁会不气？没当场阉了我父皇都算好的了。

这事我听得又悲又喜，喜的是，江寻亲爹便是暗中掌权的那个人，我有后台，不用亡命天涯了；悲的是，他爹是我的杀父仇人，虽然我跟父皇无甚交情，他只顾自己享乐“播种”，但和杀父仇人的儿子在一起，还是不孝的行为。

我又将自己卷入被子里，嘀咕着：“夫君，你让我想几天。我现在心里有疙瘩，不太能接受。”

江寻没强迫我，他站在被窝外看我很久，最终落寞地离开了房。

我透过缝隙看江寻的背影，月光将他的身影拉得很长，最终融进了浓重的雾里。

我决定用一晚上想明白自个儿的事：我父皇对我来说，估计就只有生恩，毕竟我是被母后养大的。

我是和江寻成亲，不是和他爹成亲。更何况，是我父皇有错在先，抢了自己属下的女人，给钱给权，天天想着法子晒幸福，谁能忍？怨不得江寻亲爹，毕竟先撩者贱。

想明白了，我让白柯上菜：“白柯，你家夫人今晚很伤情，来两壶果子酒，再来二两烤猪肉，让伙房的人给我切成小片，我拿来下酒吃。”

白柯领命，不消一刻钟，就把我要的下酒菜带来了。

我一边吃着香香软软的猪头肉，一边喝酒。今晚江寻不在，我终于能美滋滋地在塌上吃东西了。

我喝得有些多，连房门什么时候被打开的都不知道。

江寻冷笑道：“我原以为夫人在房内痛苦，心尖抽疼许久，直到我闻到了猪头肉的味道，这才觉得不对劲。我在外内疚，站着受冻，你倒好，心情不错，能吃能喝，喝了个酩酊大醉。你对得起我吗？”

我睁开眼，一见是江寻，如遭雷劈。然而酒喝多了，有点上头。想到江寻说绝对不能在榻上吃东西，又瞥了一眼角落的猪头肉，颤颤巍巍地将它塞到被窝里藏起来。

江寻深吸一口气，掀开被褥，问：“这是什么？”

我打了个酒嗝儿，佯装惊讶：“咦？夫君这被子可是个聚宝盆，什么时候变出一盘猪头肉来了？”

江寻气笑了，突然将我拦腰抱起，凑到耳畔，意味不明地道：“夫人既然喝高了，为夫便带你去醒醒酒！”

我的脸色一下子变得凝重，一个不好的预感油然而生。

江寻，怕是憋着满腹坏点子呢！

江寻大步流星地朝前走。许是有报复性质，走得忒快，我胃里的猪头肉都险些被他颠出来。

好不容易到了目的地，从外头看，是个偏院。

我迟疑地看一眼江寻，问他：“夫君，这是什么地方？”

江寻放下我，道：“推开门看看便知。”

我有点紧张，对于这种未知领域，我偏爱习惯性避免，可能我也不是什么喜欢惊喜的人。

譬如那日我说隔天要一只虎皮花猫，结果一觉醒来， 我推开自己的房门，虎皮花猫没见着，反而见着大军攻进皇城，浩浩荡荡往殿内杀来。

打那以后，我就害怕惊喜，怕是喜不成，吓满门。

我手心满是热汗，彼时我还不懂，这就是传说中的心理阴影。我对江寻道："我不敢打开……"

江寻狐惑地看着我，问："为何？"

"我害怕这些事情，一有人满心期待我推开门，我就想到那天攻入宫中的人。若是我再跑慢一些，没准就会被抓住了。"

江寻闻言，没强迫我。他一声不吭推开门，入目是满院的花灯，琳琅满目，火树银花。

我惊讶地跑过去，撩起裙摆转圈，回头朝江寻嫣然一笑，道："夫君？这是你送我的吗？"

"听你母后说，你小的时候想在院内挂满花灯，坐在屋檐上看焰火。可惜宫中戒备森严，怕引起火灾，不能贸然点焰火。所以，为夫想赠你一夜花火，满足你的心愿。"

我傻傻地笑，仍由江寻将我搂着，一下子跃上屋檐。

我震惊："夫君，你还会轻功？"

江寻瞥我一眼，低调地答我："略懂。"

等等，你那像是略懂的样子吗？明明是精通好吗？你究竟瞒了我多少事情，明明都一起睡过了不能大大方方讲明白吗？

我对江寻闷葫芦的性格很有意见，还是那句老话，我真心实意待他，他却将心事藏着掖着。

你不讲，我怎么懂？好吧，其实江寻讲了，我也不一定懂。我这人啊，心宽体不胖，生来不擅长排忧解难。

我双手捧脸，等了一刻钟。白柯在另一边将焰火点燃，簌簌烟火摇曳光尾，在深蓝色的夜空炸裂，碎成光瓣，纷纷坠落，凋零不见。

我望向江寻，他没看我，眼中幻彩流动，如梦似幻。不知为何，我突然在想，好想就这样一辈子与他厮守在一起。然后我伸手环住了江寻的腰。

江寻愣了一瞬，然后也抱住了我，不过倒是一句话都没说。

我想，江寻是真的心悦我，否则为何记住我幼年时的梦，在如今山河尽改的动荡时期，在我被迫颠沛流离的时候，也来满足我。

我问："夫君，你从前是不是认识我？"

江寻如今位极人臣，女人要多少有多少。照他所说，我除了貌美如花的脸蛋之外一无所有，何必执着于我？

人呐，最重要的就是有自知之明了。

"为何这样问？"江寻顾左右而言他，不肯答我。

"你不认识我，却想娶我，未免太怪了。夫君不是对母后言听计从的人，背地里必定有自己的缘故。"

"你很久之前问过我，有没有想娘。那时我骗了你，我也会想娘。皇后千秋节那日，宫中摆酒庆贺。我偷偷闯入宫中，想见她一面，贺一声生辰喜乐。匆忙间，我闯错宫殿，正是你的寝宫。有侍女察觉异样，想唤人。你道一句，不过是夜猫罢了，让人别轻举妄动。我站在屏风后头，听你道：'宫中甚是有趣，宫外的人想进来，宫里的人想出去。'之后你让我走，说会守口如瓶。我便逃了出去，当时觉得你甚有趣，既然你想出宫，我便带你走吧。如此一来就上了心，至此，念念不忘。"这是江寻第一次对我说这么多肺腑之言。

我脸颊发烫，不好意思说出真实情况：我当时真以为是夜猫，那话的确是我的真心话，也是对猫说的。

看了一个时辰的焰火，江寻将我搂到怀里，足尖蜻蜓点水一般，朝地面飞跃而去。

我酒醒后才恐高，搂着江寻的脖子，死死都不肯放开。

时间久了，江寻的体温便有些烫，他突然开口，嗓子有些嘶哑，压抑着某种难言的情绪："夫人，松手。"

"哦。"我后知后觉地松开他，从怀里跳到了榻上，继续铺我的被褥。

我睡相不是特别好，半夜会踢被子，时常将江寻踹醒。有人说，看人的好坏得看细节。从江寻不厌其烦地给我盖被子的细节来看，他真是一个好人。

江寻只穿白色里衣，钻进被褥，道："没娶夫人之前，我一个人入睡总觉得榻上冷寂。有了夫人，这才觉得不那么寂寞。"

我深有体会，点了点头，道："没遇到夫君之前，我习惯跟母后睡。遇到夫君之后，便只跟夫君睡了。"

江寻语气复杂地问我："我与你母后有何区别？"

"母后是女子，夫君则是男子。"

"倒不是问这个……"他颇吃醋，"你爱跟你母后睡，还是爱跟我睡？"

这是一个好问题，复杂程度不亚于——我与你母后掉水里，你救谁？

我侧头，看江寻单手撑头，冷漠地望着我，心道不好。

于是，我干咳一声，道："我自然是爱跟夫君睡！"

“哦？为何？”他的声音变柔，听着没那么冷漠，让人害怕。

我委屈答：“母后嫌我睡相臭，不爱跟我睡，夫君不嫌。”

江寻冷冰冰地回话：“我也嫌的。”

“哦。”

这般，又冷场了一刻钟，场面一度很尴尬。

江寻没话找话地问：“明日是冬至了，夫人想吃饺子吗？”

我想了一会儿，道：“我想吃饺子，倒和是不是冬至没什么关系。”

“……”他沉默了。

一刻钟，两厢沉寂，无话可说。

我问：“夫君想吃我亲手包的饺子吗？”

“夫人会包吗？”

“不会。”

他沉默许久，深吸一口气：“那夫人问什么？”

我颇委屈：“我就是随便问问，客套客套，没想到夫君是真的想吃。”

江寻皱了皱眉眉头，脸上痛苦之色溢于言表：“明日等为夫下朝，我亲手包给你吃。”

“夫君会包饺子？”

“不然呢？你以为全天下人都像你一样，只会吃吗？”

我委屈地快要哭了：“我也不是只会吃……”

“哦？那夫人还会什么？”

“还会喝。”

“住口，睡吧。”

“哦。”我摸不清江寻阴晴不定的个性，他这样冷淡，我又不太开心。

于是，一刻钟后，我小心翼翼地蜷缩到他怀里，抱着他睡着了。

翌日，江寻还真包上了饺子。他和了面粉，包饺子用的肉馅是精挑细选的五花肉与一系列菜末，加姜片蒜末以及老酒之类的调味粉增味。肉挑的是农家猪腹部的肉，无注水，还盖了千阳酒楼的猪肉章，肉质肥美，油而不腻。

江寻亲自包饺子给家养小娇妻吃，夫妻两人琴瑟和鸣，你侬我侬，不失为一段佳话。他特地让人传了出去，在冬至时节秀了次恩爱。

我趴在灶头，眼巴巴地望着锅内随着沸水翻腾的饺子，扯了扯江寻衣角，问道：“夫君，这个还要煮多久？”

“再等水沸一次便可。怎么？你就这么迫不及待想吃为夫包的饺子吗？”他饶有兴致地看着我。

“我只是想吃饺子，和是不是夫君亲手包的，没多大干系。”

江寻语气不善：“哦，既然夫人不喜。那么，来人，这锅饺子拿去喂狗吧。”

我忙道：“汪！”

“……”

不得不说，江寻的饺子甚得我心。我夹了一个热腾腾的饺子放到醋碟里，压着它鼓鼓囊囊的肚子按下去，将酱汁吸得饱满，再嗷呜一口塞到嘴里。

我的腮帮子鼓动，像只吃不饱的松鼠一般，连吞好几个。

江寻已经吃饱了，不动声色地看着我，最终没忍住，对我道："夫人，小口一点，慢慢吃。"

"夫君的手艺好，没白嫁，没白嫁。"我说这话，中心主旨是为了讨好江寻，夸赞他是一个二十四孝好老公。

哪知江寻这个人惯爱闹别扭，此时冷淡地反问："哦？若是我手艺不好，就白嫁了？"

"……"我哑巴了，默默吃饺子。

他却不依不饶，凑过来，掐着我的脸颊，迫使我抬头看他："照夫人这么说，世上比为夫手艺好的大有人在，你见一个爱一个？嗯？那鹤翔楼的厨子厨艺精湛，你嫁给他岂不是更美？"

我的求生欲极强，死到临头了，还不认输，想方设法逃生："厨子怎么能跟夫君比？"

江寻松开了我，抖一抖长衫下摆，风轻云淡地道："你夫君比厨子强点？"

"也不是这个意思……"江寻怎么能跟厨子比呢？

"那夫人是几个意思，不如今日给我好好说说？"

我掰了掰手指，羞怯地道："夫君比鹤翔楼的厨子长得好看。"

"我若是连个厨子都及不上，你岂不是要跟厨子跑了？"

"……"他娘的，这种标准答案还不满意？

"就算夫君比厨子丑，我也不会弃你而去！"我绝地反击。

哪知，江寻横飞出一声冷笑："你居然还想过，我会比厨子相貌差？嗯？"

"……"算了，我认输。我不求生了，你杀了我吧。

江寻板了半天脸，此时突然笑出声。他的笑声低迷，轻轻的，仿佛挠在人心上。

我被他笑得脸发烧，耳根也滚烫，嘀咕道：“你笑什么？”

江寻低头，宠溺道：“你这般傻，没我可如何是好？”

我的心跳加快，借着月色看他。江寻一张清俊的脸正对着我，距离很近，令我有些心猿意马。偏生他还不自知，凑近我时，身上熏出的兰花香若隐若现，细软的长发拂过我脸侧，眼波勾人，实无君子之风。

这是我第一次产生了“男子比女子还要美”的错觉。江寻束发时，是翩翩少年郎，一旦散了发，那黑浓的长发便会融入苍茫夜色中，似修炼千年的妖精勾魂摄魄，又似修行万年的谪仙，不食人间烟火，仿佛随时会幻风而去。

“夫人？”他探手，抚上我的脸颊，问道，“你耳上怎烧红一片？嗯？”

我看江寻，竟然看得失了神，实在尴尬。我咬了咬唇，道：“天、天太热。”

“哦？是吗？”他突然将指尖触上我腰间的盘扣，道：“既然热，不如脱几件衣衫，去去热。”

他解开我腰间的一枚盘扣，一丝风灌进衣里，我这才后知后觉反应过来，连忙捂住腰侧，结结巴巴：“不、不热了。”

“夫人在撒谎。”

“没、没撒谎！”

“小骗子……”江寻又凑到我耳边，暧昧不清地唤我。

我摸不准江寻的想法，只觉得今夜的他又温柔又陌生，总说些奇怪的话逗我，和往常不同。

讨厌他这样吗？那倒也不讨厌。我只是说不上来这种感觉，看他离我越来越近，除却不安，更多的是羞怯。

明明都算“老夫老妻”了，我怎的还会羞怯呢？闹不明白，人心真复杂。

我往后缩了缩，低着头，嘀嘀咕咕：“说了没骗你就是没骗你，真没骗……”

江寻正经了一点儿，给我斟了一杯酒，慢条斯理地问我：“夫人从前，想寻个什么样的驸马？”

我抿了一口酒，清清嗓子，道：“夫君要听真话，还是假话？”

“自然是真话。”

我捧着酒杯，怀念童年，对他道：“夫君应该知道，我不算是个得宠的公主。我父皇的子嗣多，我只是众多皇子、公主中的一个。若不是母后疼我，恐怕我就是病死了、饿死了也无人知道。宫中是个吃人的地方，宫阶高的欺负宫阶低的，有母妃的狗仗人势，欺负无母妃的小可怜。我就是这么过来的，那时我想，日后我的驸马一定要位高权重，至少护我不被人欺。最好他是个武将，迎面来几个壮汉，徒手就能撂倒的那种。”

“那为夫是文臣，你岂不是要失望？”

我将酒一饮而尽：“后来我发现，再有权有势又有何用？若是有一个人和母后一样疼我，即使他家徒四壁，我也欢喜。我想要一个和母后一样温柔的驸马，可与我立黄昏、问我粥可温的那种人。”

江寻看了我一眼，柔声说道：“夫人且放心，我虽无一手遮天的权势，凭一己之力，护护府中妻儿还是绰绰有余的。”

“夫君，我 信你。”我点了点头，腹诽：看来感情牌没打错，江寻这个人看起来心狠手辣，其实内心柔软，装装可怜，基本就能蒙混过关。

不知为何，江寻突然悠悠然叹了一口气，道：“说起妻儿，为夫倒是想起，光有妻，却无儿，此生不太圆满。”

我皱眉，思考了一会儿，发现了疑点：没有子女这种事情还需要想想才记起吗？你莫不是在诓我吧？

“我也甚是痛心，夫君竟然还没生出儿女。”我拍了拍他的肩，表示理解。

一个人一旦和你倾诉他的痛苦，你要做的不是鼓励他，而是跟他讲，你也很理解他的苦楚，你是站在他那一边的。苦在他身，痛在你心，如此便可积攒起固若金汤的友谊。

当不了朋友，当夫妻也是很好的嘛。

“这等事，由我一人出力尚且不够，还需夫人帮忙。”

我装傻，呵呵一声笑：“还是不了吧？”想我年华正茂，身后就得带个拖油瓶？不可，不可。

夫妻，我跟你做；生儿育女，还是算了吧。

“哦？夫人不肯为我开枝散叶吗？”他盯着我，语气不善，“之前是谁说的，要多多为我生养，让我一年抱俩，两年抱仨？”

我讪讪一笑：“那时候，我想做贤良大度的正妻，为夫君广纳肤白貌美的小妾，让江府人丁兴旺。”

这句话不知又触了江寻哪片逆鳞，他突然咬牙切齿道：“你是说，你想过让我跟别的女子在一起？”

“我……”我不想骗江寻的，我的确这样想过。于是，我点了点头。

他笑了，笑意却不及眼底，连说了三个好，接着道：“我若与其他女子耳鬓厮磨，你不吃醋？我若与其他女子在同一张榻上酣睡，你会开心？我若是与其他女子生儿育女，你不闹脾气？阿朝，你便这般不在意我吗？”

江寻发出了灵魂三问，我愣在原地，不知该如何答他。若是我和江寻做过的事情，他再和其他女子做一遭，我估计会难受得要死。

我也不知自己在难受些什么，想来我已经将江寻列为自己名下之物，但凡有人觊觎他，我心里就七上八下的，气都顺不了。

我小心翼翼地扯了扯江寻的袖子，道：“我在意夫君，若是夫君和其他女子在一起，我就不太开心。”

江寻的脸色好上许多，问我：“为何不开心？”

“我善妒，然而犯了七出之条，不可取。”

他抚了抚我的下颚，逗狗一般，温声软语地哄我：“阿朝，善妒甚好，我很欢喜。我只宠你一人，也只与你生孩子，好不好？”

我欢喜地点头，笑着说道：“好。”刚说完，我就反应过来了。等等，是不是有哪里……不太对劲。

等我要开口询问的时候，已经来不及了。江寻突然将我抱起，往榻上走去。

我蜷缩在他温暖的怀抱里瑟瑟发抖，颤声问：“夫君这么早就要睡了吗？”

江寻似笑非笑道：“夫人觉得呢？”

“这么早睡……不太好吧？”我总觉得大事不妙……

“哦，是不太好。”

“我就说嘛！”

“所以睡觉之前，想做些事情。”

“嗯？”

“夫人不是说要为我生儿育女吗？那么，今夜便来做准备工作吧。”他说得风轻云淡，一副无奈的样子。

我说道：“夫君，等等，有话好好说！凡事都可以商量嘛，我们商量商量，总有解决办法的！莫要冲动，冲动是夜叉！不，我的意思是不如有话好好在塌上说！”

江寻有着一双黑若泼墨的眼瞳，暖黄的烛光烧入眼中，点亮那点平静如水的眸光。

他不说话时，一举一动都透露出一派谦和清贵的气质，待人待事温柔而殷切。是以，他在官场中左右逢源，混得如鱼得水，谁人不夸江寻察言观色的本事好？在某些尖酸刻薄的同僚口中，便说他对高官君王阿谀奉承，不以忠言规劝帝王，甚至助纣为虐，这才导致前朝覆灭，无一良臣预警。不仅如此，他在新帝跟前也有些地位，两朝宠臣，这就有些微妙了，一时风光无限，亦招来妒恨无数。

甚至连我之前都误解江寻，以为他是天下第一奸臣，满腹花花肠子，只想着祸国殃民。

可和他相处这般久，我又觉得是我误解江寻了。殊不知忠言也可不逆耳，也可说得让人开心，让人认同，一针见血。

他或许是为人臣时劝过我父皇，可我父皇不听。不听便不听吧，他能做的都做尽了，于公如此，于私来讲，是父皇让他与生母离散，他也不该帮他，此番已仁至义尽。

无论天下人如何骂他，如何让他背负污名，江寻都无动于衷。他无需旁人为他正名，他心中自有一方明镜，可窥清污。

母后说过，江寻是真正的大智之臣。当时我不懂，只知他年纪轻轻爬上高位，定然有手段，不是什么好人。现在想来，是我看错了，江寻不是一个坏人，只是他好得不太明显。

我回神，见江寻已经解完外衫，靠过来。

这难道就是他说的新婚之事？我有些紧张，手脚都不知往哪里放，不自在地道："夫君，我有些怕。"

江寻帮我宽衣解带，漫不经心地问："怕什么？"

"我不知道。"

"不是什么可怕的事，夫人莫慌。不过是我与你亲近，平日里，你不也爱与我抱抱吗？就那档子事，这次稍深入些，你都见过的，无甚新鲜。"

"哦……"

"阿朝，你怕谁都不该怕我，明白吗？"

我一知半解点点头，然后在我没回过神来的时候，已经天雷勾地火了。

不知道过了多久，我被他折腾得睡着了。一觉醒来，我意识到大事不妙！我避子汤还没喝！我可不想过早有孕！

江寻醒来，将我搂到怀里，哑着嗓子问："夫人醒这么早吗？"

"有心事，睡不着。"我颇惆怅。

“哦？在想什么？”江寻昨夜吃饱喝足，今日心情甚好，他一手撑头，慵懒地看着我。

“昨夜这样，我怕是会有孕了。”

江寻仿佛听了天大的笑话，“扑哧”一声笑出来：“你当这样一回便会有孕吗？”

我脊背发麻，心道不好：“一回还不够？”

“自然不够，要日日缠绵，夜夜如此，方可有孕。怎么？夫人迫不及待想为为夫孕育儿女？”

我扯了扯嘴角，露出一个惨兮兮的笑容。江寻这番话戳中我的七寸，足以令山河变色，日月无光。

江寻还笑着道：“昨夜，夫人搂着我哭喊夫君，我以为你也得趣，原是没有吗？”

我咬牙切齿地道：“没有！”

“熟能生巧。”他风轻云淡地道。

我呼吸一窒，我是挖坑给自己跳了吗？一次不够吗？这等美事，一次便可怀念一生，何必多求呢？

我打算曲线救国：“昨夜之事甚美，我想多回味些时日。近期，还是不了吧？”

江寻笑道：“夫君大可不必担忧，我自有分寸。”

“……”我想静一静，很想很想。

江寻是如何从人畜无害小白兔化身为阴险狡诈大狼狗的？这个问题值得思考，唯一可以确定的一点是，我被诓了。如今我是羊入虎穴，不能生还。

算了，走一步看一步吧，我知我魅力无穷，等闲无法抗拒我。唉，怪就怪我貌美吧。

这般一想，稍微有些安慰了。

江寻今日春风得意，出门也一改冷峻模样，嘴角含笑。

等上官轿时，他停下步伐，回头拢了拢我的大氅，道："夫人在府中乖乖等我，有事便唤白柯。"

我心头一颤，结结巴巴道："夜、夜里还来啊？"

他轻笑一声："今夜放过你，来日方长。"

"行吧。"我心稍定，还算江寻有些人性。

俗话说，男人三十如狼似虎，江寻没到三十，却猛于虎豹。

完了，全完了，这般下去，等他三十岁，我岂不是被榨干了？

我叹了一口气，满脑子都是昨夜江寻拽住我，冲撞了一下又一下，嘴里道："阿朝，今生亦只有我可这般对你，明白？"

明白，明白。

等江寻这个粘人精走后，我终于有了点个人空间了。

我已经把皇城书铺话本比赛的事情抛诸脑后好些天了，最近有裁判来信表示：很期待风华绝代的江公子之大作，再不写后续，就视作弃权处理。末尾还画了个笑脸。

等等，那个笑是什么意思啊？是嘲讽的笑吗？还是鼓励的笑容？这样一来，完全猜不透裁判的心情啊！

我坐在桌前想了很久，想出一个馊主意——有时候权势真是个好东西，既然我自称是江公子，也住在江府，谎称是江寻，应该没问题吧？对方一看尚书大人是从一品大员，肯定屁颠屁颠跑上来，给我内定前三名。

于是，我得想随赠物品，不能太奢华，还得表达出我的意思。想了很久，我让白柯去寿衣店买了二百两冥币，再加上一篮鸡蛋，送到了裁判府上。柴鸡蛋的红色纸封上戳了江府的印记，再加上冥币，总能表达出我的心声：不给我前三，我！权势滔天的江寻！就把你咔嚓了，逢年过节烧纸给你哦！

等等，这完全是威胁吧？做大事者不拘小节，恐吓就恐吓吧。

我在府中抖腿喝茶，等裁判回心转意，哪知没等到回信，白柯就心急火燎跑进来，单膝跪地，道："夫人，大事不好。"

我的茶碗砸地上，惊讶地问："怎么了？"

"裁判先生告了御状，说朝廷命官江尚书威胁书铺的裁判先生，以公谋私，蓄意杀人，请圣上公断。"

我吓傻了："完了，全完了。要不，在夫君回府之前，我们先逃命吧？"

白柯半天不答我，许久以后，突然将门关上，上闩，道："再传大人口谕，今日，谁都别想出这个府门。"

"……"没想到关键时刻，白柯背叛了我。是我赠的榻不好睡了吗？还是我的美貌蛊惑不了她了？为何白柯也倒戈，与我兵刃相见。

我很痛心，但很快就被畏惧感给压制住。我盼着江寻回府，毕竟早死早超生；却又怕他回来，逮住我就揍。

第七章

我的娇俏公主殿下

原来做错事的感觉如此煎熬，若是可以，我一定只送一篮柴鸡蛋。

白柯看了看日头，打了个响指，道："好了，一个时辰已过，属下再传一封大人亲笔写的信。"

我一听，有信，悲从心中来，是不是江寻性命堪忧，让我在官兵抄家之前快跑？

我蹲下身子，做起跑动作，打算看完信就以迅雷不及掩耳之势翻窗逃跑。

只见得，信上写道：

夫人担惊受怕了一个时辰，想来也够了，下次再做些荒唐事，我就将你手脚都绑起来，知道没有？圣上确实有来苛责我，然而我早已派人顶罪，声称是诬陷朝廷命官，这场闹剧方才平息下来。若是我在宫中无人通信，寻不到替罪羊，此番怕是必要受罚。夫人，丢官事小，若是我出事了，你恐怕就成了寡妇。你呢，也长得好看，勉强加个'俏'字吧，你可想当俏寡妇？

我这厢刚打算做坚贞小寡妇，那厢江寻就回府了。

趁白柯不注意，我依照求生本能，钻到了榻底下。

江寻不愧是世界上最了解我的人，一找一个准，直接踢了踢床榻，喊我："出来。"

完了，江寻这次是真生气了，连夫人都不喊了。说句实话，我没有看过江寻真正生气的模样，他会不会打女人啊？

我想到了话本里说的渣前夫，都是将妻子按在榻上打的。我现在钻了榻底，会不会暗示江寻，该在榻上教训我？

我很委屈：昨夜喊我小甜甜，才过一天，就变成糟糠之妻下堂妇……男人，真善变。

然而该装还是要装一下的，我趴在里头，嘀咕：“夫君莫慌，我马上就出来，适才在找个东西。咦？那玩意儿怎么找不着了？好生奇怪。”

“夫人在找什么？找你的良心吗？”他冷嘲热讽道。

我：“……”

我干干一笑，从榻底爬了出来。

江寻拿眼风扫我，冷笑道：“夫人可知，若是我口舌笨拙，此番算是栽在宫里头了。”

我搂住他的手臂，讨好他：“我知我夫君能力，即使遇险，也能死里逃生。”

“你还想我遇险？嗯？”他余怒未消，勾起我下巴，气笑了，“等我遇险，你好做你的俏寡妇是吗？”

“我没想当寡妇……”

“那就给我听话一些，别总惹是生非。”

我闷闷地道：“许是我一直以为我夫君无所不能，哪知你也受皇权牵制、官阶压制。是我太依赖夫君，太仰慕夫君了。我改，从现在开始，我真的改。”

江寻呼吸一窒，皱眉，与我道：“你这是在强词夺理吗？”

我强忍住热泪盈眶：“夫君不信我，觉得我肺腑之言都是借口。原来我们的夫妻之情也不过如此。我为我心中所愿，小小借用了一次夫君的权势，哪知竟让夫君遭此大难，是我不好，是我高估了夫君……”

“呵，你心中所愿？”江寻拿纤长白皙的指尖，轻轻戳我胸口，道，“夫人心中所愿，不就是那二百两银子吗？”

“我……”我震惊地望向江寻，他居然这样想我？

我心中所愿，岂止是那二百两银子！

江寻挥了挥衣袖，唤人：“白柯传我令，府中银钱随夫人支配，想如何花销就如何花销。只是她若逃出府，二话不说腿打断！带回府中时，为夫亲手帮她接骨。”

江寻此举令人发指，我张了张嘴，想骂他，可一句话都说不出来。

不是我的私房钱的钱，早就失去了它存在的意义与价值。

江寻逼迫我一步步后退，直到我脚后跟撞上榻，一下子跌到柔软厚实的被褥里。江寻依旧不依不饶，将我困在两臂之间，逼视着我：“如此，夫人可满意？”

我还能说什么？我泪流满面：“满意，我甚满意。”

“满意就好，这是你应得的。”

“……”这句话听起来是甜言蜜语，但我总觉得我被江寻威胁了。

“你满意了，我倒是不满意了。”

“啊？”

“所以，夫人该做些什么，让为夫满意呢？”江寻说这话时，眼底无笑，依旧在气头上。他一贯是温文尔雅的样子，此刻却流露了一些地痞流氓的气质，蛮不讲理。

我闭上眼，心一横，做出英勇就义的模样，道：“夫君说怎么办就怎么办吧！”

江寻似笑非笑，答我：“夫人，很懂事嘛。”

江寻可没有开玩笑的意思，也没有怜香惜玉的想法，想在吃饭前先翻云覆雨。。

他虽不会在塌上打我，但他总有办法让我上天不能下地无门，也是够狠。

我被弄得神魂颠倒，满脑子想的都是：快到饭点了，日后一定不能在饭前惹江寻生气，否则会被饿上好几个时辰。要惹……也只能是饭后。

等我沐浴更衣，终于到了饭点。

饿了两个时辰的我，此时风卷残云，将桌上所有饭菜都吃了个光。我以手掩唇，抬起的袖内暗香浮动，就此矜持地打了个饱嗝。

江寻举着筷子，迟疑地唤人："再上碗甜汤来。"

我秀气地喝汤，吃饱的人才有闲情雅致附庸风雅。

江寻道："夫人胃口真好。"

"府里饭菜好吃。"我可不敢哭诉，是他之前将我硬生生饿了两个时辰。

"比宫中如何？"

我道："宫中菜色多，左夹一箸菜，右夹一箸菜，等我尝个七七八八，饭都凉了。论起来，不如夫君这儿顺心，大口喝酒，大口吃肉，不顾及礼仪，吃相差些随意些，夫君也不会骂我。"

"为夫只是懒得骂你，望你有些自知之明。"

"哦。"我如今是习惯江寻的嫌弃了，听过便忘了。

江寻没有食不言的腐朽习惯，等口中的甜汤咽下了，便问我道："说起来，你的话本赛该怎么办？"

他这话正好戳中我的七寸，我已经接连几天遗忘话本大赛了，实在是不想想起。

我苦笑，装毫不在意地道：“话本啊？该怎么办就怎么办吧……”

“夫人不伤心吗？不想它吗？毕竟一起度过了两个月的美好日子。”

江寻再往我心口上插刀，我真的要哭了啊。

我讪讪一笑：“之前写话本也是为了钱财，如今不需要了，便没什么写的兴致了。”

“哦？是吗？”江寻突然从袖中掏出两团纸，“既然不需要了，夫人还在写些什么？不是因为自己爱写吗？”

我心尖酸楚，答他：“反正也被取消资格了……”

“我用了一些门道，给你换了个选手身份，只是这笔名不好取江大人了，你便用朝姬吧，姬为公主之意，朝又是你名。我想了许久，自己的夫人若是无法光明正大过日子，那要这权势富贵又有何用？你便用自己身份写话本，无需依托我。”

我震惊，结结巴巴地问：“这般，不会给夫君惹事吗？”

“我父亲统领着能定皇城生死的御林暗卫，我又在朝为官，颇得新帝赏识。如此，还护不住一个前朝公主的话，未免太没用了。何况，治天下的这位不是个傻子，处死妖后与公主，不过是为了安将士心、安天下心。对外已说死了，何必惹是生非，再招出个假死的话柄？他若是想再生动荡，那便来折腾吧。想必，聪明一点儿的，也会睁一只闭一只眼过去了。”

听了江寻这番话，我也觉得颇有三分道理。于是我点了点头，道：“夫君待我真好。”

他温柔地抚了抚我脸，既有安抚性质，又有警告性质，对我道：“阿朝想要什么，我都为你夺来。只一点别忘记，切莫擅自行事，只管依赖我。”

不得不说，江寻打一巴掌给个甜枣的本事极好，如此这般，我已经被驯得乖乖的了。

我崇拜地望着他：“日后，我全听夫君的。”

“全听我的？”江寻又笑了，“是所有事都会听我的吗？”

“呃……也不全是。”我突然想到了一件事，打了个冷战。什么都行，唯独这一件事不行。

隔天，我便用朝姬这个笔名，发表了独属我自己的第一篇话本《番邦王子爱上俏寡妇》。题材是禁忌之恋，目的探讨人性，灵感来自江寻。

我打算写，遭遇刺客暗杀的王子被俏丽动人的寡妇所救，疗伤期间，两人眉来眼去就此好上。无奈宫里不肯他俩在一起，于是两人相携亡命天涯，这时叛军突然攻打皇城，取了番邦国王首级，一时间群龙无首，乱作一团。这时候，王子回来了，稳定军心，率领大军回击，夺回了家园，而俏丽的寡妇也成了王后，全剧终。

我想了想，这个题材着实好。现下的年月，对寡妇都不太友好，基本不能娶嫁，只能在家中吃斋念佛，郁郁终生。

此话本一出，定能吸引到寡妇群众，以及一些知性的中年女子，引领一番热潮。我将化身为女权代言人，为这些辛勤持家的女子发声！

没错，就是这样！

我让白柯帮我交稿，由于题材特殊，审了不知多久才出版。哪知这种立意新奇的话本，一下子赢得了姑娘们的心，纷纷购买，成为一大畅销话本。

由于好评如潮，我已经是内定的话本第一名。没几日，皇城书铺就邀我当长驻书铺的话本先生。他们仿佛知道我是女子，又是已婚妇人，喊先生委实不妥，思量很久，决定尊称我为朝姬太太，和江太太这种称谓类似，无任何歧义。

我靠自己的能力，大赚了一笔钱。我将这些银两塞到红袋子里，望着偌大的屋子，陷入了深思。

这是我的私房钱，不能被江寻找到，得藏起来。那么，藏哪好呢？

藏花瓶里？不行，万一花瓶倒了不就滚出来了。藏梳妆盒里？算了，日日能看见，忘记贼惦记。

那就学江寻，把钱埋在土里！说干就干，我当即挖了个坑，把钱埋了进去。

这天午后，由于心情好，我做了一个梦——我梦到那些银两生根发芽，结出一个个大元宝，整棵树都金灿灿的。

一觉醒来，白柯突然来报："夫人，大事不好了！"

"怎么了？"我揉揉惺忪的睡眼。

"夫人的私房钱，失窃了！"

我闻言，险些晕了过去。

这时，江寻恰到好处进屋，问我："哦？夫人的私房钱失窃了？就那二百两？"

"……"我没敢吭声。

他笑："不过是二百两银子，来人，从我账中支出，给夫人再埋回去。"

我嘀咕：“不一样，你的钱是你的钱，我的钱是我的钱……”

“怎么不一样？我的钱不就是你的钱吗？哦，我明白了。夫人攒私房钱，是想要之后携款逃跑？”

“没……”我心虚。

“呵，夫人还是死了这条心吧。私房钱，一分都别想存！”

“哦……”我绞了绞手指，顿觉委屈。

过了几天，母后突然拜访。她头戴一顶帷帽，盖上厚厚三层纱，由一顶青灰色小轿送入江府。落轿后，她才敢摘帽示人。

我一看到母后，便扑了上去，将脸蹭到她的怀中撒娇：“娘，我好想你。”

喊母后会惹是生非，我并不是个傻子，所以只能改口唤娘。

江寻脸色不太好，不动声色将我扯回来，冷冰冰地问：“您是无事不登三宝殿，又怎么了？”

母后讪讪一笑：“娘就是出来散散心，抬头一看，这不是我闺女所居住的江府吗？是以就回来看看。”

江寻冷笑着问：“哦？母亲大人是这样的人吗？我记得娘当初对儿子可是不闻不问，连死活都不上心，哪像是留恋儿女的人呢？”

母后被戳中心事，又干干一笑。

江寻却不肯就此罢休，不依不饶道：“何况，护送娘来江府的轿子在途中可未停过脚，百里加急直奔江府偏门，明显是冲着这儿来的。若无事相求，那恐怕就是避难了。娘想避什么难呢？连爹都不求助，倒奔向我这多年无相处的儿子府里，恐怕就是想借探望阿朝的名义躲人。这个人嘛……恐怕就是爹吧。”

母后的心思很好猜，见她一下子哑巴了的样子便知，江寻猜的都对。我险些又被母后当枪使，指哪儿打哪儿了。

我啊，最怕被人当傻子了。所以此时，我和江寻是站在同一条战线上的队友。我躲在他的身后，探出一张脸，警惕地望着母后。

母后见之前编造的借口没用，终于捏着手帕，梨花带雨地哭了起来："都是你爹，他居然接了别人家送来的两个美妾。早知他是这样的人，为娘当初就该去祭旗！"

江寻抿唇，道："现在去祭也为时不晚。"

母后置若罔闻，用手帕擦干了眼泪："总之，娘要在府里待几天，顺便看看我家阿朝。"

我疯狂地点头，又跑上去，握住母后的手，原地跳了跳，表示欣喜。

母后怜爱地抚了抚我的脸，温声软语道："我最想我家阿朝了，几天不见，怎么被阿寻养瘦了许多，可是受委屈了？来，尽管和娘说。"

我热泪盈眶，刚要扑母后怀里寻求温暖，又被江寻拽了回来，他冷笑着道："爹恐怕不是这样的人，这事还有些前因后果吧？母亲大人最好实话实说，否则别怪儿子心狠，赶您出府。"

母后依依不舍松开我的手，道："咳，这个说来话长。"

"长话短说，快到饭点了，我不能留您用饭，现在您就该出府了。"

"你爹想再给你生个弟弟，可那等事最伤身子，为娘好不容易从宫中逃出来，这还没清闲上多久，又得在鬼门关里走一趟，还是罢了吧。"

"到饭点了，娘请回吧。"

"那好吧，我实话实说了。娘年纪大了，育后不好养身子，万一月子没坐好，发福变老，毁我容颜就得不偿失了。所以，我拒了。哪知你爹怄气，隔天就领了两个美妾到府中，虽不知用意，可这就是明晃晃想打我脸，我哪能如他意？这才跑了出来。”

我叹气，其实我也挺能理解江寻他爹的。自己妻子被狗皇帝夺去，霸占那么久，好不容易回到自己身边，就算他既往不咎，绿帽子也戴得坦荡，可心里难免有个疙瘩。想了又想，还是打算再生一个独属自己的孩子，宣泄一下这么多年的怨气，这是占有欲作祟。

江寻叹了一口气，这对冤家，都这把年纪了，还折腾。

这时，白柯突然来禀：“大人，府外有人自称御林暗卫统领，想求见您。”

江寻对他父亲尚有几分敬重，特意理了理衣冠，道：“快请。”

我腹诽：《霸道统领逮逃妻》，这题材，劲爆！

我牵着江寻的手，到了会客用的前厅，心里好奇江寻他爹的长相。他对我父皇怀恨在心，会不会也刻意针对我啊？万一看我不顺眼要砍我怎么办？万一他和江寻提出“这个不好我们砍死了再换个年轻貌美的女子”，江寻还答应了怎么办？

我有点紧张，腿肚子都发麻了，忸怩着不肯继续走。

江寻回头看我，好笑地问：“夫人这是怎么了？腿疼？嗯？还是来葵水了，肚子疼？”

我冷汗直冒，结结巴巴：“我还是不去看你爹了吧？”

“丑媳妇还要见公婆，你躲不了的。”

“你说我丑。”

“我不是在说这个……”

“就是！”

“那你见不见我爹？”

我快要哭出来了：“夫君，我怕。”

江寻叹了一口气，大概是感慨自己怎么会有这么屄的夫人。

于是，他蹲下身子，朝我招手：“过来，我抱你去看。他若是伤你，势必会伤到我，这样可满意了？”

我小心翼翼挤入他怀里，问：“这样不合体统吧？”

江寻冷笑：“你以为你闭门不见他，就合体统了吗？”

“也对。”

于是我被江寻抱到怀里，坐他手臂上，被他一路抱到了椅子上。

很快，有人掀帘进来，入目就是一柄长剑，剑柄还有血迹未擦……

再进来一些，看到一名着玄色外衫的男人，剑眉星目，瞧着比江寻老成，颇有几分像，想来就是所谓的统领了。

江寻上前作揖，道：“拜见父亲大人。”

统领扶起他，道：“我儿不用多礼。”

“爹是来找娘的？她就在后院，儿子已让人将她看好，此番逃不了了。”

“甚好。”

我瑟瑟发抖，等等，我看到了什么？两只狐狸有商有量，把母后给卖了？不行，我得通风报信去。

我悄悄咪咪地打算逃跑，统领一个眼风扫过来，我又在椅子上坐定了……

算了，母后，是我对不起你，我给你磕头。

统领刚要去找母后，江寻就良心发现，道：“听娘说，爹备了美妾在府中。此事虽是爹的后院事，儿子不能置喙，然而母后多年在宫中不易……”

统领皱眉：“等等，为父何时在府中置过美妾？”

“嗯？”我和江寻皆皱眉。那母后这次跑出来是干什么的？

统领干咳一声，很尴尬：“你娘怀有身孕，府中菜色清淡了些。”

我呼吸一窒，怎么都没想到娘出逃会是这个理由。想来统领体格好，和母后两人都差不多四十来岁了，还能生。

最后，母后是被统领抱回府中的。画面极其辣眼睛，此番不再赘述。

夜里，江寻唉声叹气道：“为夫竟有些羡慕起父亲了。”

我大概猜到他要说什么，翻了个身，佯装睡去：“夫君，睡了，睡了，我困了。”

江寻如鲠在喉，一时无语。睡到一半，他还是忍不住拍了拍我的腿，恶狠狠地道：“小没良心的，你就这么不想给我生儿育女吗？”

我睡得迷迷糊糊，假意哭了两声，道：“那是鬼门关，母后说，要是跨不过去，就死那儿了。”

江寻闻言，不再说话。

我清醒了，转身，靠他怀里。屋内灰蒙蒙的，只能听到江寻若隐若现的呼吸声。

许久以后，他突然搂紧我，道：“那夫人想不生便不生吧，我也不忍心你在鬼门关踏上一遭。”

我有点感动，江寻竟然有如此温柔体贴的时候。

我一觉便睡到了日晒三竿，摸了摸右侧，江寻已经不在我身边了。我有些失望，江寻在的时候，我嫌他烦，他若是不在，我又甚想，或许这就是爱情的模样吧。

我这厢刚刚参透了爱情的真谛，那厢白柯来报：“回禀夫人，这是大人给夫人备下的生辰礼。”

我翻开白柯递过来的盒子，里头是一枚发簪，簪头嵌着翡翠，闪闪发光。

既然是江寻给我买了，他自然也想看我戴上。我很懂如何讨丈夫欢心，于是差人给我梳妆，挑了个最显眼的位置，将发簪别在发髻上。

夜里，江寻下朝见到我，果然很欣喜。他抿唇，微微一笑，问我：“夫人可喜欢？”

“喜欢！”

“夫人可知，赠簪的含义？”

“……”我哑口无言，有些尴尬，原谅我没文化，我是真的不知道。

江寻的笑容一点点消失了，道：“簪只能赠予正妻。”

我恍然大悟：“就是不能赠给妾的意思！”道理我都懂，但好像有哪里比较怪。

“……”江寻不说话了。

片刻，他喊人布菜。江寻果然很用心，上的菜都是我最爱吃的。由此可见，平时我胡吃海塞的时候，江寻一定全程盯着我看，否则他怎么会知道我哪样吃多一些，哪样吃少一些？

这般想，又有些尴尬了。

姑娘家，吃得多，其实也是很丢脸的事情。所以今夜，我很矜持，想给江寻留下一点好的印象。

吃到一半，江寻突然问我：“可是菜不合夫人胃口？”

我摆摆手：“没有没有，饭菜很可口。”

“那为何夫人平日吃两菜碟的肉食，今日连一半都吃不下了？”

“……”我是不是平日太过温驯贤良，所以给了你我不是很要面子的错觉？我也会害羞的好吗？！

江寻不太搭理我的羞怯模样，直接请了厨子进来，责备地问：“可是尔等做菜时懈怠了？菜色不合夫人胃口，要你们何用！”

厨子们乌泱泱跪倒了一片，我坐在椅子上，如坐针毡。

这种时候，不说出真相，江寻会迁怒于厨子；说出真相，在这么多人面前，我的脸丢更大了。

权衡了许久，我决定谎称脾胃不适，想吐，所以才没多吃。

我忸怩着道：“夫君莫怪他们，都是妾身的错。我脾胃不好，看见肉食便恶心难受，吃不下。”真的是睁着眼睛说瞎话啊。

不知这话对了江寻哪根筋，他突然将我抱到怀里问：“这般迹象有多久了？”

“大概三两日吧？”我继续编。

“传大夫，给夫人把脉！”江寻把阵仗闹得更大了。

没多久，便有大夫被白柯一路飞檐走壁拎过来，丢到我面前。

我叹了一口气，心疼大夫。

他替我把脉，突然皱眉，问道：“这么早？”

“嗯？”我没懂。

江寻抿唇问：“可是有了？”

大夫捋了捋胡子，道：“月份尚浅，等闲测不出来。依我看，夫人确实有了。”

等等，有了？这小老儿胡说八道！我目瞪口呆。

江寻欣喜若狂，给全府的人都发了喜钱，将我搂到怀里，在我脸颊上吧唧一口。

我仍旧活在恐惧中不能自拔，这才刚开始一个月，居然就有了？

只江寻一个人开心，与我耳鬓厮磨，道：“如今夫人便是最大的，要好生照顾自己与腹中胎儿。这是我与你的孩子，我会亲自教他经书礼仪，若是喜武，便将他送到父亲那儿去。”

我忍不住问：“要是个女儿呢？”

“那也一样，只要是夫人生的，我都欢喜。”

“……”江寻这厮，要求也忒低了。

我悠悠然叹了一口气，我本欲做一番大事，岂料，如今被夫君孩子所累，无法施展拳脚。女人，就是累。又得养家糊口，还得体贴夫婿。

我摸了摸肚子，不禁感到压力颇大。母后以前对我道，孩子都是破腹而出，若是女子月子坐得好，那肚子的伤疤会愈合，若是坐不好，就留一道大口子。你当肚脐眼是用来做什么的？就是为了让孩子从肚脐眼里钻出来的。

当晚，我做了一个梦。我梦到我临盆时，产婆突然欣喜若狂：“恭喜夫人，这是五胞胎！”闻言，我在梦中就昏死过去。

关于我是否有身孕这个事，我纠结了一整天。我怕江寻如此爱我，到头来空欢喜一场。

于是，我想让他做好最坏的打算——万一我没孕。当然，这个想法在今日，突然被我打消了。

因为我问江寻，假如我无孕该如何是好？他看我一眼，风轻云淡一笑："无孕事也好，可再和夫人亲近一段时日。"

亲近啊……那还是罢了吧。我想我有孕，真真切切有了，时而睡觉都觉得肚子里有娃在踢腾翻滚。

我做好了自己怀孕的心理建设，就这么熬了三个月。头三个月得小心翼翼的，江寻看我也很小心，生怕我磕着撞着。

再后来，大夫说，我那日只是胃胀，没怀上，是他误诊了，哈哈哈。最后三个哈字，是大夫为了掩饰尴尬，强行加上的。当然，他掩饰也没有用。江寻勃然大怒，但念在大夫年迈，只是小小惩戒了一番。

后得知，大夫误诊也是有原因的。他想讨个赏钱，然后逃去别州开医馆，岂料江寻眼线遍布全州，还是将这小老儿逮回了皇城。

当然，我也没讨到好处。江寻说，我也是帮凶，假如不是我也承认自己有孕，他不会信以为真。话里话外，就是说我像根搅屎棍，搅啊搅，臭的也能说成是香的。

看来他是真生气了，居然能把自己如花似玉的夫人比作搅屎棍。

我颇委屈，坐在凳子上一言不发，生闷气。

江寻气消了，瞥我一眼，冷笑着问："我这儿倒还没生气，夫人倒先发制人，闹起脾气了，嗯？你闹哪门子脾气？你又不想给为夫生儿育女，如今无孕事，高兴的不就是你吗？"

我闷声闷气道："夫君为何执意要个孩子？有我一个还不够吗？"

他没说原因，一声不吭。

我嘀咕着："我倒觉得如今这般甚好，只我和夫君两个人，逍遥自在。”

“若是有个孩子，夫人离开时，或许心里还会顾念我一些，走得不那么干脆。”

“夫君是怕我走了，不要你了吗？”我没想到一贯对自己外貌有自信的江寻，竟然也会担心些莫名其妙的事情。

他冷哼一声：“我说过，我心悦夫人，比夫人用情更深。”

我愣了愣，说句心里话，我也很喜欢江寻。只是究竟有多喜欢，我自己也说不好。我想和他过细水长流的日子，想和他日日夜夜腻在一处。但这算是新婚燕尔，一旦过去，我待他如何？是薄情寡兴？还是恩宠依旧？那便不知道了。

我这是初恋，第一次爱上一个人，也不知自己究竟有多专情，有多长情。所以，和江寻一比较，我便有些无地自容了。

他待我日日这般好，我却还保留一些东西，和他隔了一层，贪慕一瞬欢欣。

分明我才是最绝情的那个，因为我从未想过和江寻的未来会如何。我现在待他好，不过是因为我喜欢他。若是我不喜欢他了，那我会离开他吗？

我也说不好，因为我是初恋，没有经验。

第一次爱人，就是这一点不好。爱上了，却并不代表就是一生。

我揪着衣袖说：“若是我有一天不喜欢夫君了……”

江寻的身体一僵，垂眸，没追问后续。

我接着道：“那我们便重新认识，夫君依旧待我好，我也会再喜欢上夫君。这样一来，我这辈子都只喜欢你一人，不会与你分开，便能厮守到白头。”

江寻抬眸，看我。他看了我很久，一双黑眸又深邃又深沉，看得我心慌意乱。半晌后，他才轻笑一声，将手覆在我发顶揉了揉。

我抗拒，这发髻都要被揉乱了，好不容易梳好的。

“夫君还生气吗？”我犹犹豫豫地问他。

“不气了。”

“那夫君抱抱我。”这话说得我很臊，然而我清晰记得：江寻若是不喜欢我，连抱都不会抱我。有些女子嘴上说不气，心里还在恨呢！我必须验证一番，否则定然出事。

江寻将我揽到怀里，溺爱着看着我，道：“哪有女子如你这般不害臊，什么都是主动求的。”

“夫君不喜欢吗？”明明是他最爱调戏我。

“没说不喜欢……”

“那便是喜欢？”

江寻叹气：“也没说是喜欢。”

“男子的心，真难猜。”我刚要长篇大论感慨，脸就被江寻掐住了。

他咬牙切齿道：“少得了便宜还卖乖。”

我只能卖乖了：“哦。”

由于我很快反省了自己的错误，所以只掐了一瞬，江寻就放过了我的脸。

我颇委屈，在心里记着小本本：江寻家暴倾向之一，一言不合便掐我脸，不疼。等到他对我拳打脚踢的时候，我便走，再也不回这个家了。

我这厢在这里脑内风暴了半天，那厢江寻冷冷问："在打什么坏主意？"

"哪有。"我心虚。

"夫人想的，都写在脸上，你当我看不出来吗？"他捏住我下颚，左右端详一番，警告我。

"我在想夫君。"

"哦？想我？"

"夫君近日又俊美不少，每每窥见夫君，我很欢喜。"

江寻一笑："如此甚好。"

"嗯？"我好像不知不觉给自己挖了个坑，还很开心地跳了下去？

没等我在坑前比画这个坑到底有多大，江寻便邪魅一笑，带我跳了下去……

等我跳下去后才发现……这坑啊，深不见底。只是嫁出去的女儿就是泼出去的水，喊破喉咙都没人来救我。

事后，江寻饮了一口热茶，对我道："这是对你撒谎的惩罚。"

我望着房顶，缄默不语。

我很伤心，眼泪顺着眼角，源源不断在流——江寻，你放狗屁！你这惩罚也太严重了吧！

这一晚之后，我就不太搭理江寻了。

之后，我冷静下来，顺便反省了自己这一生的软包子史。我备受欺辱，原因是我太软萌可爱，不谙世事，半点都不知道反抗奸臣江寻的压迫。所以，我要崛起！妇道人家不能再这么堕落下去，我必须要强势起来！

我一拍床榻表决心，江寻的眼风就扫了过来："夫人又有力气了？"

闻言，我呼吸一窒，开始了我的表演，气若游丝道："夫君身强体健，这样惩罚一次，让妾身一个时辰都还没恢复体力。甚累，甚累。往日觉得夫君在吹牛，如今亲眼见识了，便是真的了。"

江寻听我说完这一堆，啧了一声，给我端来一碗甜汤："夫人在胡言乱语个什么？"

"无聊，自说自话解解闷。"

他叹了一口气，拿汤勺堵我的嘴："小傻子。"

我默不作声，乖巧喝他喂过来的汤以此来麻痹他——是不是以为我喝你的汤就是消气了？才没有！哈哈，想不到吧，我还憋着生气十连大招呢！

我这个人藏不住心事，心里想什么，身体就做什么。这厢我刚想着要生气，那厢嘴里就忍不住吹水，拒绝喝江寻喂过来的汤，把甜汤喷了他一衣下摆。

我很尴尬，乖巧地轻啜两口甜汤，表示之前只是一个意外。

江寻的脸色越来越沉，越来越黑。他突然笑，笑得十分怪异，对我道："想来夫人是不认罚？还和为夫叫板？"

"啧。"我哪有！我虽没有，但我不敢顶嘴！

"你以为，我不知道你在想什么吗？我劝你乖一点，别总想着和我憋气的法子，否则……"

"否则怎样？"

江寻冷漠地道：“都敢问后果了，说明夫人真在和我使坏憋气，看我如何罚你！”

“……”等等，这人这么社会吗？还有这种操作？

“怕了吗？”

“怕。”一人做事一人当，该认错时就认错。我很快认屃，不反抗了。

“怕就好，你且听好了，再这般折腾我，我定要让你跪着求饶！”江寻霸道地对我道。

“夫君，你……！”

他冷笑一声，拂袖而去。

闻言，我如坠冰窖，冷彻心扉，四肢百骸忍不住瑟瑟发抖。我万万没想到，这厮竟有如此损招！一日夫妻百夜恩，他怎么能这么待我？

江寻，居然想让我跪他？我堂堂……怎么着也是曾经的公主！

卑鄙啊卑鄙。他知我是什么人，竟用这招待我，这让我如何不想妥协？

于是，我掰了掰手指，开始继续生气大业，此番定要成功。

实际上，我也就是想想。因为在我实施计划之前，我先遇到了另外一件事。

府内闯入了贼人，此贼人不是别人，正是我当年一时心软放过的那个暗卫。人与人之间的友情真的很脆弱，我私以为我和他已经成了挚友，哪料到他一心想害我。

不，应该说是，即使冒着会死的危险，也要折回来害我。看来他杀我的心比交友的心更为强烈。我本身就是一个社交较为困难之人，这样看来，是我瞎了眼吧。

就这样，他把我挟持了。

我望着那柄锃光瓦亮的匕首，强忍着惧意，咬牙不晕。趁暗卫和迎面赶来的江寻叫板时，我还偷偷用手指探了探刀面，感慨道：“是真刀。”

于是，我的腿软了。我眼泪汪汪地望向江寻，他就在对面，披一袭墨色长袍，下摆迎着风雪猎猎作响，俊美无俦。

江寻抿唇，一双眼又黑又沉，比漫天霜雪还要冷入三分。他低声说道：“还望阁下放过拙荆，她胆小，不经吓。你家主上若有何吩咐，在下赴汤蹈火，在所不辞。”

我很无语，在这种剑拔弩张的时刻，就不要揭我老底了好吗？我都快尿了……

暗卫笑道：“江大人莫要担心，我家主上不过是想借夫人见大人一面。我等不会伤她性命，今夜在黄石山的大潮寺内，好酒好菜备着，静候大人。”

江寻不知想到了什么，眯起狭长的眼睛，道：“佛门清净地，饮酒食肉恐怕不太好？”

暗卫不以为然，道：“我家主上是可逆天改命之人，不过是区区佛门清规，破了便破了，做大事者不拘小节，江大人总该知道这个道理？”

他话里话外的意思，连我都听懂了。这是在暗示江寻，此番谈话，定是与谋逆有关。

看来，江寻真是个香饽饽，任谁都想咬上一口。我脑中浮想联翩，可惜啊可惜，这个香饽饽被我日日夜夜咬了不知多少口，早吃腻了。

暗卫话音刚落，就想把我掳走。

说时迟那时快，从院外突然飞来几支长箭，箭头淬了毒，一下子射中暗卫的肩膀，血溅了我一脸。

我惊慌失措，还没等回神，就被江寻勾到了怀中，搂紧。

他的心跳很快，男性气息强烈，一下子笼罩了我。我嗅着他身上清苦的草木香，忽觉安心，一颗心不由得悸动起来。

我男人飞檐走壁的样子，好帅。

暗卫受了伤，俯跪在地。江寻拔剑指向他的额头，道："若我没猜错，你家主上可是宇楼王氏的人？滚回去告诉你家主上，再入我府，不仅成不了友，亦可能是宿敌。"

对方默不作声，听完了话，便飞走了。

我有些羞涩，小声道："夫君真厉害。"

江寻瞥我一眼，在我耳边，咬牙切齿道："其他野男人，休想从我手中把你带走。"

完了，这一瞬间，我死寂了十几年的春心，被江寻轻描淡写的一句话给撩动了。

自从江寻救了我，我看他的眼神也不一样了——我眼里心里饱含崇拜与爱慕，巴不得和他日日夜夜黏在一起。

我也没想到自己是个日久生情的主儿，偏好婚恋，先婚后爱。许是江寻飞身救我的仪态潇洒，黑浓的发丝掠过他的眉眼，融入墨黑眼眸的那一瞬令我心动。总而言之，我现在心跳很快，如敌军掠地，兵荒马乱，许久都无法平静。

江寻见我神色有异，担忧地问：“怎么了？可是吓到了？”

我摇了摇头，脸颊一阵发烫。从前，我怎么不知道江寻的声音如此好听，如同天籁，直击心底。

他很担忧，探手在我手臂上摩挲一番，确认无伤，方才松了一口气，道：“幸好没事，不然我拿他人头来换。”

“嗯……”我作娇羞状。

“夫人？”

“嗯？”

“此番可是明白为夫的苦心了？之前和你说过，别跟这人有牵扯，你非不听，现在可明白了？除我以外，别的男人都是恶人，你只许信我。”

“好，我只信夫君。”我乖巧点头。

江寻还是怪异地看了我一眼，什么都没说。

夜里，我随意吃了些东西，就坐在榻上等江寻。我有些紧张，从前是喜欢江寻的，然而没有这种强烈的怦然心动感。那时，我只觉得江寻好，和他相处舒适安逸，不想换人，便半推半就一直待一块儿。今日出了这档子事，我才知何为心动。此生为这样一人心动一回，不亏，血赚。

江寻为自己宽衣解带，见我已经在榻上躺好，撑头，媚眼如丝看着他……突然抿唇，严肃地问：“夫人有话便说吧？可是我前些日子可能照顾不周，让你寒心，以至于你恨我至今？”

“啊？”我丈二和尚摸不着头脑，我这明明是邀他与我共赴巫山，哪是恨他？

“不然夫人为何如此？平日里不都是上榻就睡着了吗？”

我颇害羞，诚实回答：“是今日，夫君救我，英姿飒爽……我被夫君惊艳了，便喜欢上夫君了。”

“……”江寻听了这话，心情好像也没特别好，他顿了顿，对我道，“哦，夫人言下之意是，平日里说的喜欢都做不得数，今日才是真喜欢？那若是没有英雄救美这一出，夫人还想假意骗我一辈子？”

“嗯？”等等，玩这么大的吗？我有点没反应过来，江寻怎么什么都能扯远。他对初恋要求也太高了吧？

“呵，说到底，还是为夫运气好。恰巧在今日，逮住贼子，救了夫人。”

我干咳一声，哄心上人：“就算没有今日，我也会爱上夫君的，真的。”

“骗子。”他有心结，解不开，我硬扯都没用。

“……”我无话可说。

江寻想了很久，又利索扯起腰带，叹气，说：“罢了，我今儿也困了，睡了吧。”

“啊？”我目瞪口呆，没想到“夫妻床头吵架床尾和”这句话，今日也用在了我身上。

当然，这一觉也是睡得相当舒服。

第八章

我的糊涂公主殿下

翌日，阳光明媚，鸟语花香。皇城覆雪多日，好不容易迎来第一个艳阳日，家家户户都晒起了被褥，以免浸潮霉烂。

趁着天气晴朗，我也在院子里晒起了酱肉。肉是伙房的人切的，这秘制黑色酱汁却是我亲手涂的。我负手而立，看着后院乌泱泱一片黑肉，颇有成就感。

这是我，亲力亲为，打下的一片江山。

没等我美完，江寻就下朝了。我看了一下时辰，他今日回来得有些早。

我远远朝他招手，唤道："夫君，过来，看我晒的肉。"

江寻循声过来，看着后院乌烟瘴气的几排肉，脸色愈发黑沉。他启唇，艰涩地道："晒这么多，怕是两年都吃不完。"

我摇摇头，说道："做事哪能总考虑后果，吃不完便吃不完吧。"

"所以，夫人没考虑后果，就给为夫晒了一座山那么高的肉？"

"……"我摸了摸下颚，想了许久，无果。

谁知道一头猪宰下的肉，能摆满整个院子。

为了掩饰过错，我打算转移江寻的注意力，我拿了小刀，给他切了一片酱肉，道："夫君尝尝我手艺，我亲手涂的酱。"

他看我一眼，欲言又止。

"夫君有话就说。"有屁快放。

"瞎子也会涂酱，和你的手艺没什么关系。"

"哦。"我不服输，又挣扎了一句，"但瞎子肯定没我涂得这么面面俱到，我可是连肥肉层都涂上了。"

他如鲠在喉，忍了很久，才道："那还真是辛苦夫人了。"

我以袖掩唇，娇羞地道："夫君开心就好，妾身不辛苦的。"

"你还真是顺杆子就能往上爬的主儿……"

"你说什么？"

"没什么，味道甚好。"

得了江寻的夸奖，我很得意。当天晚上就给他做了一顿酱肉宴：熏酱肉、酱肉汤、蜜汁酱肉、芋头酱肉、豆瓣酱酱肉。

吃到最后，江寻不顾我的阻拦，命人把我的酱肉都分发给附近几条巷的平头老百姓，勒令府中今年不再腌制任何五花肉。

我不太开心，他这是在当众打我的脸，半点夫妻情分都不留。

我背对江寻，掰着指头生闷气。

他叹了一口气，将我捞到膝上坐好，道："夫人体恤体恤为夫，今日为夫上了一天朝，回到府中还得吃腊肉宴，你又和我置气，我心里也苦。"

"是酱肉！"我眼泪汪汪补充，"夫君心里果然没有我，连我亲手做的酱肉都记不得了，满脑子腊肉。说吧，这腊肉是哪家小娘子做的？可有我的酱肉好吃？"

江寻无话可说。片刻，他咬牙切齿，揪住我的脸颊，道："再胡搅蛮缠，看我不教训你。"

他一凶，我眼泪就掉下来了，女人真是多愁善感。

江寻慌了，又是亲又是哄："是我不对，话说岔了。为夫只吃过夫人做的酱肉，一时口误才说成腊肉，你可别哭啊。"

"那夫君把我的酱肉拿回来，我明儿个还要晒。"我将手里的水杯往桌子底下一抛，苦肉计成功了。

“这恐怕不大好……已经分给老百姓了，转头又动粗抢回来，恐怕江府名声会臭了。”

我也不是那等胡搅蛮缠的女人，此刻给江寻一个台阶下：“那也行吧，明天再给我宰两头猪，我要晒酱肉。”

江寻黑了脸，一言不发，默许。

一头猪便摆了整整一个后院，两头猪，恐怕前院都能用酱肉挂门帘了。

罢了，杀猪博得美人笑，足矣。

江寻不愧是我夫君，心态调整得很好，隔天已经能与我一同站在屋檐前，望着酱肉谈笑风生了。

他如此大度，是因为喜欢我，所以我做什么他都喜欢。他不再针对我的酱肉，我自然也领情。夜里，我给江寻煮了一锅燕窝，亲自端着喂他。

江寻在看书，无暇顾及我，见光被挡住了，才回头问：“夫人有事？”

我舀了一勺甜汤，娇滴滴地抵在他的唇上，道：“来，夫君张嘴。”

江寻很抗拒，薄唇抿得死紧，许久之后，才道：“无事献殷勤，非奸即盗。”

他这话，是往我心窝子上捅。我别扭地问：“无事便不能献殷勤吗？我就爱献殷勤，特别是给夫君献殷勤。”

江寻恐怕没见过我这等胡搅蛮缠的女子，此刻头疼欲裂，他揉额，道：“是是是，我夫人最爱献殷勤。”

被别人肯定了，我颇不好意思地笑，摆手道：“哪里哪里。”

"……"江寻一噎，默默端起碗，喝燕窝。

江寻喝燕窝时，襟领掩不住白净的脖颈，性感的喉结一上一下滚动，烛光下，闪动一点白润的光。

我捧着脸看他，越看越觉得我夫君甚美。

于是，我道："燕窝好喝吗？是我亲手放的黄冰糖哦！"

"亲手放糖无甚好骄傲的，和亲手涂酱汁一个道理。"

"夫君变坏了。"

江寻淡淡地扫我一眼："我待你，如往常并无两样。"

我侧头，不理他："若是往日，夫君定会夸赞我。如今这般，怎么瞧我哪哪儿都不顺眼？我知道，如今不是新婚燕尔，我们已经结婚这么久了，你看腻了便抛下我了。果然得不到才是最好的，锅里饭总比碗里的香，你的甜汤也总比我的甜汤好喝。道理我都懂，我只是伤心罢了，亏我还这般喜欢夫君，先变心的分明是你。"

江寻被我这一通话给堵到哑口无言，咂了咂舌，道："夫人口才颇好，戏本子看的倒不少。"

"过奖了。"

"不是在夸你。"

"哦。"

"何况，对于你，为夫也看不腻。"他说这话时，有些尴尬，侧过头去，目光飘忽。

我有些惊喜，摇了摇江寻的袖子，问道："此话当真？我还是很美味吗"

江寻蹙眉，长叹一口气，道："夫人非得如此不争气，把自己比作椒盐鸭肉吗？哪那么多味美不美的说法！”

“……”我哪是椒盐鸭肉啊，我分明就是超级无敌蜜汁酥脆烤鸭脖子，皇城一绝的那种。

夜里，我习惯挤到江寻怀里与他同睡。

江寻的怀抱很温暖，男子炙热的体温源源不断传来，将我包裹其中。嗅着那股难言的馨香，我沉沉入睡。

熟睡时，好似感受到有人用手捋我的长发，一下又一下，最终吻了吻我眉心，呼吸平缓下来。

隔天，府中有客来。来的不止一位，拖家带口的，吓得我以为是江寻外室带人来寻亲了。

我手抖，跟在江寻身后，话都说不清楚。刚要给那女人一个下马威，就听江寻道：“这位是为夫同僚户部侍郎郑大人，这位是郑夫人。阿朝带郑夫人去后院转转，观些花草，我与郑大人有事相商。”

男人说话，没女人插嘴的份儿。在家随意闹腾，在外要给足了夫君面子。道理我都懂，是以，我娇羞一笑，领人到后院看……我晒的酱肉。

没了男人的地方，便是女人明争暗斗的场所。

只见这位容貌妍丽的郑夫人扶了扶头上金钗，对我矫揉造作地道：“想来是江夫人闺时在家中手艺极好，这酱肉晒得有模有样。”

不知她是个什么意思，话里话外暗示我专门会这些粗野活计，不愧是农门妇。

我但笑不语。她见我没反应，便指尖使劲，绞了绞帕子又道：“我在家中从不做这些粗使活计，跌份儿。平日里有房内丫鬟安排事宜，轮不到我上心这些。啊呀，我说这些，不会让夫人心中不顺吧？”

我呵呵一笑，道：“不会，不会。”

我心大，我贤惠。只有自己出身贫寒之人，才会介意这些。我前身就是公主，高高在上的皇亲国戚，即使现下没落了，做起下人的事，煮酒烹茶，涂抹酱肉，也没有任何心理压力，做得开心自然。

我拿起一块酱肉，夸夸其谈：“你看这颜色，若是没涂抹三层，晒不出如此深的色泽。还得看天气，日头好了才能成功，若是日头不好，几天未干，许会发臭。”

郑夫人对我的酱肉着实不感兴趣，她掩唇打了几个哈欠，道：“大人唤我回府，下次再与江夫人小聚。或者我给你递帖子，请你来府中玩。隔几日，我那在外海的叔父带了些海珠过来，到时分点夫人看看，那些海珠的色泽和个头都是皇城难见的，一等一的好。”

我点了点头，没多说什么。

等她走后，江寻来后院找我。

我望酱肉喟叹：“夫君，平日里，我会不会给你丢人？”

江寻挑眉：“此话怎讲？”

“郑夫人好似对我的酱肉不大满意，说我堂堂尚书夫人，不该做这些下人做的活。”

他轻笑一声，光天化日耍流氓，从后头拥住我，道：“夫人无需理会旁人言辞，你可知我那同僚府中妻妾成群？她是艳羡我与你一生一世一双人罢了，妒恨之词有何好理会的，不过是个可悲可怜之人。”

“夫君此话甚得我心。”我满意点头，奖励似的啄了啄他侧脸。

“只是说的话得你心吗？明明是我的人得你心。”他说这话时，我呼吸一窒，仿佛闷头被人打了一顿，昏昏沉沉，迷迷瞪瞪，脑中还迷眩着幸福。

好像没错，江寻这人，无论是一颦一笑，或是行为处事，都是我喜欢的类型，得我心意。

可恶，我实在是抵抗不了江寻的甜言蜜语。

今日风和日丽，我同江寻坐在同一驾马车上……逃难。

听我解释，事情发生得比较突然，我到现在还没消化完。

大概是一个月前，今朝公主不知怎么瞎了狗眼非要嫁给江寻。她人长得挺好看的，穿金戴银，相比之下，我有些自惭形秽。我没她那么有钱，身上的绫罗绸缎色调也素了一些。

为此，我纠结了一个晚上，时不时就问江寻：“我是不是不够好看？”

他搂着我，闷声闷气地反问：“夫人怎会不好看？”

“论品阶，我是前朝的，早过时了。论颜色，我也及不上那位雍容华贵。夫君，你图我什么？我都不是最美的了。”说完，我眼里裹着一泡泪，几欲哭出……不得不说，坠入爱河的女子就是矫情。若是从前的我，恐怕只会置之一笑，继续喝我老酒，哪会像今日一样动不动和江寻撒娇，成天哭哭啼啼。

糟了，我是不是要变成黄脸婆了？肯定是生活太过幸福养成了我的惰性，女人不能没有事业，我险些被江寻养残了。

想到这里，那憋了许久的泪，终于哗啦啦落了下来。

江寻被惊得爬起来，用指腹抚过我眼角，皱着眉，说道：“夫人为何总患得患失，你是信不过为夫吗？”

“我自然是信夫君的，可我信不过别的女子。”

“她能怎样？难不成还能强迫我？”

思及至此，我耳根突然红了，嗫嚅着道：“怎么不能强迫了？夫君上次还让我……”

江寻突然捂住我的嘴，干咳一声，道：“这等话，在为夫面前说说也就罢了，别让外人听了去。”

“别的人不能知道吗？”我皱眉，警惕地问。

“自然不能。”

“为甚？”

江寻抿了抿唇，答不出个所以然来。

为了让他刮目相看，我故作恍然大悟，道：“我晓得了！”

“嗯？”

“若是他们都知道夫君这般喜好，每个都会主动勾搭你了！”

“……”江寻二话不说，又捂住了我的嘴。

我颇委屈，果然结婚久了，男人都会变心的，江寻不那么喜欢我了，所以连言语自由的权力都不给我。

我悲从心中来，又想到了今朝公主当街向江寻示爱，求江寻娶她。

无论是哪朝公主都难逃江寻这一劫，就好像妖精位列仙班要渡劫一样，都得挨雷劈。我比较看得开，不过是多了一个女人嘛。可今朝公主就不一样了，她哭着喊着，寻死觅活，就要让江寻休了我，或者让我当小妾。

我不想当下堂妇，亦不想当妾室。一想到话本里说，被休的妇人一日三餐连肉都吃不到，整日被关到柴房里，还要被小厮这样那样，我就受不了。

我嘴里碎碎念着，江寻听不下去了，问："夫人这看得都是什么杂七杂八话本？哪有这样匪夷所思的事？"

"那话本叫《被链条铐住的寡妇》。"

"哦，待几日，我整顿整顿皇城话本风气，留这些戏本子于世，真是有辱斯文。"

我闹别扭："若不是这些话本在，我都不知光天化日之下，还有这等荒唐之事。"

江寻咬牙切齿地问："别人说什么，夫人便信什么？"

我不敢轻易信江寻了，之前说好一生一世一双人，转眼间，圣上便要下旨赐婚，给他添个媳妇。我若是再忍气吞声，恐怕家里孩子都生了一打，够凑个蹴鞠队了。

他见我无动于衷，气笑了，连说三个好，随之道："是，若是今朝公主进门了，我府里自然不能留夫人。我便整日将你关柴房里，日日夜夜对你行那些事，叫你上天不能下地无门。别说吃肉了，便是饭都不给你吃，让你饿着。怎么？现在可满意了？"

我目瞪口呆，随之悲恸哭出声。

江寻叹了一口气，将我搂怀里哄道："你还真哭了？小傻子，有我在，谁敢欺了你去？"

这事就此揭过。隔天，我郁郁寡欢。其实有一事我没说，公主背着江寻来找过我。

两个争风吃醋的女人能聊什么新鲜事？无非就是宣誓主权。

哼！江寻的女人绝不认输！

于是，我说："我夫君有什么好？都是我用过的了，不干净。你还真不挑，破鞋也要。"

公主跺脚，刁蛮之姿毕露无疑："我就是喜欢他，你不喜欢可以不要。江大人在我心里什么都好，不是你一介农门妇可以配得上的！"

我抖了抖袖口，施施然一笑，说道："公主还是太年轻，不懂这人间疾苦。强扭的瓜不甜，你不信，自己尝尝看。唉，我劝夫君雨露均沾，他却只宠我一人，非要涝死我，涝死我！"

"我尝过，江大人，可甜了。"她娇羞一笑。

我愣在原地，如遭雷击："啊？"

"哼，江大人与我两情相悦。他不过是为了名声，这才不好休妻。我劝你自行离开，省得让江大人难做人。"

若是她与江寻真有私情，那我这番宣战岂不是很尴尬？

战情陷入胶着状态，我打算开溜。

"那行吧，我回府问问。"于是，我逃之夭夭。

这种事情我不好开口问，不是我不信任江寻，是敌人实在太强大。没有男子会不喜欢年轻小姑娘，我和江寻如今是老夫老妻了，更多是习惯，什么喜欢不喜欢，说不好的。

为了麻痹自己，晚上我又卤了一碟猪舌头，搭配老酒，喟叹人间事。

等江寻回府，我已是满身酒气。他皱眉，问我："怎的喝了这么多？"

我哈哈一笑，皮笑肉不笑，心里酸酸的，委屈地道："一时兴起而已。”

他冷笑：“兴起？你这是什么兴，和为夫说说？”

“你背着我勾三搭四，我要和你和离！”我喝了酒，脑子不太清楚，一下子脱口而出。

他面露疲惫之色，不耐烦地道：“近日户部繁忙，我很累，哪有闲情雅致和你聊这些琐事。阿朝，你别闹。”

言下之意就是：阿朝，你不要做胡搅蛮缠的女人，我不喜欢。不管他和公主有没有一腿，这时的说话态度已经深深伤害到我。

果然，七年之痒，不虚啊不虚。

七这个数字是一劫难，我才和江寻处七个月，怎么就闹到如今这种地步？

我放下狠话：“我走了，我想静静，你别来追我。”

说完，我跑出去，在府中跑了好几圈，一回头，我心凉凉。

江寻，真的没有追上来。我垂下眼眸，又想哭了。

女子就是这般爱哭，没缘故，眼泪说来就来，我明明已经极力控制了，可还是忍不住。

江寻已经不太喜欢现在的我了，那我要是爱哭，他肯定更不想见我了。我唤白柯过来，问道：“白柯，你知道统领的府邸在何处吗？”

“夫人想去吗？”白柯也是女人，知晓我寄人篱下的不容易，此时与我同仇敌忾。

“想，我想见母后……”

“好。”白柯没多说什么话，搂着我的腰，一路飞檐走壁，直奔统领府。

有人通报，很快，母后便挺着大肚子，慢悠悠地来见我。她已有五个月的身孕，虽没孕吐，但身子还需小心。

我不想让母后多费神，扬起一个灿烂的笑容，问道："娘近来可好？"

母后皱眉，道："可是阿寻欺负你了？"

"没有没有，夫君待我极好！"

她冷哼一声，将我揽到怀里，探指抿了抿我鬓边黑发，道："阿朝不好，可瞒不过母后。受苦的女人总会懂事些，是你偏爱他多一些，才装作贤良大度，不想让我迁怒于他。我说过，我的阿朝，绝不能受半点委屈，哪怕是我亲儿子给你苦吃也不行！"

为母则强，我是第一次见母后这般说话，记忆又恍惚了起来——前朝未亡时，她也是这般刚韧，即使背上妖后之名，也要护我荣华安康。

我抹了抹眼睛，是真的委屈，一下子埋到母后的脖颈处。

说真的，我堂堂一国公主，身上流的是皇族血脉。江寻不过是一个男人，我凭什么为他伤情至此？

他自己不检点，和谁有纠缠，和谁有牵扯，都是他自己的事情。他来，我不赶，他走，我不留，做女子就要这般才肆意畅快。

"我明白了。"

母后叹了一口气，道："我的阿朝别怕，为娘会护你一世。"

我这边才刚刚想个明白，隔日，皇城便出了大事。圣上下旨赐婚，念在公主对江寻痴心一片，便纡尊降贵，让她与我一道做平妻，还赐我三品诰命的恩典。我呸！

我心已麻木，母后得知了，气得手都在抖。

当晚便让我给江寻写了一封休书，气愤地道：“这样的夫君，不要也罢！”

不知母后是否发现了什么端倪，此举许是给我台阶下，让我离江寻越远越好。

我没什么留恋之处，提笔休书：

你我夫妻情谊已尽，今后不再相见，各自安好，勿念。汝之昨日小娇妻，今日陌路人阿朝。

我在院子里坐了整整一天，回忆往事：我好像从小到大就没什么桃花运，也没谈过恋爱，好不容易贡献出初恋，却落得如今这样的下场。或许我命犯孤星，此生都是孤家寡人。

我想了很久，呆坐到日暮时分。府外有人来报，说是江寻找上门了。

我有点不敢见他，母后也有点怕他，便没让人进门。但是我们都忘了，江寻会轻功，一道墙而已，飞一飞的事情。

他有些憔悴，月白色的长衫搭在身上，凹陷下去，有些松塌，当然也可能是故意装可怜。

江寻瞥了母后一眼，道：“呵，母后这搅浑水的功力不减当年啊。”

“我是为我的阿朝好，你若是不疼她，便放她走吧，强扭的瓜不甜。”母后硬着头皮对江寻说道。

江寻没答话，抿唇，然后拽住我的手腕，说道：“跟我走。”

我掰他的手指，不肯去，支支吾吾地道：“你有话便在这里说吧，我、我休书也给了，我和你没什么关系了。”

“呵，你那也算是休书吗？想和离？想得美！给我过来，我不说第二次！”

“那就一刻钟时间，我只和你说一刻钟……”

“嗯。”他没拒绝。

我尾随江寻去了偏房，时不时回头，回应母后担忧的目光。

江寻将房门关上，突然发难，一步步靠近我，问道：“怎么？一晚上不见，变能耐了？被赐婚，愁的是我，你生的哪门子脾气？”

“天要下雨，夫要纳妾，我拦不住的。”

“呵，不是妾，是娶妻。”

他怼了我一句，我缩了缩脖子，尴尬地不知如何是好。

江寻问：“阿朝，你信我吗？”

“有什么信不信的？”

“若是你信我，就该知道，我除了你，不会娶其他女子。”

听江寻说得信誓旦旦，我叹了一口气，道：“公主已经去请旨赐婚了，现在是骑虎难下，怎么办？夫君作为臣子，总不能抗旨不遵吧？这可是杀头的大罪。罢了，不过是让夫君多个女子而已，我甚看得开，你脏就脏些吧。”

我话音刚落，脸颊就被人扯住了。江寻睥着我，语气不善地道：“你说什么？有胆子再说一次！”

没想到江寻洁癖如此严重，我急忙改口：“不脏不脏。”

“为夫和其他女子同床共枕，你不吃醋吗？”

“吃醋自然是吃的，但总比夫君被砍头要来得好吧。”

江寻不知在想些什么，突然拂袖离去：“我宁愿砍头，也不想负你。”

“啊？”我不明就里。

当夜，皇城便在传，江寻抗旨不遵，不愿娶心思歹毒的公主，一心只爱糟糠农门妇，于是在殿前长跪不起，请圣上收回旨意。

皇城里传得沸沸扬扬，都在骂圣上是个脑子不清楚的，想坏人姻缘。

迫于无奈，圣上只能小惩大诫，夸江寻是个痴情种，然后削他官职，将他贬出皇城，去别州做个刺史。

以上，就是我在马车上和江寻回忆的种种事情。

我们现在是在逃难，离开生活如此久的皇城，我心生不舍，对江寻道：“不知哪日还能回皇城，我想母后了。”

江寻有一搭没一搭抚我脊背，道：“快了。”

“是哄我吗？”

“父亲大人不喜当今圣上的作为，打算做点事，宇楼王氏以及其他叛军也该行动了……”

“你的意思是？”我懂了，江寻这是想寻个借口造反呢！

可他不是纯臣吗？如何生出谋逆之心的？可惜我是妇道人家，太难的事情听不懂，也不想多问。反正天塌下来，也有江寻为我顶着。

他看了我一眼，道：“若是不爬高一些，护不住家中妻儿。”

“哦。”我很感动，也很领情，当下亲了亲江寻的脸颊。

江寻他们要搞大事，具体怎么搞，我压根就没问。好奇心害死猫，女子还是知道得越少活得越久。如今一切都还算不错，就是我和他待的地方，漫山遍野都是草，忒荒凉了些，我都没个消遣的东西。

隔天，我就学会了辨识野菜，挖一箩筐，让江寻给我煎野菜饼吃。

江寻的部下，绝大多数都是他爹的人，从小在皇城里摸爬滚打过，一步步攀到高位，吃了不少苦，所以很瞧不上生活奢靡的公子哥儿。他们见江寻这样的朝廷命官还会做些乡野吃食，又想到前些日子痴情种的传闻，对他心生好感，感到亲近不少。

别人怎么想，我倒不太在意。我只关注我的饼。看着原本白花花的面饼在猪油里煎成金黄色，一时间食指大动。

我夸江寻："夫君真厉害，一般人都请夫人出门去大鱼大肉，就你会在家煎些野菜饼给我吃。"

江寻手上烙饼的动作一顿，迟疑地看着我，问："你是在夸我？"

"是啊。"江寻的听力不好吗？这么明显的夸赞之词都听不出来。

"我怎么听着，像是谁家的孩童和爹娘抱怨，别人家都吃腊肉金丝饼，就你只有野菜饼吃？"

他这话点醒了我。我委屈巴巴地问："对哦，别人家都有腊肉金丝饼吃，为什么我只有野菜饼？"

江寻将饼堵我嘴里，道："好好吃你的饼，莫要多话。你夫君家中贫寒，和别人富贵人家比不来的。"

"哦。"这时，我才知道嫁个有钱人有多么重要，至少还能吃上一顿肉。跟了江寻，我就只能吃素了，连个野味荤食都吃不到。

不知道现在和离，还来不来得及……

"别想了。"

"什么？"我震惊，我表现得这么明显吗？

"你一脸消沉的样子，当为夫不知道你在想什么吗？"

我心虚："夫君想多了，我心里只有夫君一个人。"

“哦，原来之前是在想其他人吗？难不成是和离那档子事？”

“……”好像是我自己暴露了。

“你可知，你的行踪是你母后暴露的？”他话不惊人语不休，一枚定时炸弹砸下来，把我炸成傻子。

“啊？不是白柯吗？”

“白柯早去别州避难了，生怕被我的人找到。”

我回忆了一下，好像自从上次她带我飞檐走壁以后，就再没出场过了。原来是怕江寻打击报复，先遁地避难了吗？

等等，这样说来，最大的反派居然是母后吗？

我备受打击，问：“母后，为何这样做？”

“母后认为我的样貌好，能确保她的孙子容貌好看，不至于歪瓜裂枣。”

“她想这么多吗？”

“人一旦上了年龄，对孙子总有种莫名的执着。”

“可以理解，可以理解。”母后一片舐犊之心，感人肺腑。

“所以，年迈之人的心愿是要满足的。”

“嗯？”江寻这话苗头不太对，我想了半天都没反应过来。

倏忽，他凑过来，轻轻咬了咬我耳垂，道：“我们，应该要个孩子了。”

江寻一旦朝我抛媚眼，我就知他没好事。我不是那等随随便便的妇人，不会让夫君想怎样就怎样。就算是他想，也得看我心情。

我当机立断道：“今天就……不了。”

江寻难得好脾气，饶有兴致看着我，问道：“哦？为何不了？”

“这个嘛……”临时编借口，委实难倒我了，“我有些乏力，手脚都使不上劲。”

江寻闻言，冷笑一声：“花力气的又不是你。”

“……”他说得好有道理哦，可我总不能这么屈服吧。这是我第一次违抗江寻。

我深吸一口气，说道：“夫君，我身子不适。”

好吧，我还是怂了。

江寻不是那等强人所难的人，他瞥了我一眼，懒得验证真假，就放过我了。

上榻了以后，江寻没有抱我入睡。

我不解，厚着脸皮挨过去，摸了摸他精瘦的后背，问道：“夫君今日怎么……”

他睡得不深，哑着嗓子反问我：“今日什么？”

我委屈：“不抱我睡。”

“你不是身子不适吗？让为夫染病怎么办？”

“……”我目瞪口呆，敢情这八个月处的是塑料夫妻情啊！

闻言，我低低一叹气，往后拱到角落里，裹冷被入睡。

没过一刻钟，江寻叹气，将我揽入怀中：“我怎么娶了个傻妻。”

我没好气地道：“就是因为傻，才嫁给你啊！”

他不悦，掐住我脸，咬牙切齿道：“你再说一次！”

“夫君温柔，实属我爱，此番嫁你，不亏不亏。”

“呵。”他松手，复而抚了抚我侧脸，道：“你别总跟我对着干，你年纪比我小，我忍让你，可你若恃宠而骄……”

“骄怎样？夫君待我不如从前那般好了。”

“你若骄，我也惯着你。夫人此番可满意了？早些休息，我明日还有事要做。”

“什么事？”

“带夫人回家。”

我不解：“家？”

“府里可有你寝宫好睡？”

我实话实说：“那倒没有，寝宫的玉榻是母后为我找来的暖玉，冬暖夏凉，可舒服了。”

“所以让你回寝宫睡。”

“夫、夫君。”

江寻轻笑：“如何？是感动了？”

“你想赶我回老家，想和离吗？”

“……”

江寻一怒之下又掐住了我，冷冷地问：“你就这般不相信我吗？你认为我和你一样，成天想着抛妻弃子的招数？”

“那你赶我回寝宫睡……”

“不过是想告诉你，你的家，我会为你讨回。”

时光荏苒，一下子到了第二个冬天。

皇城战火纷飞，除却江寻这一方，其他人早已捏着兴复前朝的借口揭竿而起，天下又开始乱了。

当然，这些事情，我这个妇道人家并不关心。快要过年了，我只顾着纠缠江寻置办年货。

他无奈，披上熊皮大氅，牵着我上马车，一面扶我腰，一面叮嘱：“到了镇上别乱跑，切记跟紧我，不然的话……”

我很兴奋：“不然怎样呢？”

我对江寻来说，想必很重要。如果我不见了，他必定心急如焚，无心恋战，郁郁寡欢一生。我已经准备好听他的甜言蜜语了。来吧，朝我发射糖衣炮弹吧！

他皱眉，道：“不然我就把你卖给村口的赵屠夫，换几两猪口条下酒吃。”

我一时无语，好半晌，才伤心欲绝地问道：“我就只值几两猪口条吗？”

“哦，再加点五花肉和猪腰。”

“……”罢了，当我没问吧，我简直是自取其辱。

马车一路晃荡，不到一个时辰便到了镇子。

我仇视村口的赵屠夫，害得他一个手抖，多送了我一两猪口条。

江寻不悦：“少和其他人眉来眼去，看为夫不好吗？”

我反驳：“这是我将来要仰仗的男子，万一我走丢了，就是他的人了，自然要多看两眼。”

“……”江寻突然无话可说，然而拽我腕骨的手加重力气不少，捏得我生疼生疼的，怕我离开他。

“还想买些什么？”江寻在干果铺前驻足，问我。

我道：“要吃核桃，夫君帮我剥。”

江寻咬牙切齿：“夫人不知，有句话叫自食其力吗？”

“我在宫中都不用剥核桃的……”

“哦，就是因为你这般懒怠，所以你母后将你卖给了我。”

“母后才不是这种人。”

“你怎么知道她的为人，你又不是她肚里的蛔虫。”

“罢了，夫君不疼我便不疼吧，不过是剥个核桃，还将我教训一顿。你不过是看我不顺眼，想滋事罢了。”

江寻无奈地道：“我至于为个核桃与你闹吗？你夫君是这般小家子气的人？”

“正如夫君所说，不过是一个核桃。你爱我，我即便不说也会为我剥，你若不爱我，我还未说，你便拂袖离开，不看我与核桃一眼。”

江寻深吸一口气，求饶：“我夫人想吃，别说一颗核桃，十六两我也剥，行吗？”

“好，好，夫君甚爱我。”

第九章

我的可人公主殿下

于是，我在马车上一边吃江寻剥的核桃，一边看风景。

我一时兴起，问他："夫君，你从前是如何过元日的？"

"元日吗？"江寻想了想道，"皇城中，我无甚亲人，就邀户部同僚，一起到酒楼小酌几杯，待夜深了，就此别过，回府入睡，没什么特别的事情。"

我惊讶，咽下嘴里的核桃问："那夫君，你不会寂寞吗？"

江寻瞥我一眼，语气不善："你说呢？"

好吧，我说的是废话，怎么可能不寂寞呀？

我想了想，那时候的江寻必定可怜极了。同僚醉酒回家去，府中定有娇妻美妾煮醒酒汤备好等他们，有人期盼，有人关怀，只江寻孤家寡人，府内清冷，连个能说体己话的女子都没有。

我拍了拍江寻的肩，安慰他："夫君莫要伤怀，现在你有我了，我陪你过元日。说起元日，我倒记得几年前，我偷偷溜出宫，去皇城街巷里看焰火，险些被人掳了去。"

江寻剥核桃的手一顿，突然问我："哦？夫人可记得那人的相貌？"

"没记清，那是个醉鬼，在巷子里突然撞上我，险些被他夺去清白……"糟了，我一下子说漏嘴了。

江寻垂眸，不甚在意："哦，说起这种事。我印象里倒也有一桩，某日为夫刚从酒楼里出来，巷外停着府内官轿，还没来得及上去，就被迎面扑来的莽撞小儿黏了一身糖葫芦渣子。她举止唐突不说，还硬塞我一枚宫玉赔礼，让我典当了买衣裳。哼，那可是宫中的东西，私自典当是要被杀头的大罪，真不知是害我还是助我。"

我急得跺脚："我哪知道还有这档子事，我真是好心给玉，没坏心！"

等等，按照江寻这话所说，难道许多年前我就见过他了？

我震惊，嘴里支支吾吾，话都说不清楚。临到最后，我大喊一声："夫君不要脸，登徒子！"

我恍惚记得，当时江寻扣住我手腕，将我抵到墙上，我是怕他对我有不轨之心，才拿宫玉讨好他的。

江寻斜我一眼，嫌弃地道："你当我饥不择食到那个地步吗？你那时身子骨都没长齐，哪都不大，我对你能有什么想法？握住你手，不过是怕你再将糖葫芦渣子糊我一身，脏死了。"

"哦……"不知为何，听到这种话，我还是有些小失望的。

"不过那日，你穿着粉色宫裙，倒是挺好看。"江寻不自然地夸赞一句，视线又移回了核桃上。

我欣喜若狂，趴到他的膝盖上，摇摇我根本不存在的狗尾巴，托着腮问："夫君喜欢我，对吗？"

"我对乳臭未干的小丫头没兴趣。"

"那为何记得我宫裙颜色？"

"偶尔记起罢了。"

"夫君说谎。"我翘起嘴角，不依不饶。

"没有说谎。"

"夫君不敢与我对视，便是说谎。"

他突然扣住我手腕，低低呵斥："闹够没有？"

江寻的语气不是很凶，刻意压低了声音，瞧不出是不是恼羞成怒。

我不怕他，只是甜甜地噙笑，一言不发。

他败下阵来，叹气道：“是，小时候见过你后我便记得你的音色。那日便认出来了，这才生了逗弄的心思。说心悦不心悦，我不能确定。不过那夜回府后，我确实欣喜，一夜未睡。”

我傻傻地笑，心里像喝了蜜汁一般甜腻，满足地点了点头。

江寻讨我欢心，置办了许多干果与腊肉腊肠，还有风干的酱鸭。

我在门上将酱鸭串上，看着一排的肉，颇有成就感。江寻以袖掩鼻，问：“你在做什么？”

“晒酱鸭呀！”我嘿嘿一笑。

“今日是风雪天，你晒哪门子的酱鸭？”

“有风就行了，晒给他们看看，表示今年元日，我们江府人丁兴旺热热闹闹，整个院子都是腊肉酱鸭，屯了那么多吃的。”

“只有田鼠，才会在深眠之前屯好粮食备冬。”

“……”江寻是在夸我是“鼠辈”？

“让人收起来，别闹。”

“哦……”我心不甘情不愿地喊人来收拾，将其一一挂到伙房去。

等我再进屋的时候，白雾缭绕，湿气迎面而来。江寻早就坐在木桶中，沐浴更衣。

这里的宅子比不上皇城江府，就连寝房都小上好几圈，也没有专门的浴室，只能委屈江寻拉了一架青松白鹤屏风，挡住后头绮丽风光。

这是我第一次近距离看江寻洗澡，虽有屏风障目，可四周不断氤氲热气，让我有些胆怯羞涩，也有点无所适从。

江寻听到了响动，低低唤我：“夫人，若是想看，就凑近了看，何必偷偷摸摸的？”

光明正大看江寻洗澡啊？我是那种女子吗？绝对不能让江寻误会我！

于是，我鼓足勇气走过去，必须面对面和他解释清楚！

我三下五除二挪开屏风，只见江寻已披衣站立，该露的地方半点没露。

我抽了抽嘴角，内心不免失望，原以为此番能看到“美人”出浴图，哪知道这个“美人”很保守。

江寻冷笑道：“平日让夫人亲近我，百般推拒，百般抵抗。怎么，今日是贪恋为夫的身材，这才想冲进来窥探一番？”

我干咳一声道：“夫君误会了，我不过是进来找个东西。”

“呵，找东西？我看你是进来偷人的吧。”

我不满，嘟嘴：“……”

江寻这个人好歹是文化人，肚里有几点墨水，怎么嘴上专说这种话呢？

见我没反应，江寻便不理我了，他拿起熏过兰花香的绒毛长巾绞干头发，对我道：“昨日和亲信部下聊了一些私事，关于夫妻相处之道的。”

我愣了愣，问：“都说了什么？”

“别家的夫人温柔贤淑，从未有如你这般拒我于千里之外的女子。”

“所以，我是特别的？”

“倒没这么说，他们只说你心里没我，不过是嘴上讲得好听。”

我不太乐意了，呛他：“那依照夫君所说，喜欢你的女子是怎样的？”

“大抵是某些事较为主动，心甘情愿为我生儿育女。”

我艰涩地问：“母猪不都这样吗？”

“怎么？夫人在说为夫是在养猪吗？”

“倒没这个意思……”

“那么，夫人之意是？”

“我只是觉得，这些女子自己都没懂什么是情爱。她们不过是只能仰仗那个男子而活罢了。你让她们走，放出府外，好吃好喝供着，你且看看还有几个想留下来的。这世道，总是苛待女子。”

江寻听了，觉得有趣，轻轻笑了声：“这话有些意思，那么，夫人懂情爱吗？你可是心悦我的？”

我点了点头：“我自然心悦夫君的，正因为我喜欢你，知你会护我一世，我才敢日日想方设法生事，平日里恃宠而骄呀！”

“促狭鬼。”江寻勾了勾嘴角，倒没说其他的话。

我松了一口气，此番绝地求生成功。

今年元日与往常不同，江寻这方战事大捷，占领了蕲州。他很懂安抚人心，勒令将士不得伤害蕲州内的老幼妇孺，入州后，也没有圈地称王，平头百姓该怎么生活还是怎么生活。

江寻在皇城是人尽皆知的好官，在外也是扬名五湖四海，所以大家知晓这是江寻下达的命令，更是感激涕零。没几日便习惯了蕲州换主的事实，继而又和往常一样，为元日的到来张灯结彩，筹备吃食。

对我来说，这也是一件大好事。我们终于不用住在山上，可以住到城里了。

一下子脱贫，让我有些手足无措。当晚，望着府内精致的吃食，结结巴巴地问："夫君，我们是真的不用吃野菜饼了？"

江寻执酒杯的手一顿，叹气："是为夫对不住夫人，让你受累，日日见野菜，三天两头连肉食都吃不上几口。"

他这话说得有些夸张，我也没有惨到那个地步。

我安慰江寻："实际上野菜也挺好，夫君包的野菜饺子味鲜可口，我能一次吃二十个。"

"下次给你包猪肉馅的。"

"如今发家了，不吃饺子了。"

"你还真是一富贵就忘本……"他无奈地道。

我皱眉："夫君此言差矣，我不过是很随遇而安罢了。穷有穷的活法，富有富的活法，既来之，则安之。"

"哦，夫人所言，倒颇有禅意。"

"呵呵。"我拈花一笑，腹诽：如今有钱了，还想让我拮据地吃野菜馅饺子？你想都不要想！谁知道什么时候又穷了，我还是先吃回本再说吧！

我这个人啊，特别看得开，也特别懂享受生活。

晚宴，江寻的部下都带家眷赴宴，众人齐坐一团，其乐融融。

旁边有几名夫人争先恐后讨好我："江夫人和江大人成亲已有一年了吧？"

我点了点头，继续吃自己的烤卤肉。

不知为何，她们突然朝我递过来同情的目光，人缘最好的李夫人对我道：“江夫人是否在担心那档子事？这些，夫人问我是最好，我膝下育有三子一女，没准能教夫人一些秘诀。”

其他人无不艳羡地道：“是啊，李夫人是最富贵的人，不到一年就怀上了大胖小子，如今啊……把家中的事物把持的牢牢的，连个小妾都没有。”

女人谈天说地，再怎样都离不开男人。

这些人敢情是怕我生不出孩子，以此来套近乎啊？

不过想了想也是，我也没喝避子汤，和江寻处了差不离一年，为何还无身孕？

思及至此，我得出了结论：天呐，原来江寻之前都在唬我，他真不能生养！

于是，我神秘兮兮地问：“若是不能生育，该如何是好？”

李夫人见有人向她取经，颇为得意地道：“这种事，最好是请一尊送子观音摆在房内，在纸上写名字，塞到观音座下，不出个把月，一定送个大胖小子来。”

我记在了心里，当晚便差人请了一尊白玉制的送子观音来。

我提笔，小心翼翼写下江寻的名字，塞到观音座下……还没等我完成最后一步，江寻便阴森森地道：“夫人是觉得为夫不能生吗？”

我浑身一颤，又不肯伤了他的自尊心：“怎么会呢？就是闹着玩的……”

“呵。”

“夫君便是不能生，我也不嫌弃你。大不了过继个孩子来，这日子还是得过的。”

“夫人就没想过，不易受孕的是你吗？”

“啊？”我还真没想到这一点……

“我让大夫看过你，你先前遭宫中一难，身子骨亏损太多，至少得休养两年才会有孕事。”

“……”这就很尴尬了。

我将纸条塞到袖中，干干一笑道：“我就说，夫君身强体健，如何不能生养。这偏方，害人不浅啊！”

江寻不语，回敬我一个讽刺意味十足的笑容。

当晚，我殷勤地给江寻捶背。江寻还在气头上，默许我的讨好行为。这一次，的确是我过分了，出事了不先自省吾身，而是第一时间认为江寻有鬼。我怎么能不信任他呢？我太过分了。

好吧，其实不止这一桩。

当送子观音之事被江寻撞破以后，我还是死性不改，找了大夫当面询问身体状况。结果当然是被打脸了，的确是我身子骨有问题。

江寻很受伤，当场就气笑了，没料到他的话在我眼里就是一个屁，放过便没了。

我很委屈，事情肯定不是他想的这样。他的话，必定不是放过就没的屁，保不准能放很久。

总而言之，今时不同往日，江寻一时半会儿恐怕是消不了气了。

我给他捶了一个时辰的肩，也没见江寻有个好脸色。反正和不了好，我失魂落魄地钻进被窝睡了。

他冷笑道：“夫人的诚意也不过如此。过来，给我捶背。”

“……”我无话可说。

一刻钟后，我委屈地道：“近日给夫君做香囊，手很累，不能捶太久。”

江寻的声音软下三分，问我：“那香囊呢？”

“在我心里，还未付诸行动。”

“……”江寻冷冰冰斜我一眼，翻身，一夜无话。

谁说只有女子会无理取闹的？分明男子也会。

翌日，我同周边交好的夫人闲话家常，特地聊了聊如何哄夫君。

李夫人道：“这女子对男子呐，最重要的就是使其开心咯。自然要投其所好，最好是能红袖添香。你想想，夫君看书看到半夜，你在旁边添茶磨墨，岂不美哉？”

我想了想那个场景——我在旁边给江寻倒茶？还要陪他熬夜？这不太妥吧，我会困的。

赵夫人道：“我家那位就不同了，寻个房里的丫头送过去，这样既大度，又贤淑。反正我要的不过是当家主母的位置，手掌中馈便好，其他阿猫阿狗，为了个男子，想怎样闹便怎样闹吧。”

我一愣，自认没有赵夫人那样宽广的胸襟，若是让我给江寻送美妾，我怕是能哭一晚上。

这些人都不太靠谱，我随意喝了一盏茶，便溜之大吉。

江寻还是成日板着一张脸，不理我。我委屈巴巴地凑过去问：“夫君怎样才肯消气？”

他笑，皮笑肉不笑的那种，说：“我哪敢生夫人的气？”

“我是喜欢你的，心里也有你的。”

"嗯。"

"她们说，男子都喜欢红袖添香的佳人，你要是真的不太喜欢我，要不我也装贤良大度，给你房中送个人，我发誓，我不哭。"

江寻默默听了一顿牢骚，叹气，反问："你倒是懂拿捏我的七寸，夫人这般肆无忌惮，不就是看准我不敢亦不想对你怎样吗？正因为我心悦夫人，就能惯着你欺负我？嗯？"

"欺负你？这话从何说起，明明我才是被欺负的那个。"我泫然欲泣，这两天的愁闷一下子翻涌上来。

江寻扶额说："罢了，或许再养两年，你便会懂了。"

我噘嘴，不太开心。什么叫养两年才懂，我又不是猪，还得养得白白胖胖才能开宰啊？

明明现在就可以宰了嘛！超讨厌！

近日，出了一件大事。

很能生的李夫人有外遇被发现，情夫至今还没被找到，只抓住衣冠不整的李夫人。她生的那四个孩子出身也遭到了质疑，用民间滴血认亲的偏方确认血脉，结果只有一个孩子的血是能和生父融为一体的。这种做法好像没啥科学依据，我也不能确定它的有效性。

用膳时，我给江寻说起此事："你看看，太能生也不好。这血脉来路不明，是不是亲生骨肉都不知道。"

江寻瞥我一眼道："这事和我说说便罢了，莫要和外人说去。无论如何都是人家的家丑，总归不能外扬。"

"我懂的，对外我一定闭紧嘴巴。对了，说起来，那情夫还没找到吗？”

“嗯。”

我八卦心起，小声询问：“有没有可能……是大人生平较为亲近的人？”

江寻瞪了我一眼，不言而喻。

我心有戚戚，问：“这事，不太好办吧？”

“自然不好办，若是为夫遇上这等事，恐怕得剁了那人手足，再做成人棍埋土里。”

我心头一窒，江寻这是赤裸裸的威胁啊，他就这般不信任我吗？

我大手一挥，凛然地道：“夫君放心，我绝对不会背叛你的。”

“嗯。”江寻脸色稍缓。

“毕竟比夫君好看的人，这世上不存在。”

“……”他抿唇，想说些什么，欲言又止，“算了。”

我私以为这话说得漂亮，既表了忠心，又表了仰慕之心。

江寻夜里还有事，我吃饱了，一个人去后院消食。

没走几步，我的视线被一处突起的草坪给吸引过去。一走近，从中蹿出一名风尘仆仆的少年郎。

我刚要喊人，他焦急地道：“小娘子莫喊，我不是坏人！”

白痴，你说不是就不是？

我翻了个白眼，还是喊了人。没过一会儿，江寻便赶到了。

他将我搂到怀中，斜了擅闯江府的贼人一眼道：“若是不想死，就给我滚出去，少污了我府邸。”

嗯？听这话音儿，敢情江寻认识他啊？

我抖了抖道：“难不成他就是那个和李夫……”

江寻急忙捂住我的嘴，痛心疾首地道：“莫说，丢人。”

我鄙夷地看了对方一眼，那少年郎颇委屈：“是李夫人勾引我的，我们就是最近有些来往。她那几个儿女，是真和我无关。李大人是昏了头了，单他的长子就十余岁，我才弱冠之龄，如何生得出这半大小子？！”

我：“可以是次子……”

话还没说完，就被江寻堵住了嘴。

少年痛心疾首地问：“江郎，你知我对那等容貌身材的妇人家毫无抵抗能力，如何扛得住她的挑拨？”

我不解，回头问江寻：“什么样的容貌身材？”

江寻上下扫了我一眼，意味深长地道：“总之他所说的身材，与夫人沾不上半点关系。”

我深思一会儿，懂了。原来这少年喜欢胸大的。

这时，白柯上前禀报：“府外李大人求见，说是寻人。”

少年闻言，险些跪下了。

江寻叹一口气道：“堵。”言简意赅，保住了少年的项上人头。

于是乎，这个名叫安辰的少年就在府中小住了两日，打算等李大人清醒过来，再负荆请罪，当面解释原委。

在此期间，江寻特地警告他：“若是对我夫人有何不妥的举止，莫说李大人，我第一个废了你的手。”

我无语。敢情江寻以为安辰是个人妻控啊？

白日里，江寻需要与部下商议大事。安辰作为“逃犯”，则和我一起宅在了府中。

我不太喜欢招惹客人，因为我患有社交恐惧症，所以就坐在自己的院内剥剥瓜子，虚度光阴。哪知，我不找安辰，他却来找我。

没一会儿，白柯来禀：“夫人，安大人求见。”

“堵。”我懒得见外人，学了江寻那招。

“恐怕堵不住……”白柯欲言又止。

我皱眉，朝院外望去，只见得墙头处有人慢悠悠爬了进来，正是安辰。

我总算知道为何李大人认定他是情夫了，就他那猥琐的样子，说不是都没人信。

“白柯，备好笔墨。你在一侧将我俩谈话过程画下来，如此当个人证，届时好和夫君证明我清白！”

“是！”白柯领命，提笔，席地而坐。

安辰见我就笑道：“在府内叨扰多日，安辰实在过意不去。今日特地来和夫人道谢……咳，还请夫人莫要在意爬墙这种细节。是门上了闩，在下进不了门，才选此下策，爬墙实非我本愿。”

所谓伸手不打笑脸人，我也不好和安辰撕破了脸。但他胆大如斯，自然是要小惩大诫的。

我道：“昨夜，夫君与我聊起了安大人。”

安辰摇扇，作风流倜傥之姿，问：“哦？江郎都与夫人说了什么？”

“倒无甚特别的，不听也罢。”

“夫人但说无妨，在下极有兴致。”

“夫君说了，安辰这厮不是好东西。若是他敢入内宅，哪条腿先进的，那便先断哪条腿，与我说了几句话，便断几根手指头。总而言之，宁可杀错，必不放过。”

安辰闻言，抖了抖，往后缓缓移动，越溜越快：“在下忽想起还有些事要处理，便不扰夫人清修了。至于在下来拜访过夫人这等小事，能不与江郎提便不提吧，免得让他费心。那么，有缘再见。”

等安辰走后，我侧头问白柯：“方才我的怒斥安辰的英姿可一五一十都画下了？”

白柯抱拳：“全依照夫人吩咐，画下了。”

“好好好。”

当晚，我捧着热腾腾的“证据”，跟江寻邀功请赏。

他随意翻阅了一下，嘴角噙笑道：“阿朝乖，不枉我疼你一场。”

这夜，我在江寻的口中听闻一个惊世骇俗的阴谋。

原来李夫人的事，乃是一个圈套。这是江寻一众部下商议多日之后得出的法子，由李大人作饵，钓安辰上钩。

这事说来话长，相传在很久很久以前。安辰乃是一代有名的隐士，他虽年幼，却天赋异禀，具体怎么厉害，我也不甚清楚，反正是那种有一肚子聪明才智的人。曾有权贵三顾茅庐，却没能堵到他，因为他在人家等第三回的时候，已经翻出后院跑去喝酒了。

于是，世人传言他淡泊名利，所以不肯出山。

然而，谁都没想到，这样一尊大佛，被江寻请出了山。江寻请他的方式也很特别，先是断他粮草，顺走后厨留的三黄鸡，然后放火烧屋，终于将安辰赶出来了。

安辰刚想发难，江寻已在院外摆了一席酒宴，请他一面观山火，一面温酒畅饮。

就这样，一顿好酒好菜招揽到了安辰。

这少年于军事上确实有奇招，然而个人有不太好的癖好——特别关注同僚之妻。

这个秘密还是安辰的一位好友偷偷潜入他房间发现了，他的房内挂着所有同僚的夫人肖像，最底下有个好感值，每画上一杠，就代表有所交集，一旦画满，就是拿到手的意思。

一时间，江寻的幕僚们相处气氛凝重，大家的帽子纷纷变绿。

不行，这种鼠辈，必须给他一个教训。站起来说这话的是李大人，他盗出江寻夫人的画像，也就是我的画像，呈与江寻看。

江寻的脸顿时就黑了，默许这些人背地里使坏的做法，睁一只眼闭一只眼没管那么多。

一时间，安辰名声大减，人人喊打。

此番惩戒，他算是长了一点记性，也不敢太过嚣张。

若真如此便好了，直到安辰不要命，给我写了一封情书，还辗转到了江寻的手里。这就不太妙了。

我从江寻手里抢了几次，都没能顺利夺下情书。

我嘟嘴，娇嗔：“夫君要剁安大人的手便剁，但情书总得给我看一眼，这还是我从出生至今，第一次收到情书呢。”

哪知江寻不为所动，冷哼一声道：“夫人这话是说，为夫先前给你写的家书都不算是情书吗？里头分明也掺杂情爱，只是你无法领悟罢了。”

“那个……”趴在地上的安辰颤巍巍地道，“我这手，还剁吗？”

江寻语气不善，冷笑道：“剁，怎么不剁！”

安辰闻言，昏死过去。

场面太过血腥，我很早便被江寻领去睡了。安辰这手有没有剁成，我倒是不知情。只记得江寻一面烧了情书，一面转移话题，哄我道：“夫人尚小，不能看如此残忍的场面，还是随我就寝吧。”

我觉得江寻这话说得不对，你知道残忍，为何还执意要做？

过了几天，我又收到一封情书，却不是出自安辰之手，而是江寻。

他在情书上写了一句话，那句话言简意赅：“吾心悦夫人，朝朝暮暮，欲与夫人生个孩子。”

我看了一眼，内容太辣眼睛，急忙烧了。

嗯，这就是真正属于我的第一封情书，内容直白火辣，我不太喜欢。

没过多久，便传来江寻要远征的消息。这个消息倒没什么要紧的，最重要的是他不带我去。

我如遭雷击，呆愣在原地，木讷地道：“夫君此去，若是不回来怎么办？”

江寻睥我一眼，冷哼一声：“怎么？现在就在想为夫回不来怎么办？我还没走，你就已经在为自己铺后路了？”

这厮怎么说话呢？我哪有这样的坏心思？

我不满地道：“我是在担心夫君。”

“你放心，我若是回不来，你岂不是要变成别人家的小夫人了？我这人心胸狭隘，用惯了的东西从不肯给外人碰。”

江寻说情话还是一贯刻薄，鲜少有温柔的时候。明明当年一口一个“阿朝”，喊得蜜里调油，外人都以为我俩如胶似漆。原来这都是戏，做给外人看的。

我呵呵一笑，敷衍道：“夫君既然这样说，那我就没什么好担心的。”

夜里，江寻骤然发难，突然将我堵到房内，开始“例行公事”。

总之这一夜，我不太好熬。后来，我软在他怀里，浑身无力，任由他抚弄我的头发，哼着童谣催我入睡。

昏昏沉沉间，只听得江寻轻叹道：“若是我此番回不来，你记得再嫁。”

我心中哂笑，哪这么夸张……我的夫君是天底下最厉害的英雄，老天爷才不舍得收呢！

我觉得自己是个理性之人，不是寻常妇道人家，人有悲欢离合嘛，这点道理我还是懂的。可真当到了分别这一天，我才知现实是赤裸而骨感的，江寻无法带我走，他想给我一个家，就必须浴血奋战。而我，也是真的不想与他分开。

我踮脚，悄悄在他耳畔道：“江寻，要不你别去了，我们逃吧？”

他夜里说的话，我当时置之一笑，事后想了想，还是略担心。

江寻说，他可能回不来，若是回不来，他的部下会护我周全。他让我寻个合适的人再嫁了，有白柯在，夫家必不敢刁难我。他是挺想我陪葬的，可我怕疼，所以他良心发现，放过我了。

只我知道，江寻说这话时，声音低缓低落，他是极为难过的。

我想说，夫君别哭。可看了看他笑着的模样，这厮又哪里有眼泪呢？

我倒是挺想哭的，闷头埋到他的怀里，默不作声。

那一晚，我做了个梦。我梦到一个男人披着银铠，半跪在土地上。他的铠甲上满是鲜血，红的黑的，干的湿的，他的，还有别人的，影影绰绰看着像是江寻。

风沙呼啸，拂过他的眉眼，才知他眼底一片死寂。江寻的一双眼毫无神采，如同死人一般。再细看，原来他是腹背遇袭，血早就流干了。

我一下子便惊醒了，吓得拥住身侧江寻，主动往他怀中钻。他腰上的肉既硬朗又结实，平素我连碰都不碰，今日倒是奇怪了，唯有脸贴在上面，感受他炙热体温才能安下心来。

江寻一声不吭，只用手抚我后背，一下又一下，轻柔缓慢。

如同现在这般，他将我拥入怀中，薄凉的吻落在我的脸上、耳畔，不顾旁人感受。

他对我轻声道："小傻子，你当圣上不知你身份吗？他不过是卖个女儿试我一试，当时我若遵旨，即使架空个公主府供着那女子也好，都不会君臣离心，也不会让他疑我，让我们遭这份罪。只可惜，英雄难过美人关，如今我沦为夫人的裙下之臣，绝不肯负你，更不会违背本心而活。圣上没料到我是痴情种，唯恐我叛变，只怕暗地里早留了一手。如今为夫无路可退，若是不爬上去，如何护你？等我父君离世，你我七老八十，圣上再起意发难，我能眼睁睁看着你遭罪吗？"

我一愣，倒没想到这么深的一层，讷讷地道："为何他要赶尽杀绝？我又不能做什么……"

“就凭你有前朝血脉，他就断不能留你。在当今的朝堂上，有多少人眼热我有前朝皇族的血脉助力啊。”江寻吻了吻我的额头，轻声道，“阿朝别怕，我会回来接你的。”

“那你此去要多久？”

“不出一年半载便归来，若是战事稳定，就把你接过去。如今外面是真刀真枪地干，你还是待在府中安全些，否则将是我累赘，若有人擒住你，我讨不了好，定会被硬生生剐去一层皮肉。就当是为了我，你乖乖在此地别动，等我回来。”

“嗯。”我咬了咬唇，倒是一句话都没说。

待江寻上了马，看他英姿飒爽，我鼻腔酸涩，眼角湿润，对他道：“我现在倒有点后悔，若是有个孩子多好。往后看看孩子，还能为他混混日子。”

“小傻子。”江寻爽朗一笑，“没了孩子，你日后也松快些。阿朝，若是我两年未归，你记得再嫁。”

“不要。”

“走了。”

“我说不要。”

“乖。”他策马狂奔，身后的一路人马很快浩浩荡荡跟上。城中皆是他亲信，大军驻在城外，此番长征，不出一年便有结果。

江寻料得不错，蕲州天高皇帝远，皇城烽火连天，居然没被殃及。

又过了半年，有江寻亲信来报，言简意赅：江寻他们造反成功，江寻他爹成了皇帝，我母后还是我母后。

然而，江寻在与宇楼王氏一族交战时，身陷囹圄。援军赶到时，只在万千骸骨中找到一只握着红豆香囊的断臂，上面刻着我的名字——阿朝。想来他该是死了，被敌军鞭挞尸体，身首异处，寻了许久，也就找到了一只手。

我呢喃自语："江寻死了吗？你别唬我，戏本里都说，夫君一旦成了大官，便不要糟糠妻了。是不是因为他造反成功，我变成下堂妻了？"

"夫人，节哀顺变。"

"反正我不信。"我嘟嘴，"那你回去，转告江寻，若是他再开这等玩笑，我便不回去了。我再找个夫君，随意嫁了得了。"

亲信走了，我一个人坐在椅子上。

我想，这等大事应该没有人唬我。这座府邸，江寻再也不会踏进来了。

这样倒好，我可以提前再嫁。我有母后撑腰，想寻个年轻貌美的少年郎定是不成问题的。

母后说过，待我出嫁那日，她赠我红妆十里，良田千亩，让我风风光光出嫁。

我想了想，我要选夫君，若是寻个完全不熟悉的人，倒不如从身边人下手……安辰怎么样？他这一年来倒是待我不错。

于是，没等我伤情几天，府外有人来禀，是母后要接我回宫了，给我安了个干女儿的身份，赐个公主的品阶。

总而言之，这段时日，我名声大噪。全皇城都知道有个不知哪来的野姑娘，因为在皇后落魄时，对她嘘寒问暖、关怀备至，对了她的眼，一下子麻雀变凤凰，大富大贵。

回宫后，我再次跟母后确认江寻的死讯。她白发人送黑发人，很是伤情，好在还有个小儿子聊以慰藉，不像我，连个孩子都没有。

“若是阿朝有看上的郎君，便来跟母后说。不论对方是何身份，母后都为你促成婚事。”

我纠结：“这样不大好吧？”

“怎么不好？若是处在这位置还不能肆意潇洒，那人生有什么趣味？”

“当年便是因你恣意潇洒，亡了国。”江寻他爹不咸不淡地补了一刀，母后如鲠在喉。

我干笑：“若是寻到了再说吧，近期我还不太想找。”

闲扯两句，我便出了宫。

我不愿住在宫里，皇城内分了我一座府邸，我便住在那儿。我认床，夜里让白柯将我的玉榻搬过来。

我躺在上头，突然毫无睡意。

江寻明明说过，他想和我一起睡这张榻，可是到了最后，他依旧骗人。丢我一个人睡冷冰冰的玉床，一点都不舒服。

我翻身起来，鬼使神差的，我让白柯将江府的榻也搬过来了，虽然现在没住江府了，但也要时不时宠幸一下。半夜醒来时，身后没人可供我依偎，脊背寒冷。

又过了一年，我终于不甘寂寞，打算找几个面首快意人生。

我不喜欢太干净纯情的男子，于是在别人怂恿之下，去了黑市。这是贩卖面首与美人之地，各类姿色应有尽有，是达官贵人最爱来的地方。

我也是第一次听说，刚在席间坐下，便有清脆的银铃声响起。有一名男子赤足，脚上绑着镣铐，缓步而来。

人海茫茫中，有人喊："为何不摘下面具示人？没看到脸，如何敢买？"

主持贩卖者很尴尬地道："这是良家客的要求，光看身段出价，随缘定人。"

良家客的意思是，这人是自愿被卖，价格条件皆有他出。

大家斟酌许久，没人敢贸贸然竞价，若是高价买回来一个夜叉，岂不贻笑大方？

我总觉得这人对我眼缘，于是出价："五百两。"

主持大喜过望，问："还有人出更高的吗？没人的话，便是这位贵客的货了。"

这些人窃窃私语，无不在议论我出手阔绰，可没人敢驳回价格。

这个男子是我的了。我心里也很紧张，万一长得丑，我岂不是很亏？

我想了想，上去，探指揭开他的面具。没等我的手指触碰到他的脸，就被一只指骨白皙细长的手扣住了腕骨，对方声音清冷，低低威胁我道："别动。"

这声音……是江寻？

我咽了咽口水，小声唤他："夫……夫君？"

完了，出轨被抓个正着，哪有这么背的事情？

没等我沮丧完，就听他轻轻哼了一声："嗯？你是？"

爽！江寻居然……失忆了！

我嘿嘿一声笑，笑得他浑身不自在。不知江寻想了什么，终于摘下面具。

冬风凛冽，他的一头黑发如世间最柔顺的缎面，油滑泛光。江寻面如冠玉，眉如翠羽，清朗雅致。纵使他抿唇不语、面容冷肃，也可逼得俗世万物褪色，无一能媲美他绝代风华的容貌。

一见江郎误终身，这话断不是说说而已。

众人哗然，屏息以待。

这么多人肖想我夫君，我很不爽。

于是，我牵起江寻的手，颇为吃醋地将他带出黑市。

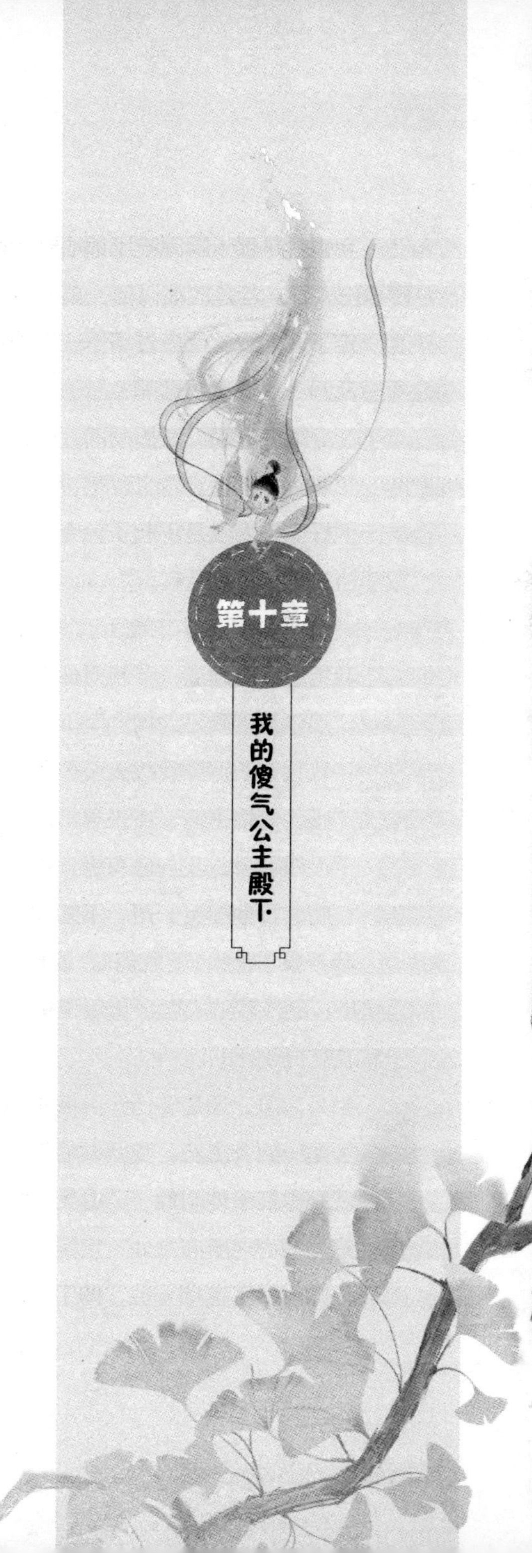

第十章 我的傻气公主殿下

我也就是那一瞬间吃了熊心豹子胆，才敢牵江寻的手，将他生拉硬拽出人群。若是放在以前，莫说拉他了，就是和他对视都不敢。

走了许久我才反应过来——江寻脚上镣铐未除，一路咣当作响。

我问："你有钥匙吗？"

江寻睥我一眼，皱眉反问："什么？"

"解脚上的锁。"

他好像认为我是那起子色令智昏的小人，冷笑道："姑娘若是想做那档子事，那就没有。"

"……"我目瞪口呆。

我结结巴巴地道："我对你没那个意思……"

"那你买下我是为何？"

"我看你长得像我故人……"

"哦，借物寄情，古来寻常。可惜，我不做替身。"

"没做替身，我与你有缘，所以想领你回家。"

"呵。"他嗤笑一声，不知在笑些什么。

我苦着一张脸，不敢多言。说句实话，夫君就是夫君，即使失忆了，还是能压制住我的夫君。母后说得没错，江寻这厮有手段，就是有法子将我吃得死死的。

当务之急，还是要让江寻恢复记忆。

于是一到公主府，我就领他去看我那张冬暖夏凉的玉榻。

我郑重其事地问他："看到这张榻，你想到什么了吗？"

这是他心之所向之处，定能让他想起什么。

江寻打量了这榻一番，伸手一触道："冬日里，榻面太凉，不合适困觉。”

“……”我扶额，不知该说些什么好。

不过，我转念一想，发现他并没有说错。这一语，已然道出了精髓——的确，江寻可不就是想和我在这张榻上困觉吗？

我继续惊喜地问：“还有呢？”

“什么？”

“你还想到了什么？”

“嗯？”江寻似乎没料到我脸皮如此厚，他突然低头，凑近我，纤长的眼睫毛近在咫尺……然后，伸手掐住我的脸道，“姑娘家家，如何动不动就说困觉，你爹娘没教过你何为礼义廉耻吗？”

我不太开心，赌气道：“这些都是夫君教我的。”

他讪讪地松开手道：“啧，你夫君真不是个好东西。”

我嘴角一翘：“对啊，他最坏了。原本说想和我在这张榻上睡觉，结果丢下我一人跑了。”

“跑到何处去了？”

我抬头，笑得惨兮兮的，说：“我不知道，不过我想，他可能不会再回来了。”

可不是嘛，若是江寻想不起来，就不算是我夫君了吧。

“小傻子。”

“你唤我什么？”

“我说，你是小傻子，怎的这么傻。很明显，你夫君一点都不喜欢你，若是喜欢，如何会跑？”

“你胡说！”我气急了，扯他衣襟，“你胡说！”

他揪住我的手腕，一双眸子阴冷，说：“我从不骗人，只是你当局者迷。”

“你骗人，分明就是在骗人。”不知为何，我眼眶有些湿，倔强地一遍遍重复，眼泪也一滴滴掉下来。

江寻见状，软了嗓子，轻声道：“我若是你夫君，我定然舍不得离你而去。”

我顿时不知道说什么，喉头发痒，我望着他低低唤着：“夫君？”

“你喊谁？”

“你啊。”

“我不是那个负你的男子，你莫要认错了，也别将我当作他的替身。”

“哦。”

“若是真的想唤，那把我当成新的夫君。我不做小，你既认我为夫君，今生便只能有我一个夫君，明白吗？”

我迟疑地点了点头，虽不太懂，但也接受。我夫君是我夫君，好比我母后还是我母后，都有异曲同工之处。

“还有，若是那个男子回来了，你需将他拒之门外。前夫是前夫，夫君是夫君，你可明白？”

“明白了……”

江寻这话，越听越像个坑，而我甘之如饴。

实际上，现在的我对于他来说，还算是个陌生人，一切都不宜操之过急。

我又想起了那只握着香囊的断臂，思索许久，想来是敌军拿来迷惑江寻部下的鬼招数，江寻福大命大，死里逃生了。

不管他是怎么回来的，能回到我的身边便好。一个人的音容很难改变，我熟知江寻的言行举止，等闲骗不了我。

他是真的江寻，也是真的失忆了。该如何让他恢复记忆呢？这就难办了。

我唤来大夫，让他给江寻诊断病情。江寻身上有无数刀伤，均已结痂，问题倒不大。只是这脑壳的问题，实属生平罕见，太医才疏学浅，无法医治。

我早知道是这个结果，倒也没强求。

江寻在屏风内穿衣服，我在外面盯着屏风，隐隐约约还是可以看见。许是许久没见，我也是看得很痴迷。

“你在看什么？”江寻目光锐利，一下子便盯上了我。

“没看什么？”

“啧，撒谎。”

“……”我不知该说什么了，点了点头，承认。

他逼近我，调笑着问：“你就这么喜欢为夫吗？嗯？”

“说很喜欢，也没有。”我的自尊不允许我低头。

“哦，你心里还想着那个人。他是什么样的人，比我好吗？”

“他是个好人，对我很好。”

江寻不屑，冷笑一声：“若是真对你好，岂会离你而去？”

我呼吸一窒：“他应该是有苦衷的。”

“是吗？”江寻眯起眼睛，冷冰冰地道，“不许想他。”

“为什么？”

“我不喜欢。”

“嗯？”等等，江寻是在吃醋吗？他在吃自己的醋？这也太莫名其妙了。

“都说了，今生，你便只有我一个夫君，莫要想其他人，否则……”

“否则怎样？”

他但笑不语，笑不及眼底。话未说完，江寻突然将我困在墙边，让我背靠在他的怀里，死死压制住手腕。

他在耳畔暧昧私语：“否则，我要你好看。”

闻言，我身体一颤，心也不受控制，我的小心脏一顿乱跳。

江寻这厮，即使失忆了，撩拨人的功力也不减当年。

我觉得很不公平，我对江寻是有感情基础的，所以我会对他说甜言蜜语。可江寻不一样，他现在压根就不认识我，对我一见钟情的几率也不大，所以他只是习惯性嘴贱而已，就爱说些挑逗的话欺负我。

这样一想，我就不太开心了。

他哄我，不过因为我是他金主，和真心实意没有半毛钱关系，只有满腔的虚情假意。假如买他的人不是我，对别人，这些情话，他是不是也信手拈来？

我问江寻：“若是别人买了你，你也当她们的夫君吗？”

江寻笑：“你当别人都是傻子，会花五百两买我一条贱命吗？”

“万一就有这种傻子呢？你也当她夫君吗？”

“怎么？你是吃醋了？”

“没有。”

“呵，是吗？”

“就没有，就没有！”我发现江寻越来越不好对付了，一点都不温柔体贴，嘴毒得很。原来不爱我的男人，可以冷酷无情至此地步。

“我若说，我只想当你一人的夫君，你信吗？”

“啊？真的吗？”

“假的。”

“哦。”我沮丧。

“我不过才认识你一日，便说爱你爱得刻骨铭心，你信吗？这话说给我听，我都不信。”

“这样……”我颇失望。

江寻瞥了我一眼，慢条斯理地补充：“不过，若是时间久了，你便会信了。”

“信什么？”

“信我心悦你。”

我一时无言，心里像是吃了蜜糖一般甜。即使他这是假话也没关系，我有的是时间验证他话中真伪。

等到了夜里，我洗漱干净，上榻入睡。

江寻被我安置在隔壁客房，毕竟是陌生人，一下子睡同一张床，怕他不太习惯。

刚刚吹熄了灯，我就翻身坐起。我这屋是挺暖和的，不知江寻那个屋子会不会冷，若是下人苛待他可怎么办呢？

我给自己寻了个借口，抱着枕头便走向了隔壁客房。

江寻还未睡，油灯没灭。

我推门进去，唤他：“夫君？”

“怎么？还未睡吗？”江寻从榻上下来，见我趿着鞋，缓步而来道，“上榻吧，地上凉。”

“好。”我从善如流爬过去，跨过他的腿，乖巧躺在内侧。

江寻帮我掖了掖被角，躺下说：“夜深了还来寻我，是有事吗？”

“没事，就是怕你冷，来问问。”

他挑眉：“哦？夫人看我，像是冷的样子吗？”

我摸了摸鼻子，傻笑道：“不大像。”

“你不过是想我了，才来看我，傻子都能瞧得出来。”

我被戳中心事，有点害羞，闷闷地望着床幔出神。

就这样，两人相顾无言，气氛不算太尴尬。许是被窝里暖洋洋的，壮人胆，也衍生出了一些绮丽的心思。

江寻突然问我：“可以抱你吗？”

“什么？”我面红耳赤，还没来得及反应，江寻的手便探了过来。

他的指腹抚过我的腰间，激起一阵战栗，他忽然将我拥到怀里，餍足叹了一口气：“是我逾矩了。”

“……”我无话可说。

那个，你先非礼我，再道歉，是不是太迟了？

江寻可能是这段时间受了惊，夜里睡得并不安稳。

他搂住我腰的手渐渐收紧，勒得我有些憋闷。我迷迷糊糊醒来，小声喊他：“夫君，疼。”

江寻没能睁开眼，他的呼吸很重，喘气也显得急促而费力，像是被梦魇住了一般。

我很担心，伸手去触摸他的额头。他的眉心满是热汗，愁眉不展，锁住烦忧。

江寻在发抖，是害怕吗？我这般想着，情不自禁俯下身，吻他的脸颊与耳尖。江寻的耳尖素来冰凉，除了情欲泛滥，抑或是羞赧之时会微微烧灼。

那么，现在这般烫，是其中哪一点呢？

我迟疑地靠上去，喊他："夫君？你怎么了？"

等了许久，江寻才迷茫睁开眼。他注视我，眸光冷肃，惊得我心头一颤。

足足过了一刻钟，江寻的眼神才变得温热，哑着嗓子，温声软语："我做了个梦。"

"梦到什么了？"

"记不清了。"他闷闷地答，手间将我抱得更紧，汗湿的脸埋入我肩窝，极其不舒服。

良久，江寻轻轻叹了一声："我与你素未谋面，你为何信我？"

我也不知道怎么回答这个问题，抿唇说："因为你是我夫君。"

"呵。"

"笑什么呢？"

"笑你傻，被卖了还帮我数钱。"

"什么意思？"

"我入你府邸，未必存好心。你不但不追究，夜里还敢与我同床共枕，你是心大，还是手里捏着筹码，所以无所畏惧？"

"夫君不会害我。"

江寻与我对视，看了许久，又悠悠然呼出一口气："罢了，我不会害你。一夜夫妻百日恩，我既然和你睡了一夜，那便护你百年吧。”

昨夜，我总觉得我与江寻的心更近了一寸，然而一觉醒来我才知那是错觉。

此时的江寻单手撑头看我，日光映照在他脸上，光线温柔，眉目似山河，清雅开阔。

他一言不发，唇也是抿得死紧。

我心道不好，颤巍巍问：“夫君，怎么了？”

半晌，江寻质问我：“你认识我吗？”

“什么意思？”

“这屋里有我的画像，落款是你。”

我皱眉，想了半天没想起来。我究竟是在何时何地何处画过江寻？

啊！知道了，这个事情略尴尬。其实那画并非我所作，是我拜托画师画的，毕竟丈夫在外厮杀，妻子在家总要做些什么，否则展现不了我对江寻用情至深的事实。

于是我等画师走后，盗用他作品，题上自己的名，这般日日观摩才显深情。戏要做足，每日我都刻意少吃了一碟酱油肉，睹物思人。

我见瞒不下去了，便决定招了，于是我毅然决然地道：“好吧，是时候让你得知真相了，其实你是我的……”

“兄长？”

“嗯？”等一下，这是在演“哥哥太爱我了怎么办”吗？

“我明白了，你我相恋之事无法让爹娘接纳，于是约好一同殉情，若有来世，再做一对鸳鸯。就在跳崖那日，我情深，先跳下去，你情浅，逃之夭夭。所以我满身伤痕，皆是拜你所赐。你内心煎熬愧疚，这就将我买回来，囚禁府中。呵，可惜人算不如天算，此番我便是来索命的！”

“……”等等，你入戏太深了，不是这样！

我深吸一口气：“其实你是我夫君。”

“哦。”江寻闻言，略感乏味，躺了下来。

“你是我亲夫君，亲亲的那种。”

“你是指，我是那个始乱终弃的男子？”

“没错。”

“……”江寻决定不再追究这件事，他再问：“之前，我是什么样的人？”

我想了想：“还是挺坏的。”

“若是坏，夜里你会缠着我，要钻我被窝吗？嘴里没有半点真话，从前我喜欢你哪点？”

我颇委屈：“当年还是夫君苦苦求娶我，如今你忘记了，便将我比作路边草芥。”

江寻叹气，捏了捏我脸颊软肉道：“不过是玩笑话，你还当真了吗？”

他抚了抚我长发，温柔似水地道：“你知我为何在黑市里肯跟你走吗？”

“不是我将你买下的吗？”

“我是良家客，若是我不肯，谁能强迫我？”

“那是为什么？”

“我心悦你，欲求娶你。”

“……”我的心疯狂搏动，然而没甜多久，我就想起一个残酷的事实，我当时是想放纵自己，去寻面首，并不是想为亡夫守身如玉，这就很尴尬了。

江寻仿佛也想起了这件事，他话音一转，咬牙切齿地道：“不过黑市这等污秽之地，我用情至深的夫人怎会去那里淘人呢？她不是此生非我不嫁，待我情意重吗？嗯？”

我舔了舔下唇，求饶：“夫君，我想这其中肯定有什么误会。我不过是偶然路过，你要信我。”

“呵，夫人之言，我自然信。只是若有下次，别怪为夫手黑了。”

嗯？等等，怎么感觉大事不妙。

江寻这次失忆较为彻底，几乎什么都记不清。他注视我良久，提出了第一个问题：“为何夫人与我成亲一年，却无身孕？”

我一口血哽在喉头。不愧是江寻，这一问便问到了点子上。

我顾左右而言他：“今日花开得甚好。”

尽管我多番逃避，江寻还是得出了结论：“想来，为夫日后要多多耕耘，这地如此旱着总不是个事，还得开荒撒种啊。”

我目瞪口呆，江寻是把自己比作日出而作日落而息的老黄牛吗？这口味真重！

重点好像也不是这个，现在我们是先婚后爱，从头开始，江寻居然打算一下子跳到大结局，先 X 为敬吗？哪个话本敢这么演啊？

我有点慌，决心让江寻回忆起过往浪漫篇章，莫做荒唐事。于是午后，我带他去看我晒的满院子的酱肉，这是独属于我们两个人的甜蜜回忆。

我嘴角噙笑，拿小刷子给他比划："夫君想起来了吗？当年，你就站在那里，与我一起赏肉。你看着我亲手将酱汁里三层外三层涂上去，还叮嘱我肉别太咸。"

江寻的嘴角抽搐："为夫曾经尽干些不着边际的事吗？"

他这样说，我就不太开心了。晒酱肉就不算正经事吗？这分明是陶冶情操。

于是，我只能再给江寻看我潜心数月所作的话本。他委婉地吐槽道："狗屁不通。"

这招还不行，我没辙了，将他往玉榻上带，说道："夫君曾说，想睡在我尚在闺中时的玉榻上，想带我回家。"

许是这话太温情，江寻沉默许久，开始解衣物，手间发出窸窸窣窣的响声。

他急不可耐道："为夫想了许久，不若我们生个孩子吧。我不是你夫君吗，我们应该有个孩子啊。"

我震惊了："这么快！不太好吧？"

江寻挑眉："哦？如何不好？丧失记忆的是为夫，如今我便是白纸一张，都愿与你生儿育女，你有何不满足的？急不可耐的，难道不应该是夫人吗？还是说，你爱慕我之类的言辞全是假话，是在糊弄为夫呢？"

我急病乱投医地喊："夫、夫君，今日不妥，我来葵水了。"

"又来葵水？每到这事，你就来葵水？巧得很。"他短促地笑了一声，突然反应过来。

我也听到了，江寻说了个“又”字。

“夫君？”

江寻捂住自己额角，隐忍剧痛，鼻翼满是热汗。许久之后，他低低地道：“夫人葵水是月底才来，如今月中，便是说谎了。”

我大喜过望：“夫君，你想起来了？”

“若是想不起来，夫人会哭吗？”

“应该会吧。”

“为夫怎忍心，看你哭呢？”他说这话时，气还未顺，胸腔接连不断起伏，喘气也艰难。

我唤了宫中太医，一边托腮，一边花痴地看江寻。

我的夫君，并未食言，他回来了。

太医来为江寻诊断，倒没诊出其他病。反正说来说去就是体虚那一套，倒是我嘴多问了一句：“会不会影响到子嗣？”

太医干咳了一声，脸皮比较薄，耐不住我这番直白的问话。他悄悄地道：“这些是没问题，不过近期还是注意点。”

我脸颊烧得通红，咳咳，这些话你对我说也没用啊，我能憋得住，江寻这人面兽心的货就不一定了。他根本不会管你的啊。

我正色，目光转向一侧的江寻。他气若游丝，没想到回忆起以前的事情能令他元气大伤。

出于同情，我还是捧着一碗甜汤，一勺一勺喂江寻喝下去。

我问他：“夫君可还记得先前发生的事？你是如何混到黑市去的啊？”

江寻咽下一口甜汤，抿唇，摇了摇头："记不太清了，总归不是什么好事。"

说到这里，我又想起了另外一件事。母后因为太思念死去的江寻，于是在前几日将幼子立为太子。虽然我不是很懂其中的因果关系，但是在长子尸骨未寒之时，就将幼子扶上太子之位，显得很不近人情。

如今江寻回来了，朝野上下是该炸了吧？

故事略尴尬，我还没想好如何跟母后说。这太子还能不能换啊？若是不能换，大奖给不了江寻，总得给个鼓励奖吧？

我舔了舔下唇，对江寻道："那个，母后前几日立了太子。"

江寻反应不大，不咸不淡地"哦"了一声。

"夫君不伤心吗？"

"为夫倒无心江山主位，如今能护你周全，已达成心愿，再无所求。"

我懂他的意思，如今天子是老子，再也不用忧愁我被人吊着打了。

江寻沉吟许久，突然道："不过在死之前，为夫倒想明白了一件事。"

我心道不妙，胆战心惊地问："何事？"

"男人膝下需有儿，这话，古人诚不欺我。"

"……"等等，古人不是这么说的吧？你再多说一句，古人的棺材板我可压不住了哦！

"择日不如撞日，不若从今日起，为夫奋发向上，早日了却心愿。"

我结结巴巴地说："撞、撞什么撞？太医说近日不可啊……"

"哦。"江寻颇遗憾地收回了手道，"那便下回吧，今日去宫里见见母后。阿朝，将我之前最喜的那件白狐大氅拿来。”

我心间一颤，苦着脸，欲言又止。

他挑眉，看我：“怎么了？”

“没事。”我缩到柜门前，望着空空如也的柜子，满心绝望。

该怎么和江寻解释，他的衣物都被我丢了的事实呢？

“还未寻到吗？”江寻急不可耐地拍打床榻，表达不满。

我咬牙，死就死吧。

于是，我毅然决然转身，跪到了江寻的床榻之前，忏悔道：“夫君，我错了。”

江寻扶我起来，笑得阴冷：“夫人快起来，夫人何罪之有呢？”

“我不该将你的衣物都丢掉。”

“哦，就为这事？为夫深知阿朝为人，倒也不是特别伤心。”

“……”不是特别伤心，那就是有点伤心。我完了。

总不能让我和江寻的关系就这样僵化吧？于是我打算讨好他。

我觍着脸凑上去道：“不如我给夫君跳支舞吧？番邦女子最擅长的那种，我新学了几招，给夫君看。”

江寻斜了我一眼，眼风淡淡扫过，讥笑道：“哦？堂堂公主去学些下三流的东西，你还长脸了？”

“……”男子生气果真很可怕，这般无理取闹，搞得我心很累。

“我离去的这两年，你可有为我守孝？”江寻捏着我下颚，恶声恶气地问了不吉利的问题。

他明明没死，却想知我真心，有没有为他守身如玉，可见是爱我爱得卑微到尘埃里。

我不傻，顺着他的话答：“自然有，我无时无刻不思念夫君。啊，说起来，若是夫君归来时，我已再嫁，你待如何？”

这个问题很实际，也无比痛心。我履行给江寻许下的承诺，寻个敬我爱我的人再嫁。哪知前夫诈尸归来，想来场面也会很尴尬。

江寻迟疑了一秒，哑着嗓子，低低地问：“若是我食言了，即使你再嫁，我也将你抢回来，你会怪我吗？”

我哑口无言。这个问题太敏感了，现任和前任厮杀，两个人都爱我，很难抉择啊。

没过几秒，江寻便凉凉一笑，揪住我耳尖道：“这等美差事还未发生，夫人便浮想联翩，想来是没半点心肝，狼心狗肺。”

我颇委屈，还不许人认真对待问题吗？哪能处处埋着陷阱啊！

就在这时，白柯突然来禀：“公主，府外有客人求见。”

江寻问：“哦？男客女客？”

“男客，礼部侍郎叶大人。”

“叶逐风？这厮倒是个聪明人，两朝更迭，也能在朝中站得住脚，是个可依托的良人。无事献殷勤，非奸即盗，难不成他看上夫人，特意接近你示好？”

我摇了摇头：“这事说来话长，我前些日子在铺子里寻南田玉，打算雕一只玉枕。然而掌柜说没有合适尺寸的玉石，让我再等一段时日。这时，叶大人出现了，他说他府中有合适的南田玉，闲置着无用，倒不如成人之美，送我一块。我没多想，便答应了。此番，他应该是来送玉的。”

江寻没说什么，径直跟着我走到待客厅内。

不远处，叶逐风抚着一块玉，温文尔雅地笑道：“臣昨日回府，翻出了这块南田玉。想起公主所托，便带过来了。臣马不停蹄地上门，不知是否叨扰到公主了？”

我摆摆手：“叶大人何必如此客气，倒是我欠了你一个人情。”

他微微一笑道：“何谈人情不人情的，若是公主不介意。今夜，臣愿请公主一道赏赏淮河两岸的花灯，不知你意下如何？”

叶逐风这话说得有点撩，再一看，他的眼梢妩媚，眸光流转。

我知他心中算盘，不过是想泡我。

然而，我是有夫之妇，不能太孟浪。

我清了清嗓子，刚想拒绝，就听江寻道：“公主不是说好了，今夜陪我在府中喝酒吗？难不成昨晚你在房里所说的话，都是假话？”

嘶……江寻这个小泼“夫”，总喜欢在人前给我难堪，一点都不温柔体贴，只会争风吃醋。

我舔了舔下唇，不知该如何解释。

叶逐风善解人意道：“哦，臣懂了。既然公主今夜有事，那么臣便不打扰了。过几日，臣那处还有些好东西，配臣一个粗人，可惜了，改日都给您送来。”

叶逐风话说得暧昧，江寻越听越不开心，脸也变得黑沉。

等他终于叨叨完，拂袖而去时，江寻的一张脸黑如锅底，他气笑了，道：“我倒不知，公主背着我在外勾三搭四，凡是青年才俊都有些交情，满朝文武的桃花都种了个遍吧。”

喂！过分了啊！我不太开心了。

江寻这话实属冤枉，别人家的桃花，我一贯是能挡则挡。因着江寻先前不回来，给我一种“当红大官的都早死”的错觉，越是青年才俊，我越不敢招惹。

所以我与叶逐风，也只有面子情，明里暗里，他朝我抛了多少媚眼，我都拈花一笑，置之不理。

我知我好看，满朝文武都为我神魂颠倒。我亦很为难，毕竟美貌受之于父母。

迟些时候，江寻入宫面圣，我在家中喝老酒。叶逐风不知哪里来的闲情逸致，突然跳入我府，与我私会。

我满脑子只有一个问号。

就在这时，白柯突然喊：“公主，大人回府了。”

我脑中的问号，变成了感叹号。

这下咋整？被江寻看到了，岂不是要说我背着他见缝插针会情郎？使不得！使不得！

我决定开门解释，手刚碰到门，求生欲强的我突然上了闩。

我：“……”对不起，夫君，是我胆怯。

我看了一眼叶逐风说：“叶大人擅闯公主府，所为何事？”

叶逐风依旧翩翩公子模样，不急不徐地道：“臣思慕公主，是以情不自禁入府一窥芳颜。”

我喝了口酒，装纨绔子弟：“我不喜太清纯的男子，那些身份低贱的面首才好玩弄。叶大人与我，实在不合适。”

我以为这番话会让叶逐风知难而退，毕竟没有哪个谦谦君子会自甘堕落。

哪知，他就是个异类。他淡淡一笑，与我道：“为了能陪伴在公主身侧，臣不惜辞官，与你做一对闲云野鹤之鸳鸯。”

这人还能这么痴情啊？平时倒真的看不出来。

我只能下猛药了，扼腕叹息：“叶大人一片真心，我已知晓了。可惜我有一不为人知的恶癖，不甘只与一人欢好。男子喜后院佳丽三千，女子也喜。”

“这个倒无甚，公主可定日子，月初七日跟我，月中与月末另寻他人。”

“啊？”别再诱惑我了，搞不好我真的会心动于你这个贤良淑德的模样。比起家中小狼狗江寻，外室果然知情晓意，温柔体贴啊。

我感慨万千，门却被江寻一脚踹裂，瞬间四分五裂。我腿肚子有点抖，“出轨”被抓了个现形。

江寻将一柄长剑架在叶逐风的肩上，冷声道：“左肩还是右肩？”吓得叶逐风不敢选。

江寻一笑百媚生：“那就双肩吧。”

他话音刚起，长剑便袭去，剑锋凛冽。哪知叶逐风也是武林高手，两下就逃出府去。

一看他，我便知这男人不是真的爱我。否则一定会抱住我，哭着跟江寻求饶，让他放过我，都是他一个人的错。

于是，江寻的目光又回到我的身上，他歪了歪头，甜甜一笑。

完了，我死定了。

江寻一怒之下，便将我铐到了床头。不知他从哪找来的链条，足有我两根手指粗。

我颤颤巍巍地道："夫君，你要信我。"

江寻但笑不语，指尖触上我脸颊，若有似无地拨撩，酝酿情绪。

我心里紧张，刚要说话，却听江寻道："别出声，暗处还有人。"

"有人？"我不解。

"叶逐风是宇楼王氏的人。"

"啊？宇楼王氏的人不早就被铲除了吗？"

"你知我为何会战败吗？"

"难不成有内情？"

"宇楼王氏在潮州称主，勾结番邦，借了一万铁骑。先是引我军入州，再让援军两路包抄。我军被活生生屠死在城中，无一幸存。幸好我察觉不对，伪造尸首，这才瞒天过海逃过一劫。我本就无心主位，此番正巧顺了我的意思，向父君求援，铲除外族后抽身而退。"

"为什么会借他一万铁骑？别人家也不傻啊。"

江寻冷笑："你说呢？"

我懂了："难不成是成大事后，割地赠外邦？"

"没错。"

"这可是叛国大罪！"

"反都敢造，何惧罪名？要说千古罪人，你我都是。不过夫人无需担心，王氏罪大恶极，已被株连九族。叶逐风非王氏本家人，乃是幼时王家被收养，欠了恩情。父君已派人暗中调查他，如有异样，格杀勿论。"

我不是什么慈悲心肠的人，此时只庆幸自己找回了一命。我道：

“既然是演戏，夫君能否解开我手上镣铐？”

江寻看我一眼，笑道：“不能。”

“啊？”

“夫人这副模样有趣，我甚喜欢。”

“所以夫君只为满足一己私欲，置我于险地？”

“险地？我可是夫人最敬最爱的夫君，和我在一处，如何就成了险地？”

我结结巴巴地：“倒不是这个意思，只是……”

“只是什么？”

“没事。”

江寻心觉好笑，小心翼翼将我镣铐解开，警告我：“既然害怕，就少出去勾三搭四。这次绑住你，可以说是情趣，下次便不是这种说法了，你可明白？”

“明白的，我就是夫君的骨头，只能让你一人啃，绝不能让二人分食。”

“夫人胆子颇大，这一番话含沙射影，是说为夫是狗？”

我缩了缩肩膀，没敢多言语。他就像狗，还是小狼狗，能将人吃得骨头都不剩。

晚上，江寻为了惩罚我，决定带我忆苦思甜，吃野菜饼。哪知江寻用猪油煎野菜饼，滋味鲜香，我不知不觉吃了三张饼，肚子吃了个滚圆。

江寻默不作声，我喝甜汤润口道：“夫君的忆苦思甜，不太苦，很甜。”

“嗯。”

“可能是和夫君一同吃吧？再苦，也觉得甜了。”我美滋滋地讨好他。

江寻沉吟一瞬，拒绝我的讨好：“不，只是我的厨艺好罢了。”

“哦。”

刚吃完饼，有些积食。我便牵着江寻的手到府外逛逛，像一对寻常小夫妻那般，妻为夫披衣，夫为妻画眉，如胶似漆，举案齐眉。

我说：“夫君若是没回来，我都想好了，年底我要到大漠去。”

江寻漫不经心地问：“哦？为何选大漠？”

“他们说，夜里躺在沙里看星星，漫天繁星与沙相连，好看。”

“不过是你想出来的东西罢了。去大漠先吃一嘴黄沙，夜里阴冷，穿四层棉袄都不够暖和，别提躺在沙地里。何况，一入大漠便会迷失方向，未必能活着出来。”

我发现江寻这个人是真的不懂文客浪漫，满嘴就是实践理论，和这厮没的谈，话不投机半句多。

我问：“那夫君有什么愿望吗？”

江寻睥我一眼：“我的愿望便是和你快点生个大胖小子。”

第十一章
我的甜蜜公主殿下

我目瞪口呆，江寻是真的俗，俗不可耐！

“把你要出眶的眼珠塞回去，经此一难，我算是明白了。儿女情长全是假，唯有生对儿女，方可安抚夫人的心。”

我无话可说。江寻居然是实事派的，看来不好忽悠。

我前脚刚踏回府中，江寻后脚便跟上了。他骤然发难，将我拥入怀中，轻声细语：“今夜便让我看看，夫人究竟有没有背着我勾三搭四。”

我结结巴巴地问：“这怎么看得出来？”

他轻轻一笑，闷沉的喘息声，在我耳畔如炸惊雷。江寻低语：“我说能便能，夫人只需信我。”

我很想吼，信你个鸡腿子。但江寻气势汹汹，我尿了。

这晚怎么看的，便揭过不提。我只知道江寻这人从不谨遵医嘱。

过了几日，是皇后生日，也就是千秋节。母后那里没太多规矩，允许带家眷。

江寻很可怜，之前想见母后一面，还是偷偷摸摸擅闯后宫，如今我光明正大领他见母亲，他该对我感恩戴德。

马车在宫门前便停下了，迎面遇见叶逐风。他瞧见我，倏忽一笑，让我如沐春风：“臣见过公主。”

“叶大人不用多礼。”自上次一回，我很尴尬，不欲与他多言，将关系撇得很干净。

哪知，叶逐风是个睚眦必报的主儿，此番瞧见江寻，便出言讥讽道：“这位是？模样倒与故去的江大人有几分相似，不过也不大可能，江大人乃铮铮铁骨的良臣，如何肯栖身于公主府中。”

他的声音压得低，怕是真不要命了，三番两次挑衅江寻。

我为他捏了一把冷汗，频频给江寻递眼色。这是宫门前，可不敢动手。千秋节见血，母后再怎么偏爱江寻，也没办法洗干净罪名。

所幸江寻也不是个傻的，置之一笑，便牵我走了。

叶逐风回头，眸光凛冽，他启唇还想说些什么。

却听得江寻抢先一步，风轻云淡道："做人要惜命，你不过是王氏的一条狗，还想起什么风波？再纠缠不清，小心我取你狗命。"

他放下狠话后，便带我入宫了。

我很无语，这厮胆子一贯大，就身份而言，如今叶逐风是朝臣，江寻只是一介草民，但他也不怕小人伺机报复。只要让江寻不爽，那人便是死无葬身之地。

做人如此浮躁，实不可取。

江寻私下小宴见母后，第一句话便是："我与阿朝厌倦皇城中日子，如今打算隐退山林，不再问朝堂事。"

闻言，我的筷子砸在了地上。江寻享受够了，想告老还乡，我还没享受够呢！这厮鸡贼啊！自己爽够了就打算跑，也不让我爽爽！今后难道要过吃野菜饼……啊不，闲云野鹤的逍遥日子？

免了，我庸俗，只想在皇城中荣华富贵到老。

于是，我毅然道："且慢，夫君身子骨还未大愈，此时离开，实在不妥！我心甚忧愁！"

江寻回头，意味深长地看我一眼，道："我竟不知，夫人如此关心我。深思一番，倒难辨是真心实意，还是贪恋宫中的富贵荣华。"

母后皱眉："阿寻怎么能这般说话呢？若是女子不爱慕虚荣，你们男子何来野心打天下博美人一笑？”

母后这番祸国妖姬的言论，有几分道理，我竟无言以对。

江寻道：“我心意已决，母后无需多言。”

这是个不听劝的主儿，母后为难地拍了拍我的手背道：“阿朝莫怕，母后早料到有这一天，已在山间备了一座庄子，地窖里藏了数年腌肉美酒，饿不死你们！若是没银两，只管让人寻我。我的阿朝绝不能受苦受累，我可怜的儿，还没享多少天的福就……”

江寻咬牙切齿地 道：“不过是去山中过些日子，又不是让她殉葬，母后慎言！”

这一出苦情剧演得不是十分到位，江寻没被感动，隔天就带我上了马车，往皇城外赶。

我想，可能是我当公主时太作威作福，江寻又有大男子主义，所以不太想以面首身份委身于我。

男人的自尊心，真可怕！

马车一路颠簸，不知转辗了多久，在某个小镇停下，此路和我母后备的庄子是反方向。

我很忧愁，没料到江寻是个不肯吃软饭的男人。

到了小镇还不止，江寻打算带我渡河，到对面的山上去。我原以为再不济也是住在市井街巷，哪知江寻归隐得很坚决，是真的住到了深山老林里，半点不沾红尘世俗事。

我站在码头不肯走，做最后的挣扎：“夫君，要不我们回去吧？”

“哦？夫人不是说好了，今后同甘苦共患难吗？这才几日，便熬不住了？”

我眉心拧成了麻花：“我没想到会这么苦……”

江寻呼吸一窒，似乎男性自尊心被我伤到了。他道：“骗你的。”

“什么？”

“林中有我买的庄子，虽这个庄子没母后买的那个庄子那般豪华，但养养夫人，让你享福，还是绰绰有余的。”

现在轮到我尴尬了，我 没想到江寻还有底牌在手，于是狡辩：“我方才不过说笑，和夫君在一起，无论多贫寒，我心里都是甜的。”

江寻冷笑：“哦，那为夫再多说一句，有庄子也是骗人的，你夫君一贫如洗，哪来的闲钱买房子。”

“……”我面无表情，此刻连垂死挣扎都不想了。爱咋咋的吧，我反正视死如归了。

江寻把我打横抱上船，船夫问：“官家夫人可是伤到了脚？小的这里有些膏药，若是官家不嫌弃，且拿去用用。”

江寻对待老者倒是谦逊有礼，道：“无事，劳船家费心。她是伤到了头，无药可救。”

我：“……”你才伤到了脑子呢！

这湖大，约莫渡河需要一个时辰。天色渐渐暗下来，漫天星斗落到湖中，这河也变成了一片星河。

江寻带我出船舱，坐到船头。他突然喊我躺下，闭上眼睛，感受这一夜星光。我照做，但还是忍不住偷偷睁开眼，就见江寻翻身，单臂撑在我肩侧，含情脉脉地看着我。

这一夜，夜色尚好。江寻的眉眼动人，气息清甜。他身后是漫天繁星，熠熠生辉，将他衬得犹如世外谪仙，芝兰玉树。

我情不自禁被其美色所惑，沉溺其中，再不能醒。

江寻陪我玩了一会儿，到岸，便打算下船了。哪知，还未来得及踏出船舱，迎面便冲过来一伙人，各个凶神恶煞，携狼牙棒与长枪，不要命地将枪头往江寻侧脸上怼。

他们没料到江寻是个暴脾气加洁癖，本就不适应乌泱泱的一片人，如今还有人当面给他下马威，怕是活得不耐烦了。于是乎他微微一笑，五指掐住长枪，使了一点点劲。只听得长枪传来“咔嚓”一声巨响，应声而断。

山贼头子不信邪，再递过来一柄长枪：“你再捏个给我看看……”

江寻斜他一眼，嘴里骂：“有病。”

那人的确有病，就不怕江寻怒火中烧，将他们的命根子捏爆吗？

这种场面实在不雅，我就想了想，嘴上没敢说。

江寻回头，见船家可怜，已是吓得跪地，直呼救命。于是，他更不爽了，皱眉问：“滚还是不滚？”

“不滚。”山贼头子很有气节，说不走就是不走。他从马上一跃而下，赖在地上，打算打持久战。

没一会儿，他突然从马背上的两个囊袋中搬出一木盒子装的饭菜，兄弟几个分着吃，让江寻饿肚子干看着。

我瞠目结舌，没想到现在的山贼还会玩心理战。想让江寻受饿受累，情绪崩溃，然后屈于淫威。

哪知江寻不为所动，就那么干看着许久。

山贼头子不开心了，正要说话，却听手下道：“老大，不好了。

刘县令带官兵上山了，恐怕是这位公子来头不小，开罪不起。”

山贼头子一看就是见过大场面的，识时务者为俊杰。他给江寻递了坛梅花醉说：“公子误会了，我们兄弟几个是看来了新人，这才堵码头迎接一番。这是见面礼，我自家酿的酒，滋味不错，你也尝尝……”

江寻冷眼看他做戏，一句话都不说，看起来很不领情。

山贼头子无法子，只能上马，问：“你刚才让我滚，还作数吗？”

“你说呢？”江寻冷冷一笑。

“那我们滚了，官家和公子就别送了。”

于是他们领着人马，策马狂奔入山。还没跑远，就被一众官差赶下来了，很尴尬。

我都嫌丢人，没敢多看。

刘县令是个肚腩极大的老头，见了江寻，作揖，恭敬地道：“江大人远道而来，有失远迎，险些被贼子所害，是下官的罪过，下官罪该万死。”

江寻回礼：“刘大人不必多礼，有话便在我府中谈吧。步行一刻钟便到，寒舍简陋，还望大人莫要嫌弃。”

“怎会，怎会。”刘县令见江寻和气，小心翼翼擦拭了额头的热汗，领着官兵一路将我们送回了家。

寒暄几句，刘县令便打算走了。哪知他想带山贼头子走，江寻却不肯，让他放人。

“没料到江大人一片菩萨心肠，还不快拜谢大人。”

山贼头子腿软，正要跪下，却被江寻一脚踢了起来。江寻道：“莫要谢我，留你们在府中不过是想滥用私刑，报方才拦路之仇。作为头子，你得分好歹，做个榜样，哪能乱谢恩。”

一时间，山庄里的气氛很凝重，山贼们无话可说，就这么静静看着江寻……

这哪是戏本子里宅心仁厚的江青天，他明明是地狱而来的厉鬼，要置人于死地。

山贼们站在门边一动都不敢动，江寻吩咐庄子里的老奴去置办办吃食。没一会儿，便上了一整桌的菜。江寻一边吃，一边让饥肠辘辘的山贼头子看着。

我觉得这样不太好，发了善心，给他们每人递了一个馒头。发完了，我再回头看江寻，他默不作声，自顾自地吃自己的饭。

如果江寻不同意，定会第一时间阻止我。他什么都没说，代表他也是默许我的行为。他也并没有像别人所想的那般阴险凶恶，不过是做做样子，也可以说，他温柔的一面只给我看。

这样一说，我又觉得江寻可怜。没有人懂他的慈悲心肠，就我了解他。他是寂寞而孤傲的，想来前二十年，没有我这等知趣晓意的女子在，他的日子过得不太好。

山贼们吃得狼吞虎咽，我又端来几碟山芋和冬笋，让他们当配菜。

江寻突然问：“尔等当山贼流寇有多长的时日了？”

山贼头子道：“不瞒大人，我等本是茅台村村民，去年涝灾，颗粒无收，朝廷不发粮食下来，家里饿的饿，死的死，唯有上山做贼，拦截过路的官家贵人，方才有口饭吃。我等随卑鄙，抢人钱财，却从不伤人，手上没沾过血，大人信我。”

江寻“哦”了一声道：“我这庄子后头有几亩薄田，若是尔等不介意，可在田边上置办几个棚屋，平日种出新鲜瓜果，给我府上送些，便当租金了。”

傻子都懂，江寻这是送田呢！

山贼头子有了出路，领着兄弟跪下，热泪盈眶，直唤江寻为青天大老爷。

江寻继续喝酒吃菜，不为所动：“不过是想和你们讨些新鲜果蔬来食，是我占了便宜，哪来的谢不谢。你们去休息吧，明日我会让李伯帮忙搭棚。田里松过土后，便可耕种了。”

江寻看似铁石心肠，懂他的人才知，这厮有一腔侠骨柔情，比谁都要心软。

打发走了他们，江寻也放下了筷子，不吃了。我凑上前去，夸赞江寻：“夫君真厉害。”

“哦？夫人怎么想起夸为夫了？”

“夫君菩萨心肠，救百姓于水火之间。”

“顺手罢了，我没心思去救其他人。”

“啊？”

江寻捏住我的下颚，轻声道：“我这人贪心自私，这一世，只想和你躲山里过过清闲日子，什么荣华富贵、滔天权势，我都不想要，我只想要你。”

江寻突然表白，让我有些蒙。我呼吸急促，胸腔里顿时涌上热流，在血脉间游走翻涌，浑身充斥暖意。

我想说些什么，可嘴笨，愣是结一个字都说不出来。

江寻望着我，双目灼灼，忽然一笑，嗓音低哑深沉。他道：“夫人喜欢为夫说这些吗？”

“喜欢……”我老老实实点头。

他勾唇，指尖微微抚动我的脸颊，暧昧低语：“那你且听好了，这番话，我也只说与你一人听。”

这句话，刻骨铭心，在我心尖上残留许久。

直到几天后的一个夜里，有一名女子携带着江寻亲笔所写的情书寻到我面前。她将江寻那件带血的长衫与信交于我道：“小女碧莲见过夫人，此番来寻江大人，无非是想亲眼瞧瞧他的身子好些了没。之前大人不告而别，只余书信一封，小女甚是担忧，如今知道他恢复记忆，便无所求了。往日的山盟海誓，小女便当做一场梦，梦醒了，便忘了，再不会来打扰夫人。”

江寻不在府上，我不好辨别衣物与信的真伪。

可我也不是傻子，那字迹一看确实是出自江寻之手，信上写道：“这一世，我只想与你厮守，再无所求。”

信既然是这名女子的，那便是写给她的。

我再吃醋，也无法，毕竟这是江寻失忆时结下的桃花债。他不记得我，谈不上背叛，也谈不上出轨。一切皆有缘故，都算我倒霉。

我不敢赶江寻心上人出府，忍着满腔醋意地道：“姑娘先在府中住下吧，等夫君回来，我再问问他。若是他负了你……”

碧莲似有期待，忍不住抬头，殷切地望向我。

我叹了一口气，伤感地道：“若是他负了你，算你倒霉。”

“……”碧莲无话可说。

呵呵，她还以为我会允许江寻纳妾吗？在这世道，只许我招纳面首，不许江寻纳妾。我就是这般霸道，不服打我。

江寻回来的那日，给我带了一只三花猫，吃得跟个球似的，肚白滚圆，身上贴着黄褐色的花块。江寻给它取名包子，五行属水的名，利我。

我想了想，不妥，这名儿太高大上，不合适。于是我对江寻说：“换个吧。”

江寻无所谓，轻呷了一口茶，准了。

我喊它：“馍。”

他一口茶喷出，瞪我一眼道：“休想。”

行吧，那就包子吧。我这个人很随和，和江寻意见相左便听他的，意见相同就听我的，好说话。

聊了自家猫许久，他总算想起来角落里还站着一名沉鱼落雁的美人。江寻和我嘀咕：“喊什么碧莲，倒和莲花没什么关系，狐媚相儿。”

没想到江寻出门一趟，嘴倒是又甜了几分，我心甚慰。

哪知，碧莲一见江寻就梨花带雨，咬着唇，缓步挪过来问：“大人不记得小女了吗？”

江寻神态自若：“不巧，不记得，姑娘哪位？”

“这是大人留给小女的信与衣物，大人那时摔下山崖，便是小女救了你。”

“所以呢？”江寻差人给她拿了二百两银子，轰她走，“拿了钱便走吧。”

碧莲目瞪口呆，她原以为能撑个几天，哪知江寻是油盐不进的主儿，捂着耳朵不听就是不听。

她结巴着问：“江大人这么绝情吗？一句不记得便过了吗？即便大人始乱终弃，也不能在夫人面前这般撒谎。”

我倒吸一口凉气，倒不是被她话所震慑，而是碧莲这女人着实不要命了。

江寻这厮最讨厌被人冤枉了，他当即怒斥：“没错，我便是这样始乱终弃的人，你快些走吧，不然我还得雇人赶你。”

大厅里很静，连呼吸声都变得尴尬。

作为江寻的女人，我心甚喜，但换个角度，多方面分析，我又觉得江寻这个人吧，人品着实有问题。这信和衣物不似造假，他难道为了讨我欢心，就可以将过往他与碧莲的甜蜜全盘否认吗？

这样的男人看似忠贞，实则寡情冷淡。

许是相由心生，我看江寻的目光便有些意味深长，带点鄙夷。

他察觉，回头瞥我，一双凤眼微微上扬，啧了一声问：“夫人可是对为夫有意见？”

“不敢。”我缩了缩脑袋，腹诽：我夫君还是我夫君，无论他做了什么事情，他都是我的天。唉，当代像我这样的贤妻良母不多了，望珍惜。

赶走了碧莲，江寻突然拦住我，纤长的五指抵住我雕花木椅的扶手处，将我困在其中。他审视我许久，突然语气不善地道：“你可是不信我？”

这次，江寻怕是心凉凉。他没唤我阿朝，也没唤我夫人，话里的每一个字都透露着危险的信息。

我有些㞞，面对如豺狼虎一般的江寻，不敢动弹，腚儿都紧绷绷硬邦邦的，僵直着脊背，可以说是很害怕了。

他在等我答案，等了许久，我支支吾吾憋出一句：“倒不是不信夫君，就是夫君看起来不太可信。”

我壮着胆子说了句实话，惹来他一声嗤笑：“为夫失忆，乃是造假之事。这是我与父君设下的一个局，那封信与衣物也不过是伪造，就为了让他们派出眼线碧莲，探我虚实。如今这些王氏余孽已有所察觉，若不想死，便该夹紧尾巴做人，少在我眼前晃悠。”

“……”我很尴尬，江寻说的阴谋诡计，我一个都不懂。我一个妇道人家，在意的只有谈情说爱这等小事，那日我去黑市寻欢作乐，倒是真的，还被伪装失忆的亲夫撞上，大忌。

我舔了舔下唇道：“那日我去黑市，实际上是有要事在身，碰巧路过。我想夫君想得夜不能寐，你要知我心，莫要怀疑我。”

“……”江寻微笑着看着我，并未言语。

糟了，这样的江寻才最可怕。我心头一窒，刚想说话，就被江寻给控制住了。

我好不容易挣脱他，灌了好几口热茶，才说道：“夫君要亲我，为何不先打一声招呼？”

他还在气头上，理了理衣襟，冷哼：“若是先和夫人说了，你还会让为夫得逞吗？”

“如何不会？”我踮脚，亲了一口他的侧脸，道，“我还会这样。”

江寻一愣，突然抬起长袖挡脸，另一手轻抚吻过的面颊，耳尖烧红。

我觉得好笑，逗他：“原来夫君也会羞啊？”

“莫要多话。”

“哦，夫君怕羞，说不得，说不得。”

“……”

恼羞成怒的江寻最终掐住我的脸，勒令我别再说了。

好的，我保证，那个，你松松手。

夜里，江寻突然将昏昏欲睡的我揽到怀里，对着我的耳朵，哑着嗓子道：“这两年，阿朝与为夫分离，夜里可曾为我落过一滴泪？”

我实在是困，看着他含糊不清地道：“夫君莫要矫情，你乃是我第一个男人，我不想你想谁呢？”

江寻听了很受用，隔了没一刻钟，他突然又掐住我脸，阴恻恻地道：“夫人言下之意是，还会有第二个男人？”

“……”江寻何时变得这么精明的？我咂舌，一下子竟说不出话来。

他突然将我死死按到怀中，让我不得动弹。江寻暧昧地道：“今晚若是讲不清楚，为夫要你好看。所幸现已罢官还乡，明日不用早朝，能与夫人耗上三更天。”

我深吸一口气，腹诽：可以的，算你狠。

江寻那双满是风情的凤眼盯了我好久，未语人先冷笑：“夫人想好借口糊弄为夫了吗？”

我诚实地道：“还未想好，再给我一刻钟。”

话音刚落，我脸又被扯住了。

“……”男人心海底针。

“罢了，我早知夫人狼心狗肺的性子，何必自取其辱。”

“这话就不对了。”

“哦？”

“夫君假死期间，我好歹为你守了两年身。”

“你若是哪日成亲了，我便不顾计谋，诈尸归来。”

“……”我如鲠在喉，怕了他了。

我拍了拍江寻的脸，他脸侧的皮肤尚好，掐上一把油光水滑，我很满意。就这么占了点便宜以后，我道：“夫君没消息的那日，我坐在府中黯然神伤，夜里食不知味，饿了足足四个时辰，可怜得很。”

江寻抿唇许久道：“我倒是听说，那日夫人挨不住饿，子时唤人切了四两猪头肉配一壶温过的蜂蜜桂花酿，对月小酌，好不快活。”

还有这等事？我皱眉，想了半天，没想起来。

我干干两声笑：“夫君派人暗中监视我？就这般不信任我吗？”

“你觉得你值得我信吗？”

“值得啊！你那探子说了谎，我明明只喊了三两猪头肉并一壶蜜饯桃花酿！”

“呵，总算说实话了。”江寻说完，我的脸颊肉又被掐住了。

我：“……”

母后对我说，这世上最虚假的两件事便是男人的话与男人的心，起初我不懂，如今算是了解了个透彻。江寻这厮肚里黑成墨，只会在家中把我骗得团团转。

夜里，许是我惦记着白日里说的那几两猪头肉，梦里梦到江寻给我炸了一盘鸡腿，我正嗷嗷叫着扑过去，便醒了。

我睁开眼，迷迷瞪瞪发现自己是被饿醒了。再没有比在梦里被饿醒更惨的事了。

我推了推一侧的江寻，唇贴他耳垂低低地唤："夫君，我饿。"

"嗯？"江寻睁开眼，带点慵懒的起床气，眼神阴沉。

"夫君的小娇妻想食炸鸡腿，鸡腿放在酱汁里腌一刻钟，再裹上麦粉炸一下，外焦里嫩，滋味甚好。"

"哦，既然是小娇妻饿了，便让小娇妻饿去，左右没我和夫人什么事，继续睡吧。"他翻了个身，闭眼又要入眠。

我一愣，片刻回过味来，他这是讽刺我不娇柔可人，担不上小娇妻这个虚名。行吧，我忍。

我咬唇，再唤一句："夫君，我饿了嘛，我想吃炸鸡腿，裹麦粉的那种。伙房里有十几斤的面，前几日我让人从镇子上挑过来的，炸鸡正好。"

"傻子。"江寻一笑，披衣起身道，"过几日给你雇个夜里烧火的厨娘，想吃些什么催她去弄，莫要扰我清修。"

我牵着江寻的手，随他一同走出寝房。走两步，我停下，看着江寻，就着月色搓了搓掌心，腼腆地道："也不是没有夜里做饭的厨娘，可我只想吃夫君煮的吃食。无论是饺子还是馄饨，就算是地里现挖的野菜做的野菜饼也与寻常滋味不同，我说不出来，就是爱吃，许是夫君厨艺高超，旁人学不来。"

江寻的脚步一滞，回头看我。他没束冠，长长的青灰色缎带将发尾一绑，便扎在脑后。脸侧的黑发如墨，松松垮垮，几乎遮住那双黑沉的凤眸。即使姿态散漫，这名男子亦十分好看，微微一动便拨撩我心，牵涉我三魂七魄。

我开窍得晚，婚后这般久才懂了江寻的好，才能分辨出男子的姿容美丑，实是遗憾。

他招招手，唤我过去，在廊道的那头与我说道："阿朝这是心悦我。"

江寻这般说，我没否认。

隔了许久，江寻轻轻一笑，如濯清涟而不妖的白莲那般自带芳雅姿仪。他对我小声地说："我亦心悦阿朝。"

突然被江寻告白，我还未做好准备，咬了咬下唇，闷头走过去抓他的袖子。

江寻将我裹入他的大氅中，一步一步陪我朝伙房走，这般岁月静好，仿佛此路一直延伸，不会有尽头。

白日里厨娘杀了一只鸡，我没胃口吃，于是就放在井水底下的盆里，井里温度低，平日里吃不完的熟菜倒了可惜，乡下人都这般冷却放置，不容易发臭。

江寻不是那种山珍海味养出来的豪门大户，也是从苦日子过来的，于是他一见水井便去拉绳，知道里头有东西。

他将剖好的鸡剁成小块，裹上酱油并几瓣蒜与花椒，再淋上一勺辣酱腌制，待过了一刻钟，裹上鸡蛋汁加麦粉煎炸。

这种煮法我是听母后请来的民间江湖术士说过，相传在风沙肆虐的番邦，平日里没个正经吃法，便将鸡鸭牛羊的肉裹粉煎炸，包在被火烤得干透了的叶里，带入大漠当干粮吃。这点子和中原的叫花鸡有一拼，只不过一个丢火里烤，一个丢油里煎，都不是什么安生活计。

可怜了这些肥美软滑的鸡，每日每夜长膘，长得再美再壮，都得塞到我嘴里。

“你在想些什么？”江寻停下手里翻肉的铁铲，问我。

“在心疼这只鸡。”

“猫哭耗子假慈悲，直言要吃它的是你，现在心疼的又是你。左右我都是做坏人的那个，无论是纵你吃喝，还是阻你吃喝。”江寻说了两句，还不由叹了一口气，讲得好似真的一般，将我唬得一愣一愣的。

我道：“罢了，人的命尚有定数，更别提鸡了。”

江寻听得有趣，笑了一声：“哦？此话怎讲？”

“鸡被人养到这般大，好吃好喝供着，等大了便是任人宰割的命，我也是这般。想当年在宫里，母后锦衣玉食喂养着，哪知我大了，竟被狼叼走了。这年头，女子不容易，以夫为天，连反抗的能力都没有，就如砧板上的鱼肉任人宰割。”

“夫人的言下之意是，为夫便是那匹惯爱行凶作恶的孤狼？”

我舌头打了个结，结结巴巴地道：“我倒没这个意思，夫君莫要多想。你瞧，这鸡肉炸得外焦里嫩，吃起来定当爽口。”

“呵，我瞧夫人这身皮肉也挺好，吹弹可破，食起来也别有一番滋味。”

“……”我听这话音不对，急忙闭嘴了。

没料到我枕边人竟是这般小肚鸡肠，一时间倒有些讪讪，算我识人不清，自认倒霉。

鸡肉炸好，江寻特地给我削了根黄瓜，拌醋与芝麻沙，解腻。

我一口桂花酿，一口鸡肉，再有江寻举世无双的容貌养眼，吃得十分开怀。过了一会儿，我停下箸，与他道：“今日吃这鸡肉，倒是想起一件事来。”

“哦？”江寻抿了口酒，侧目，懒洋洋地瞥我一眼。

“多年前，我与母后微服私访时在民间走散。有歹人见我容貌极佳，就想拐走我，是一名行侠仗义的侠客救了我，在城隍庙中还给我一只麻雀小翅吃。”

江寻皱眉：“何人如此小气，一只雀子，竟只给你一只小翅？”

“重点不是这个。”

“哦？”

“我见他有一佩玉坠在腰间，上面刻了字，兰杜。”

江寻愣了一瞬，倒没说话。

我继续道：“若是我没记错的话，夫君名寻，字兰杜，对吗？”

“倒是不太记得了。”

“一只雀子有巴掌大，被炭火烤得肥美，夫君竟只给我一只翅膀，让我眼睁睁瞧着你吃。”

“许是夫人记错了，为夫何时有发善心的时刻，救你的人，必定不是我。”

“哦，我本想说，既然救了我的命，我便以身相许吧。”

“那便是我救的。”

“……”

气氛很尴尬，江寻干咳一声，给我夹了一块鸡肉，解释道：“少不更事，谁都有做错的时候，总不能因我吃的肉多你便记恨我吧。若是夫人还不解气，那就罚我吧。”

“免了，你我是夫妻，这般客气作甚？”我干笑一声，江寻也笑了。

江寻是狼也就罢了，还不许我翻旧账，这般霸道，让我束手无策。

吃饱喝足后，江寻牵着我的手朝月亮走。月光洒在他的发间，浓黑如墨的发缎熠熠生辉，如披银纱，随时幻风而去。凝重如雪的月色与湿冷清寒的霜色，他便是人间第三种绝色。

我看得有些痴，伸手去触江寻的脸颊道：“夫君这般貌美，与我比虽差了些，倒也是国色天香。”

“夫人用词倒是妙。”

“哦？如何个妙法？”

“夫人用词向来偏颇，从未用对过。”

“……”我谢谢你啦。

江寻一笑，突然执住我腕骨，将我扣到冰冷的墙上。嗓音低低哑哑，对我道：“夫人真是，真绝色。”

语毕，他便用唇轻轻啄了一下我的侧脸。笑了笑，便放开了我。

我的手被江寻弄得有些疼，也并不知道他只是亲我一下。我往后退一步，脚底不稳，一个打滑往他怀中摔，正巧被扣在胸前，倒似我投怀送抱。

江寻见状，低低地笑。那笑声清清浅浅，意外好听。零零散散从四周抖过来，钻入耳郭，像羽毛挠着心头肉似的，酥酥麻麻，撩人不已，他也不自知。

我面红耳赤，心中直骂，这次恐怕是丢人丢到姥姥家，有口难言了。

不是你想的那样，我不想，我没有，我不干。

江寻没有闹，便松开我。还算是他有点良知。

我心有余悸，腿肚子还在发软。倒不是怕江寻，左不过是他总是不挑时机，随时随地发难。我想了想，若是他在屋内朝我发难，那说不准我娇羞一笑便欲拒还迎了，今时不同往日，他是在屋外和我鬼混，这可使不得，要是被下人们看到，很丢我一家之主……的小娇妻的脸。

我得立起来，如母后教我的那般，在外头得有排面，威风凛凛的那种。

我舔了舔下唇，决定提醒一番江寻。

我迟疑一刻钟道："那个……"

"嗯？"江寻斜斜睥我一眼，嘴角上扬，问，"夫人有何指教？"

"日后在外面，夫君不可……"

"不可什么？"他停下脚步，月白皂靴悬在空中，微微缩了回来，站定了，看我。

我咬牙，狠下心说："不许亲我，在外头，不要这样。"

"为何？"

"让旁人看见不大好。"

"哦，夫人是担心此番羡煞旁人。"

"……"什么？我有点不懂江寻的想法，他是不是想歪了。

"也罢，那便随夫人的意吧。"

我没说话，虽然感觉他的话有点不对劲，但是再怎么说也达到我的目的了，那就略过好了。母后曾曰："不管用什么伎俩、吹什么枕边风，达到我们的目的就罢了，旁的不用在意。"

我就是那祸国妖姬，不管江寻怎么想，亡了这国，我就开心了。

又走了几步，江寻这人事多，突然问我："夫人可知今日是什么日子？”

我愿讨他欢心，便道：“是夫君初次给我吃炸鸡腿子的日子。”

江寻沉默了，不知是背光使得脸看起来黑，还是他心情不爽给的感觉，我总觉得他脸色不善，想拿我开刀。

我颤颤巍巍地道：“难不成我说错了？”

“呵，夫人如何会错呢？”

“我就说嘛，我这种人，温柔小意，如何会惹夫君生气。”

“……”江寻如鲠在喉，没出声，又领我朝前走。

走了两步，他停下来：“我等夫人一宿，就想等夫人一句话。”

“什么话？”我有种不祥的预感，突然捂住他的嘴，激动地道，“夫君别说，让我猜一猜。”

“……”江寻欲言又止。

我看了看天色，现在是月黑风高夜，江寻憋了整整一宿都难以启齿的话，难道是……他又想说想同我生孩子？

这可万万使不得，我岂是那种爱寻刺激之辈？再说了，这可是要在鬼门关走一遭的啊。

我抿唇，道：“夫君不可说，万万使不得。”

“嗯？”

“你竟想同我在园内行……”我话没说完，便被江寻捂住了嘴。

他极其难堪，恶狠狠地道：“莫要胡说。”

难道我猜错了？我疑惑地看了他一眼，又想，既然不是面红耳赤之事，那会是什么事？难道是要同我和离吗？

我痛心疾首地腹诽：早该想到了，我和江寻同床共枕多年，又未曾为他诞下麟儿，江家无后，他不想要我是可以理解的。我原以为江寻与众不同，哪知他也是和那些负心汉一丘之貉。

也罢，是我与他无缘分，当不得是我错。今日他若是将这句话说出口，倒显得我成了下堂妻，我决定先发制人，先休了他。

我清了清嗓子，对他道："我明白了，和夫君在一起这么些年，没夫妻情谊，也有挚友之情。今日一别，你我两清，再不相见，免得夫君烦忧到半夜，夜不能寐。"

江寻的眉峰皱起，忽然扯住我脸问："夫人可知你这番话是什么意思？"

"意思倒很明白，就不知夫君是什么意思了……"男人都是一个样，冷战许久，等着女子来提和离，这样倒能把他摘得干干净净，还没渣男的名头。

"今日是为夫生辰，等了一宿发现，夫人是真的忘得一干二净。"

我屏住呼吸，原来真是我会错了意。这下很尴尬了，我不知该如何挽回江寻。

只见他冷哼一声，拂袖走人："夫人不将我放在心上也就罢了，还日日说这些话扎我的心，可见你没半点心肝，对我毫无半点儿女情长之思。"

"夫君，且慢，听我解释。"我急急忙忙追上去，脚下一个踉跄，险些摔倒在地。然而今天的江寻是狠心寻，根本不肯来扶我，只远远瞥我一眼走了。

临走前，他还摔下一句话："我不听，这几日便莫要见了，我去前头院子歇两夜。"

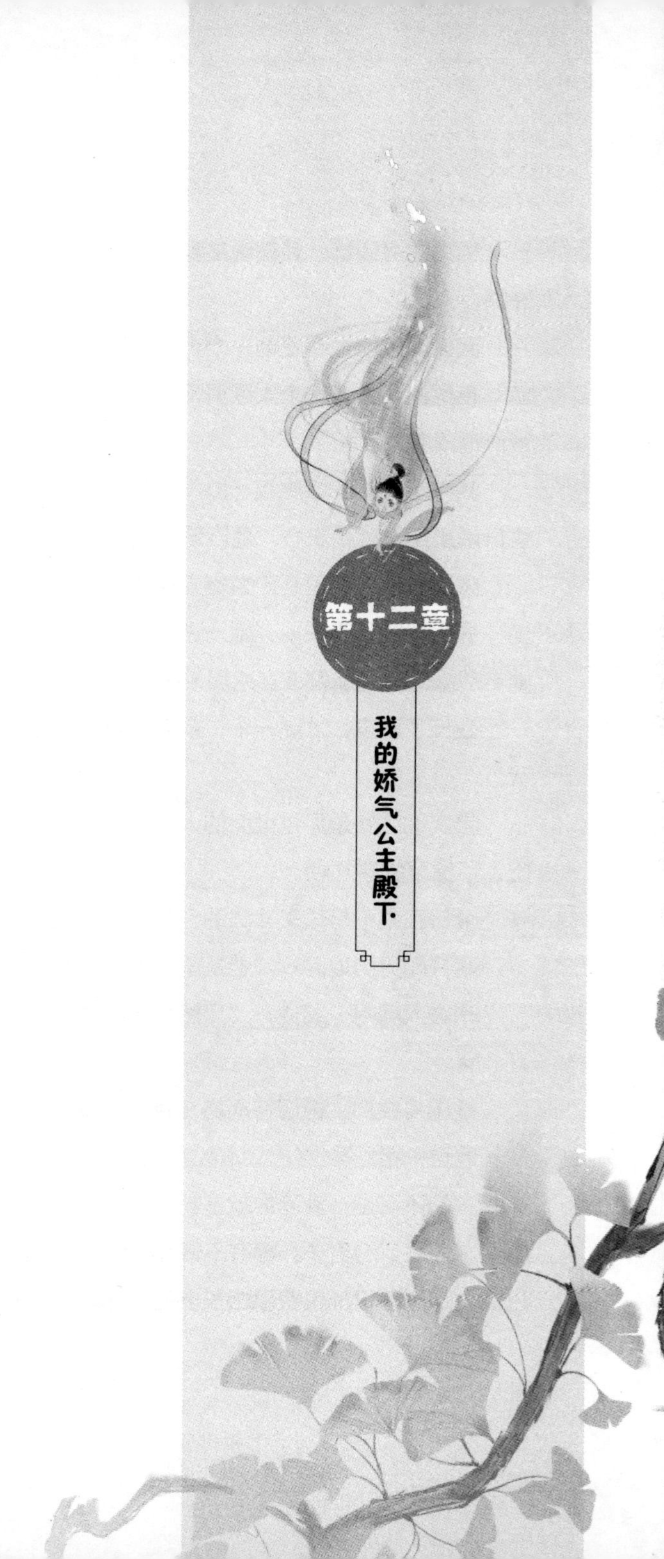

第十二章

我的娇气公主殿下

男人心海底针，我都说是我错了，哪知江寻脾气见长，一点都不好哄。

我失魂落魄地看着他一个人回了屋，只留给我一个背影。

夜更深了，我一个人饿得睡不着，不知江寻是不是同我一般，也饿得睡不着。

我以手枕头，悠悠叹一口气。我痛定思痛，总不能再这般下去，往日都是江寻讨我欢心，是该轮到我哄哄他。

隔日，我找邻里几户富贵人家取取经。

先见我的是李夫人，她一进门就招呼我吃荔枝，炫耀了一番这是她老爷派人快马加鞭冻在冰里带来的，累死了四匹马，七日内便到了。

我笑了两声，才剥一个，余下的荔枝便让她收了回去，不舍得给我。

老实说，我是见过世面的人，荔枝在宫里，我从小到大拿来当饭吃，不稀罕她这几颗。

今日我来不是炫夫斗法的，是打算与她谈谈驭夫之道的。

我开门见山地问："若是李夫人惹你家老爷生气，该如何办？"

李夫人呵呵一笑道："自然是送两个知情知意的女子让我家老爷开心啊。"

她出身农户，说话特别糙。我没介意，又问："若是我夫君不喜欢其他女子呢？"

"绝不可能！我瞧你就是新嫁入府，还没做过几年当家夫人不懂事。这天底下的男子，哪有不偷腥不贪新鲜的？他知你善妒，不敢说出口，实则心里都想着那档子事呢！你若是顺水推舟送上几个人，他反倒会觉得你贤淑大度，愈发待你好。”

竟是这样？我恍然大悟。

说实话，我是第一次成亲，经验不足，李夫人嫁人 多年，自然比我的道行深。

江寻若是贪欢，我顺水推舟送个美人上去，定教他欢喜。

可他欢喜了，我定然是不欢喜的。我可能就是不太大度的那种人，我不喜欢与他人同享夫君。若是有人和我抢江寻，倒不如阉了他，这样我还痛快一些。

我想了想，还是回府先写一封信，问问江寻的意思，他要是真喜欢外头的扬州瘦马，那我也没法子。

我点了朱砂，奋笔疾书写了一份“血书”：

君若无情我便休。夫君是不是心里有人？想着和其他温柔小意的女子在一块儿？我若是送夫君两三个如花似玉的女子，是否能讨你欢心？

我怕他不懂我意思，在纸的最下端，写了一行米粒大小的字：

若你说是，我便休了你。

这封信送了不到一个时辰，便有下人来传话：“开门。”

我：“……”江寻这是来找我麻烦了？

我想了想，把房门上了栓。这下清净了。

才过片刻，江寻突然翻窗进来。他眼底黑浓如墨，深不可测，脸色发黑，与我道：“才十个时辰未见，夫人胡闹的招数就见长了，真是了不得。”

“夫君谬赞。”

“不是夸你。”

“……”哦。

我望着这样死气沉沉的江寻，紧张到说不出话来，小声地问他：“夫君可看过我给你写的那封信？”

“嗯。”他敷衍了事回答一句，没多说些其他的话。

我舔了舔下唇：“夫君是如何想的？”

“我如何想的，你不知吗？”

“……”他一副兴师问罪的姿态，让我不敢多说话。

“我心里眼里本就只有你一人，我待你如何，你平日里不知晓吗？阿朝，你心里究竟有没有我？”

我抿唇说：“我心里自然是有夫君的，昨夜夫君不在，我饿得睡不着。若是夫君在，定会不嫌我叨扰，给我煮饺子、熬粥喝。我想夫君，夜里特别想。”

江寻定定看我许久，最终叹了一口气道：“也罢，我和你计较些什么。你给我记住，若是再说些让我寻其他女子的话，我便要你好看！”

我震惊。这才二十个时辰未见，江寻怎就这般霸道了？

江寻心情好了，与我说话也不再恶声恶气。

他在一侧看书，我剥桔子与他道：“让我给夫君寻妾室这招，是隔壁李夫人出的主意。她的夫君宠她，还给她快马加鞭挑了一筐荔枝来，可谓是‘一骑红尘妃子笑，无人知是荔枝来。’”

江寻笑了一声道：“还真是活久了什么都能见着，为夫三生有幸，听得夫人念了生平第一句诗，虽是言些不着边际的野史，倒也算是长进。”

“……”我就知道江寻的重点总和别人不太一样。

我清了清嗓子，继续说：“重点不在此处，重点在于别家的夫人都有荔枝吃。”

江寻翻了一页书，漫不经心答：“为夫家徒四壁，别说荔枝，过几日连橘子都要买不起了，你可千万别和人家比。她是富贵人家的夫人，你是江某一介穷书生的娇妻，所谓嫁鸡随鸡嫁狗随狗，你跟了我，便得勤俭持家一些了。”

我不太开心，嘀咕道：“她是富贵人家，那我以前也是皇亲国戚啊。”

江寻又笑：“夫人所言极是。好了，不逗你了，不就是一筐荔枝，倒值得你馋成这般。母后今日不单给你快马加鞭送了些鲜果荔枝，还给你搬了几箩冰砖来。这冰砖浸在井水中，得有小半月才融化，可供你消暑半月。”

我美滋滋地道：“还是母后疼我。”

“母后疼你，为夫便不疼你吗？”

我仔细想了想，同是一个娘，我让母后多疼疼江寻，她偏不肯，就宠我一人，想来江寻也是吃味的。

于是，我安抚他道：“夫君待我也好。”

“既然如此，我与你母后掉入水中，你先救哪个？”

这是什么怪问题？我手里的西瓜瞬间掉地，我像一只猹，茫然无措地站在田野里，望瓜兴叹。

我想开溜，江寻却不饶我。他步步紧逼，继续问：“阿朝，你会先救谁？”

江寻的目光殷切，看似在笑，眼底却森寒。我是和他做了夫妻的人，自然知道他心中所思，没什么好事。

于是，我回："自然是救夫君。"母后会凫水。

江寻很受用，最后为避免不孝才道："母后会凫水，救为夫也是应当的。"

"哦？原来如此，我竟都不知道！"我装惊讶，腹诽：好险，总算捡回一条命。

许是母后上了年纪，也像那些寻常人一般想抱孙子。

这日，她给我寄了一封家书，字里行间痛斥圣上，左右逃不过方才四五岁的稚儿就得到朝堂听政，下朝后还得开蒙识字，不能再像从前一样被她搂抱入怀，心肝儿般的宠。这就是帝王家的无奈，难怪江寻不肯沾染朝堂事。若是浸淫权势，哪有现在的逍遥自在？

写了最后，又特意问了问我肚里的情况。对于这一点，我也很忧愁，不是我不想为江寻开枝散叶，而是我实在无能为力。

你看看，天大旱闹饥荒的时候，大家伙儿都会问沛雨甘霖何时来，哪问过这田地干燥何时能种粮食？

江寻不能生，我也没有办法。

我叹了一口气，给母后写了一封家书，中心主旨围绕"我们很努力，奈何江寻不孕不育"。

然而这封信才刚写完，就被江寻拦截了。

我大气都不敢喘，想为自己解释一番："夫君，你听我解释，不是你想的那样。"

江寻冷冷地笑："哦？夫人白纸黑字写了个清清楚楚，又如何怪为夫想岔了？"

"……"

"夫人是真想要一双儿女？"

"为夫君开枝散叶，自然欢喜。"

"说实话。"

"怕生孩子，有些疼，都说是女子鬼门关，我怕我过不去，就见不到夫君了。"

江寻望着我，一双上挑的凤眸深不可测，许久后，他才开口："孩子与你，还是你重要。"

说完，把信又还给我，让我交于信差。

这封信很明显起了效果，母后虽失望，不能在宫中含饴弄孙，但也没多说什么，只送了些药材来，看看能不能让江寻这下半身枯木逢春。

日子兜兜转转过去，又是一年冬天。

这夜初雪，整个镇子银装素裹，月光洒在地面，星星点点生辉，璀璨如天宫。

江寻约我入山游玩，他在半山腰处扎了个小棚，水混土泥制成的墙，上头搭了个简易棚屋，里头烤炭，不冒火的那种，可供暖一夜。

我披着厚实的大氅，手里撕着猪肉煎饼，小口小口地吃着。这夜星光正好，幽蓝色的天里躺着一条银光迷离的星河，像是镜花水月的一场梦。

江寻将我搂入怀中，轻轻问："好看吗？"

我点了点头，嘴里的饼还未咽下去，等了一会儿，答他：“好看。”

他抿一口梅花酿，眸光深邃而明亮，喉头滑动许久，才说：“今生有美酒与夫人相伴，足矣。”

我心头悸动，默不作声地吃饼。

的确，想我遭遇前朝旧事，若不是江寻冒死护我，我哪能大难不死，从宫中逃出来。

他护我、敬我、爱我，我也不是铁石心肠，哪能不知。只是我生性疏懒，不爱多动思虑。

这夜风声很大，我赖在他的怀中，轻轻说：“夫君，我心悦你。”

不知他听清了没，片刻，江寻低头，将薄凉的唇覆了上来。

我想，无论听没听到都不要紧。江寻比我聪慧，比我通人情，晓世故，入得世间泥泞，出得天上纯然。这样的人，定然是知道我心中所思所想的，且从始至终都是知我心意。

江寻在等一个答案，等我多年以后，是否会亲口诉说爱慕。

我心悦他，喜欢他，愿一心待他，将真心交付。

莫提前世，莫问来生，今朝与他同心锁，来年描眉待春归。我愿追随他策马天涯，年年岁岁暮暮朝朝。

这时，我突然想到母后的一句话：人一生在等另一个人，无需旁的话语，他来时，你便知道那是他。

当江寻初次见我，他覆一身雪色大氅，站在花枝下，玉树兰芝。

我没挪开眼，便知是他。

他唤我公主，俯首称臣。

江寻，的确是臣。他是属于我一人的裙下之臣。

【江寻番外】

愿我与你，白头偕老

江寻犹记得最初见她的那一瞬，他在唇齿间反复咀嚼她的名字：阿朝。

晨间的第一缕朝阳，霞光万丈，犹如神降，如她一样。

江寻轻飘飘地瞥了一眼，不敢多看，敛眉低头，装得一副乖顺模样。

她是公主，他是臣子，隔着宫闱重重、帘幕深深，等闲接触不到，更别提相识相知。

他对她说不上一见钟情，倒是时隔许久的再见，偏了几寸心。

许多年前，她还只是个懵懂的小丫头，傻子一样躲在娘的怀中，睁着一双水汪汪的眼，趁着旁人不注意的时候偷偷看他一眼，再看一眼，当他不自知似的。

就是这样的傻子，如今也长成了豆蔻年华的漂亮姑娘，享尽富贵荣华的一国公主。

前朝亡国时，江寻在宫外守着。他有娘留下的口谕，须得接前朝公主逃亡。这一桩事若是干得不漂亮，就会被人知道他包庇前朝余孽，便是满门抄斩。

一国之君，孤家寡人，要守住这朝廷，必要多心多疑，不留隐患。

江寻深谙此间道理，他本就是玩弄权术的乱臣，与纯臣的忠心耿耿相差甚远，若是能在今朝保住官位，不单要效忠，还得做出些业绩，送出前朝公主做大礼便是很好的一项。

他心里充斥着对亲母的恨，面对阿朝也是这般心绪复杂。

他本想将她献给今朝圣上，见面时又犹豫了。

阿朝仿佛什么都不怕，兀自喝酒，见他来就笑，自以为豪爽，却不知那等殊色有多撩人，让他心痒难耐。

他对她心猿意马吗？真是讽刺。

他没见过女人？对他投怀送抱的女子千千万，他何患无妻？

总归是年少时见过的小姑娘，心里有些印象，仅此而已。

江寻莫名想逗她，哑着嗓子开口问："臣欲求娶公主，不知你意下如何？"

她张着樱桃小嘴，哑巴吃黄连一般半天蹦不出一个字，着实好笑。许久后，阿朝才木讷开口："我……意下不如何。"

有趣。他嘴角微勾，抬眸扫了一眼小姑娘，心道：下半辈子，便这般过吧。

【选夫记】

臣欲求娶公主，不知你意下如何？

在我很小的时候，母后问我：“阿朝，若你今后选驸马，要寻个什么样的？”

我想了很久，道不出个所以然。论钱财，我是一朝公主富可敌国，我父皇母后的东西，便是我的东西。我连万里江山都有了，还要什么？论温柔小意，后宫上上下下，哪个胆敢跟我放肆？除了父皇母后，无人敢对我不敬，就连母后也爱惯着我、宠着我。

这样一来，我倒真没什么要求。

我想，大抵是要长得好看吧。脸是父母天生给的，总要好看些，方能俘虏我的心。

我已经怪好看的了，但我总不能天天盯着镜子里的我过活，得再找个朝夕相处的好看人儿。

我认真回答：“我要玉树临风、倾国倾城的那种。”

母后咯咯笑，笑了许久，将我搂到怀里心肝宝贝地哄我说：“母后要给我的阿朝找个世上最好的人，他要长得好看，一心一意待你、爱你。”

“爱我？如同父皇专宠母后那般吗？”

母后的笑容逐渐黯淡，许久后，略带落寞地道：“宠和爱是不一样的。”

“有何差别？”

“前者当你是玩物，后者当你是心头肉。”

“那么，如何知道我的驸马是爱我，还是宠我？”

“当你一无所有，他还要和你在一起的时候，便是爱。”

母后的话，我懂得不多，这可能跟一个人的阅历有关。她经历过许多事，从后宫那些肮脏手段里淬炼出来，自然比我知晓得多。

遇到江寻以后，我也时常在想：他究竟是爱我，还是见我好看才专宠我？

反正我一无所有，只剩下这张脸。

母后还说过，女子的美丽就那么几年，一旦过去，年老色衰之时，不消人说，男子都会躲得远远的。所以，真要夺宠，也得在这两年把男人的心抓得牢牢的。

我不知该如何抓牢江寻的心，我甚至都不知道他心里有没有我。

母后说，他开心了，便会顺理成章地宠你。

于是，我真的学了一点东西，专心哄江寻开心。不知为何，他总是很难被取悦，动不动要说我没心肝。我颇为委屈，我五脏六腑俱在，怎会缺了心肝？

由此可见，江寻很不了解我。

他要的东西总是很多，我明明人都是他的了，他还嫌不够。

我原本不懂，过了好久，好像才明白了一些东西。

那一夜，下着鹅毛大雪。我站在冷冰冰的雪地上，望见街边的灯火辉煌，以及江寻与一名女子交错在花灯里的笑颜。

原来，他笑时也能那般好看，也能和其他女子和平共处，并非只能和我待在一块儿。

我那时常被江寻说成是没心没肝的人，此时我的心却毫无预兆疼痛起来。我的嘴里像是吃了葡萄，又像是吃了黄连，从舌尖一路酸苦到舌根，连话都说不出一句。

我想，这可能就是江寻要得到的东西。无法言状，却真实存在。

这东西有什么好的？又苦又涩，藏在心里还疼，能割掉便最好了。

后来，江寻同我和好，说开了误会。我倒不心疼了，一点异样都没有。

那时，我才知道，原来只要两个人待在一块儿，心肝便会回来。

我一直忘记告诉江寻，我的心肝回来了，其实，它原本就长在我身上，我并不是他所说的没有心肝。

再久一点的岁月里，我想证明给江寻看，瞧我对他的真心。

哪知他驰骋沙场，便再没回来过，一走便是几年。

江寻曾与我说，想睡我寝宫的玉床。我虽少不更事，但也懂姑娘家的闺房是不能轻易给人看的，里头有我的秘密。若是江寻真的立了大功，活着回来，那我就不要我的脸，给他瞧上一眼吧。

我每日都在府内等他，等了许久，记不清是几天几月几年，江寻一直不回来。

有人说，他回不来了。

他还没来得及看我的真心，就不打算回来了？

母后说，生死簿上不收眷恋人间的人。江寻求生欲强，一直眷恋我，怎么会去地底下呢？

我不相信这是真的，可事实非逼我相信。

我是来忘记江寻的，哪知，自己却逐渐将他记起。

我挑了一个很像江寻，但应该不是江寻的人。我宁愿认为他是失忆的江寻，也不肯承认江寻不回来了。

我惯爱自欺欺人，这算是我唯一的优点，也是缺点。

我本来没多在乎男人，但和他相处了一段时间，却发现自己离不开男人，这就是习惯的坏处，任何人都无法避免。

那时候，我并没有特意去争论，这个人究竟是失忆的江寻，还是长得像江寻的陌生人。

我不断给自己做心理暗示，提醒自己，这是江寻违背生老病死的人间规矩，从地底下的熊熊烈焰里回来了。

他忘不了我，这是爱的证明。

我装疯卖傻的本事一绝，总要将他变成江寻的替代品才甘心。

后来，他恢复记忆了，还真是江寻。

我受宠若惊，一下子不知该如何和江寻解释。江寻也颇为不满，动不动就上手，好好惩戒了我几次。

可能这就是儿女情债，谁都逃脱不了。

想完这些，我打算给自个儿的回忆录题上几个小字。江寻靠过来，虚虚瞥了一眼道："你写的故事，说你对我用情至深，平日我倒没看出来。"

我讪讪一笑道："如何看不出来呢？我对夫君的心，天地可鉴。"

"是吗？为夫倒觉得……"他将白羽扇往唇边一掩，慢条斯理吐出几字，"夫人说瞎话的本事一流。"

"那便是你不了解我了，"我扼腕长叹，"我这般的人，素来重情。不是心中挚爱，如何与你做得夫妻？"

江寻爱听这话，抿唇直笑。

这关算是过了，他没多为难我。为了讨好江寻，我决定让他享受几日娇妻在侧的福利。

夜里，我特地上床，先将他睡的那侧枕头拍松软，然后单手撑头，掐着嗓子，娇媚地唤道："夫君快来。"

他挑了挑眉，慢条斯理地道："倒是第一次见夫人这般主动。"

我很伤心："平日里，我也是贤妻良母的样子，可惜夫君心里眼里没有我，半分都不记得。"

江寻这个人呢，很少给过人面子。听我说了这话，轻笑一声道："哦？就论这枕头来看好了，夫人何时屈尊纡贵给为夫铺过床榻？哪日不是为夫唤人用暖炉给你烘热被褥，你才肯钻进去？"

他不念夫妻旧情，非要给我拆台，我很是尴尬，委委屈屈地道："在夫君心里，我就是这样的人吗？夫君为何总记得我的不是之处，就不能记我些好呢？我从今日起改过自新，一心一意服侍夫君不好吗？"

江寻愣了一秒，见我真要哭了，立马无奈地说："冤家，我知道你好，不过是逗你玩。你乖一些，哪能动不动就哭鼻子，也不是小丫头了。"

我瘪嘴，问江寻："我在夫君心中，美貌不在了吗？这才过了多少时日，就不是年轻貌美的小丫头了。"

他没想到我还能这样发难，哑了嗓子，没说出什么话。

许久，江寻才道："在为夫心里，你永远是小姑娘，行吗？"

我满意地点了点头，蜷曲到江寻温暖的怀中。他的三千墨发倾斜下来，像一道飞瀑，手一触便散。这长发好香，不知是桂花发油还是什么，有点醉人。

我细细嗅了一下，挨到他怀中，和他说道："夫君，你喜欢我什么？"

我对江寻抛媚眼，十分期待他的后文。许久没被人夸，我总想着厚脸皮求上一回，让他好好捋捋我的优点。

江寻注视着我，深情款款地道：“一下子想不起来。”

我娇羞地问：“是优点太多，以至于夫君想不起来吗？”

他摇了摇头，微微一笑道：“我是想了半天，也没想出夫人哪点好。”

“……”我突然想和江寻和离了。

“夫人别误会，我不是那个意思，并无说你不好。”

“那是？”难道江寻这话还有后文？我喜不自胜，读书人就是读书人，还知道埋伏笔，解题抑扬顿挫。

“约莫，是为夫患有眼疾。”

潜台词：我瞎，才看上你。

好的，很好，非常好。

我淡淡一笑，不动声色将江寻推开好远——今晚还是别挨着睡了，我和你，不熟。

江寻发出一阵短促的笑，尾音上扬，颇撩人。

他一面哄我，一边将我揽入怀中道：“好了，夫人别闹，方才不过是逗你玩。”

我气不打一处来，恶声恶气地问他：“好玩吗？”

“好玩。”

“……”我没辙了。

江寻见欺负得狠了，有些良知，不继续闹我。他的手有一搭没一搭地拍着我的小腹，轻声问我：“夫人呢？为何喜欢上我？”

我怒气冲冲：“你要听真话还是假话？”

“自然是真话。”

我想了一会儿说：“许是因为夫君好看。”

“若我不好看呢？”

“那恐怕就不喜欢了，我看人先看脸。”

他有些许不满地道：“没承想，夫人倒是个小没良心的东西。”

我挑眉：“瞎说，我哪是个东西呢？！”

江寻憋笑：“对，夫人真不是个东西。”

“……”等等，我又被绕进去了。江寻怎么就这么多的歪理，总能瞎掰上几句？

这是夫妻夜话时间，我也不想总跟江寻对着干。我赖在他怀里，听他有力的心跳，眼皮有些重，索性闭上眼再说：“我喜欢夫君，或许是因为你没杀我。”

“嗯？”

“我虽说不太聪明，倒也不是蠢人。我知道夫君私藏前朝余孽是什么罪名，也知道世间女子多俏丽，论姿色，我未必能排得上。但夫君没将我献出去讨好新帝，而是供我吃穿，给我荣华富贵，这一点来说，夫君待我很好。许是因为夫君好，我这个人又惯爱投桃报李，便喜欢上了你。”

我说得真诚，江寻也受用。

他顿了顿说：“我喜欢上夫人，倒没这么多的想法。只是觉得你有趣，想法与常人不同，便存了点逗弄你的心思，一来二去，就打算这样过了。”

我问：“那夫君是真想娶我吗？”

江寻迟疑了一会儿，开口道：“母后曾给我留了话，命我关照你一世。我想了想，怎样关照都不够好，我也有些心悦你，便娶了得了。”

我咬着被角，不满地说：“哼，夫君不是真心想娶我，夫君在利用我。”

“夫妻之间，如何能用利用一词？不必说得这么难听。”

“夫君不喜欢阿朝，不如让阿朝死了算了。”

江寻闻言抖了抖，掐住我脸，问道：“我哪儿不喜欢你了？”

我干干一笑道：“没，喜欢，喜欢，自是喜欢的。”

他拍了拍我的背说：“时候不早了，早些睡吧。”

我躺下来，整个人蜷缩在江寻的怀中，头还枕着他的手。

江寻已经昏昏欲睡，我还困意全无，有一搭没一搭和他说话：“夫君，我明日想吃鸡肉饼；夫君，糖腌梅子我吃完了，你再给我泡一缸，这次别太酸，多放些雪梨冰糖；夫君，你明日多陪陪我说话，我一个人看书闷得慌；夫君，要不我们一同去山里打猎吧，我听人说，山鸡肉和农家鸡肉味道不一样，劲道鲜嫩，用来拌凉面最好吃了；夫君，我有些馋了，你给我拿个绿豆糕好不好？不好的话，我待会儿再来问。要是你待会儿也不肯，便给我端一壶水来好不好？我有些渴，想喝水。”

江寻皱眉，默默爬起来，给我斟满一个茶碗，递到我唇边说：“喝点，快些睡了。夜里别说话，闭上眼就睡着了。明日我再陪你玩，好不好？”

“好。”我喝够了，老老实实再挨着他躺着。

没过一刻钟，我就快哭了：“江寻，我想如厕，快要尿出来了。”

江寻闭着眼，咬牙切齿地道：“憋着！”

“真尿了。”

他一掀被褥，起身穿鞋。江寻给我披上一层狐狸大氅，带我去里间如厕。

我一边不好意思地摆弄手指，一边对等我的江寻说：“夫君，你真好。”

江寻在屏风外揉了揉眉心，他头疼欲裂，道：“不必说我好，下次你自己去！”

“哦……”

我颇不满，戏本子都说了，关系密切的人都会一起如厕，譬如我与江寻。

现在想了想，江寻也算是我闺中密友，毕竟夜里都是在我闺房里入睡。

我杂七杂八一通想，洗净手，又爬回榻上。

江寻仅剩的睡意也被我驱散了，此刻问我：“晚上能不闹吗？”

我和他同床共枕这么久，他到今时今日才想起问这个问题，未免太迟了。

我舔了舔下唇说：“我小时候，宫里有十个八个奶嬷嬷陪着我。夜里我睡不着，便让她们一个轮一个陪我说话。时间一久，便养成这样一个性子，没人说话便睡不着。”

“你睡不着，便不让我睡吗？”

“夫妻同心，其利断金，睡觉也是如此。我睡不着了，夫君该和我同甘共苦，一起睡不着。”

“歪理。”

虽说是歪理，他倒也搂着我，很有耐心听我讲。

我的话是真的很多，从天文地理到农耕树造，样样精通。我知识渊博，归功于我爱看课外书，专攻杂事野史一类。

江寻没什么故事说，就轮到我说。

我绞尽脑汁驱散他的睡意，给他讲前些年，宫里有妃子出逃，跟侍卫远走高飞，我父皇为了脸面，对外说她得病暴毙。又或者是宫里的人不甘寂寞，有宫女数十年如一日挖土，开辟出一条直通宫外的路。我少不更事，常从那洞里钻到宫外，微服私访。

江寻听我细说，不置一词。他不擅长聊这些，但他是一个很好的听众。我想，如果说书先生遇到这么捧场的江寻，必定说得更加给力，唾沫横飞，喜出望外。

我又说了几句，说着说着，自己都睡着了。

我闭上眼，听得江寻在我耳畔低低唤："傻子。"

我才不是傻子。我没力气，所以这句话没能说出口。

这夜的月亮，又白又大。许是受月亮影响，这夜我梦到了个饼。我循着饼香刚要下嘴，江寻就捂住我唇，将我拐走了。

一觉醒来，我又气又饿。

我翻了个身，怎么滚都还在江寻的怀中。

他睡醒的时候，声音很哑。没和我说话，径直去喝了一杯茶，清了清嗓子后，才同我说话："睡得可好？梦里的饼可好吃？"

我不明就里。只见江寻冷笑一声，褪下肩头的衣衫，露出白皙的臂膀，上面有齿痕分明的牙印。他眯起眼问："昨夜梦里，夫人吃的饼可香甜？"

我哑口无言，哪知自己是咬住了江寻。

他不是小肚鸡肠的人，硌硬了我一句，便没再提后话。

又是一年冬，初雪来临，白雪皑皑，遍地银装素裹，宛如九霄天宫。

我畏寒，不喜薄裙婀娜那一套，将自己里外三层裹上厚厚的袄子，团成了一个球。这还不算，晨起时，我将江寻的狐皮大氅裹到身上，险些把他冻着。

江寻捏了捏我冰冷的掌心问：“夫人是否要个金炉烘手？”

我最近学了些甜言蜜语，正好说给江寻听：“不必了，夫君的手便能暖我的心。”

“……”江寻被雷得外焦里嫩，并未与我多言。

今日各家酒楼都摆满了筵席，江寻为了和我过年，也订了一桌。

小镇靠海，盛产海味。江寻点的这桌便是海鲜盛宴。海鲜为何叫海鲜？意思就是海里的鲜味，贝壳鱼肉出海必须要快，两个时辰内送到酒楼里的才叫鲜味。

多少人家为了尝这一口鲜味，大老远跑到酒楼里等吃食的？

我指着一桌子山珍海味，感慨万千：“夫君，它们长这么大，膘肥体壮，不是为了给咱们吃的。”

江寻摇了摇扇子说：“既然夫人如此有善心，便不吃吧。”

我道：“偶然昧着良心小尝一口，也是可行的。”

“呵。”

“夫君笑什么？”

江寻挑眉，看我一眼说：“别昧了，你哪来的良心可以昧。”

我：“……”

我觉得吧，一日夫妻百日恩，我和江寻夫妻情谊这般深了，他还是时不时拆我台，看我不顺眼，没良心的分明是他。

我这心里话还没说完，就被江寻掐住了脸。

他啧了一声道："往后说人坏话别鼓着腮帮子，当谁都跟你一样傻，想些什么都写在脸上？"

"那夫君猜猜，我都在想些什么？"

"不过是些骂我的话。"

"夫君猜错了。"

"哦？"

"我在想……夫君。"

江寻一哽，松开手，嘴角微微翘起。

待菜上桌，他盛了一碗鱼翅汤摆我面前道："都说山珍海味不过鱼翅鲜甜，你尝尝看。"

我抿了一口道："不及夫君半分美味。"

江寻一口汤险些喷出来，他颇不自然地答："少贫嘴，夫人先吃些东西。若是真觉得为夫美味，今晚有的是时间慢慢尝。"

"噗——"这次轮到我被呛了。

我、我就随口一说，也没那层意思……

这一顿饭，我吃得心情格外好。

我偶尔抬头看江寻一眼，雪色映入窗，将他的脸铺上一层白蒙蒙的光，点出高挺的鼻峰与深邃的眼窝，更显俊朗。

不愧是我夫君，岁月在他脸上根本落不下丝毫痕迹，依旧是风度翩翩少年郎。

吃到兴起，我问江寻：“若是夫君没遇上我，会寻一位怎样的夫人？”

他愣了片刻，给我夹了一箸菜才答我：“该是贤良淑德，能于我红袖添香的那一类。”

我老老实实地道：“可我与贤良淑德、红袖添香全无关系吧？夫君找人倒是找得有点偏。”

江寻嗤笑一声：“你倒是颇有自知之明。”

“后悔吗？”

“后悔什么？”

“若是没有我，没准那类的夫人更好。”

“遇都遇上了，便是此生的劫难，还能如何跑？你说这话也不违心，我待你哪点不好？成日里赶客，就想我去寻其他小娘子。”

我轻咳一声：“夫君误会我了，我这不是……随口说说嘛。”

“呵。”他显然是不信的。

江寻瞥我，轻描淡写的一眼，眼风带着一丝媚态，惹人垂涎。他只看了看，懒得再提。

我颇委屈，想了想，也就作罢。夫妻嘛，床头吵架床尾和，还能和离吗？

为了缓和气氛，我问江寻：“夫君，问你个事，若是下辈子，你还想同我好吗？”

江寻思忖片刻，没答出一句。他反问我：“这话该我问问夫人，若有来世，你愿同我朝朝暮暮年年岁岁吗？”

我一愣，倒被自己提出的问题难倒了。

若有来生，我仍是前朝亡国公主，还是烽火狼烟惊鸿一瞥，我会喜欢上江寻吗？这还真说不准。

若不是冥冥之中多番纠葛，或许连江寻是谁，我都不知道。

那么，换一个夫君，会有他那般待我好吗？

会有一名男子愿意深夜给我炖汤煲粥吗？会有一名男子雪夜拥我入大氅吗？会有一名男子知我喜好为我揉面包饺子吗？想来也是没有的。

此情此景，此生此世，来生来世，或许唯有江寻。

我舔了舔唇说：“若有来生，我还愿遇见夫君，同你一生欢喜。”

江寻显然没料到我很擅长甜言蜜语，他愣了足足一刻钟，哑然失笑。

他笑了几声，笑容又黯淡一下，突然伸手，缥缈仙气的广袖携来一阵兰花清香，将我搂到怀中，按住我后颈。

不知江寻怎么了，他突然将我越拥越紧，薄凉的唇抵住我裸露在外的脖颈，带些水渍，似乎是泪。

我惊慌失措，连连唤他：“夫君？江寻？你怎么了？”

江寻不出声，只是小心啄吻我的侧脸，带着千万分的怜爱疼惜。

他说：“若有来生，你也不得逃离我掌心。”

“知道了。”面对男人的泪，我从来都是没有办法抵抗的。自然他说什么，便是什么。

江寻为什么会哭？具体原因我不了解，不过我想，他一定是感动于我说的话。我这个人没什么优点，就是会说一些感人至深的肺腑之言。江寻懂我，甚好，甚好。

江寻还是不肯说话，他耐着性子拥我，抱了许久也不肯撒手，待我如待珍宝。

我自然是欢喜他这般喜欢我，可转念一想，又觉得难过。

如果不是伤心，江寻为何要哭呢？他会因为我而伤心吗？

我不解，绕着他乌黑细长的发，小声地问他：“江寻，你不开心吗？”

江寻摇摇头，在另一侧，细声细气与我说道：“只是想到了一些事。”

“什么事？”

他已抬起头，目光温柔地看我。

我与江寻对视，瞧见他狭长的眉眼，清浅飞入鬓，犹如漆黑燕尾，洒脱凛冽得很。江寻这具皮囊的确好看，我看了这许多年，还是常常会被他惊艳到，俗称惊为天人。

他启唇，与我道：“我年幼时见过你，那场景你应当记得。我以草民之身入殿，母后将你交付于我，命我护你前程，守你一世平安。那时我想，母后何其不公，从小便将我抛弃，此后还要我去守她与天家的孩子，全然没把我放在眼里心上。我对你也多了些许怨恨。或许你不知，凡是能见到你的地方，我都退避三舍。我知宫宴深处有你，便刻意不往那处看。现在想起，何其可笑，我竟会为个乳臭未干的毛头丫头这般行事。”

我嘟嘴，有点不满：“夫君这是看不起我吗？”

他不接我的话茬，手依旧抚动我脊背道：“事后，我便摒弃此般想法，看你也不带其余心思。彼时，你是高高在上的公主，我是朝堂沉浮的外臣。我时常想到母后那句护你一世平安，我何德何能，配得上护一国公主平安？此等琐事，自有侍卫来做。这种护驾的事，让我做算我高攀，也算屈才。直到宫内大乱，我望着火光冲天的宫闱，这才想到了你。看起来娇娇弱弱的姑娘，能否逃离这场天灾人祸？想多了，一贯嗜睡的我也有些辗转失眠，夜里披衣起身，唤暗卫去混乱一团的宫中寻你。你是知道的，夜里的人总有些不理智，我恐事后被新君清算，想唤回派出的鹰犬，却已来不及了。他们把你带了回来，用巾布蘸水擦去你脸上黑色尘灰。那时，我又改了种想法，乖乖巧巧的公主殿下，似乎也是一条无辜人命。”

我迷迷糊糊地点头问江寻：“所以，是夫君贪图我美色，这才良心发现，救了我？”

江寻诉说故事的心情荡然无存，他深吸一口气，掐住了我的脸，道：“我算是知道当年救了你后，欣喜又后悔的心情为哪般了。亏的人是我，这辈子算是被你这个祸害套住了。”

我十分不开心地说：“夫君就这般讨厌我吗？”

“罢了罢了，自作孽不可活。”

“夫君说谁作孽？”

“我。”

“哦，那我就放心了。”

“……”

这顿饭，吃得算好，又不算好。

我不知怎么又惹江寻生气了，他就是个赌气坛子，动辄就得气上一气。

我要是敢煮一碗酱肉饭哄他开心，当晚他就能摆脸色让我好看。

那一碗酱肉饭不行，两碗总行吧？

这话也只能拿来自欺欺人，鬼都知道江寻不爱吃酱肉。当年我的酱肉全让他拾掇起来拿去送人，一点都不能丢在府内。这厮口味奇怪，特别讨厌酱肉的味道。

那怎么办呢？他不讨厌什么味道？

我细想了一秒，有点尴尬。那个……江寻好像不讨厌我的味道，总不能把我制成酱肉给他下饭吧？

我想象了一下那个场景，顿时哑然。

算了，再这样下去，都得成精怪故事了。

江寻又生气了，这次气得不算严重，我也不笨，猜出他是恨铁不成钢。我不喜欢他苦大仇深同我说话，这才插言打断，不让他将那些话脱口而出。

我希望和我生活的江寻，一直都是快活的。他可以和我一样有小脾气，可以和我发怒，却不要掉眼泪。

他没有对不起我的地方，今生不会和我分别，来世也不会。

母后说过："世间万般苦，霜月宿雪定别离；世间百种甜，蜜饯红豆结君心。"

我和江寻没有别离苦，只有永结同心的甜，我不许他咒自己。

这夜，我将自己裹成一个白白胖胖的球，捧着一碗甜汤到书房递给江寻。

他在看书，烛光朦胧，照不清他的脸，我只知江寻的颜色定是极好看的，高挺鼻梁上的一点白，莹莹如鱼腹。有几丝黑发掠过去，遮住眉眼，悬挂于眉睫上，半掉不掉，挠得人心痒痒。

我看得有点呆，小声地唤他："夫君。"

江寻瞥我一眼，放下书，似笑非笑地问："哦？夫人可是来献殷勤了？"

我"嘿嘿"两声笑："知我者莫若夫君，正是正是。夫君尝尝这碗汤。"

他就着我递去的勺子抿上一口，没推拒，代表给我台阶下，这茬子误会就算过去了。

我胆大，趁他心情好，挨到他身上问他："夫君在看什么书？别看了，看我不好吗？"

哪知江寻轻飘飘地看我一眼道："不好，夫人又没书好看。"

他这话大大伤害了我为数不多的自尊心。

江寻不肯看我，那我也只能退而求其次陪他看书。

可惜我一见字就犯困，没过多久，便整个人歪到一侧昏昏欲睡。

江寻推搡我两下，小声道："夫人？该起了，若是困，不妨回房去睡。"

我颇不好意思地醒转，看江寻还在苦心钻研，便道："我……我给夫君磨墨如何？"

他瞥我一眼，颇为嫌弃地道："用夫人的口津吗？"

口水？我大惊失色，急忙擦了擦嘴角，解释道："方才在梦里梦见夫君，被你的美色所惑，夫君实在是诱人了。嗯，正是这个理。"

他斜我一眼，低低呵斥："胡闹。"

我耸耸肩，乖巧地蜷曲在江寻一侧，不说胡话惹他生气。

江寻的气生了多久，他的书就看了多久。等了一个时辰，他终于看够了，起身帮我整理衣襟说：“正巧夫人未睡，与我一起去清水寺上头炷香如何？”

我倒是听说过清水寺的头炷香，那是来年的第一炷香，别说商家富豪，就连宫里的达官贵人途经此地都要徒步上山上香，可见灵验。

江寻邀我前去，我没有不跟随的道理。何况我人微言轻，不敢再惹江寻大人生气，只能唯唯诺诺跟上。

这一路很不好走，两道花木错综复杂，夜色又深，寒月仍挂枝头。

深更半夜的潮湿寒气，连多层的大氅都挡不住，一袭风雪连连卷入袖中，冻得我一个激灵，一直往江寻身上挨。

他笑道：“夫人主动投怀送抱，倒是来年头一遭，是好兆头。”

我很无语，跺着脚呵气说：“夫君莫要这么多话了，搂紧我才是正事。”

江寻无奈的摇头，当真将我抱紧了几分。

我嗅着从江寻身上源源不断传来的浅草香味，那气息不重，倒有几分君子淡如兰的雅致情趣，符合江寻的审美。

这时，我想着，当初我见江寻，原也以为他是淡泊名利的贵公子，哪知他在朝堂上翻云覆雨，很是得宠。

我年幼无知，只把宠臣当成奸臣，现在想来此举好没道理，又不是穿着花哨便是拈花惹草招蜂引蝶之徒。

那样的想法，对江寻来说有失公允啊。

我挨着江寻不放，被他拥在怀中很有安全感。我们这样小心翼翼爬山路，走了很久才进寺中。

清水寺门口，有住持来迎。他将燃好的一炷香递到江寻手中，笑意盈盈：“两位是有缘人，这头炷香，该由两位来上。”

江寻行礼，接过香，与我一同跪在蒲草编织的蒲团上叩拜神明天地。

我闭上眼，双手合十，许愿：“愿我和江寻，年年岁岁朝朝暮暮，白头到老。今生如此，来世如此。”

我不知江寻许了什么愿，但回头看他一眼，他也与我一样，虔诚下拜，想来也是有事相求。

那一刻，月光洒在他的脸上，一道月光将肤色染透，带点不食人间烟火之姿，清隽得很。

不得不说，我这一生美得很。我爱的人，爱我的人都在身侧。

世间情爱，无非良药入口，一杯温水尚得好处；无非孤星夜广，一件披风逗留温暖；无非昏黄檐雨，一碗稠粥慰藉人心。

上天待我不薄，让我遇到江寻，没让我颠沛流离，孑然一身，孤独终老。

是我之幸，是我之命